CAMPO DA MORTE

JACK HIGGINS

CAMPO DA MORTE

Tradução de Michele Gerhardt

EDITORA RECORD
RIO DE JANEIRO • SÃO PAULO
2011

CIP-BRASIL. CATALOGAÇÃO-NA-FONTE
SINDICATO NACIONAL DOS EDITORES DE LIVROS, RJ

H541c

Higgins, Jack, 1929-
Campo da morte / Jack Higgins; tradução de Michele Gerhardt. –
Rio de Janeiro: Record, 2011.

Tradução de: The killing ground
ISBN 978-85-01-08804-8

1. Romance inglês. I. Gerhardt, Michele. II. Título.

11-0731

CDD: 823
CDU: 821.111-3

Título original em inglês:
THE KILLING GROUND

Copyright © Harry Patterson, 2007

Texto revisado segundo o novo Acordo Ortográfico da Língua Portuguesa.

Todos os direitos reservados. Proibida a reprodução, no todo ou em parte, através de quaisquer meios. Os direitos morais do autor foram assegurados.

Direitos exclusivos de publicação em língua portuguesa somente para o Brasil adquiridos pela
EDITORA RECORD LTDA.
Rua Argentina, 171 – Rio de Janeiro, RJ – 20921-380 – Tel.: 2585-2000, que se reserva a propriedade literária desta tradução.

Impresso no Brasil

ISBN 978-85-01-08804-8

Seja um leitor preferencial Record.
Cadastre-se e receba informações sobre nossos lançamentos e nossas promoções.

EDITORA AFILIADA

Atendimento e venda direta ao leitor:
mdireto@record.com.br ou (21) 2585-2002.

Para Henrietta, com amor

Agora o campo de batalha é um mar de corpos estendidos; aqueles determinados a morrer viverão; aqueles que esperam escapar com vida morrerão.

WU CH'I

EMBAIXADA DOS ESTADOS UNIDOS

LONDRES

1

Blake Johnson, o chefe de uma operação secreta da Casa Branca conhecida apenas como o Porão, foi recebido com honraria na embaixada dos Estados Unidos, localizada na praça Grosvenor, como o mais importante conselheiro de segurança do presidente Jake Cazelet. Um assistente levou-o à sala do embaixador, um jovem capitão fuzileiro, cujo uniforme ostentava medalhas da Bósnia, do Iraque e do Afeganistão.

— O embaixador oferecerá um coquetel, especialmente para aqueles que não foram convidados para a conferência de Bruxelas.

— E quem seriam? — perguntou Blake.

— A escória de todas as embaixadas em Londres, major.

— Entendo bem o sentimento. E não precisa me chamar de major. O Vietnã foi há muito tempo.

— Uma vez fuzileiro, sempre fuzileiro, major. Meu pai esteve no Vietnã, e meu avô, no Norte da África e na Normandia, no Dia D.

— Eles devem ter muito orgulho de você. Essa Cruz Naval diz tudo.

— Obrigado, senhor. Vou avisar o embaixador.

Ele saiu. Blake se serviu de uísque em um decantador no aparador e foi até a porta dupla que levava a uma varanda com vista para a praça Grosvenor, as ruas brilhavam sob as luzes, a chuva caindo.

Ficou ali, aspirando o frescor e saboreando sua bebida, quando a porta se abriu atrás dele. Virou-se e viu o embaixador Frank Mars, um amigo de muitos anos, ali parado. Quando eram pouco mais que garotos, serviram juntos no Vietnã. Mars apertou sua mão calorosamente.

— É bom vê-lo, Blake, mas também uma surpresa. Achei que estivesse em Bruxelas com o presidente.

— Bem, de início eu não ia, mas o presidente decidiu que a reunião dele com o primeiro-ministro e o presidente Putin poderia ir para meu território, então decidiu que eu fosse para Bruxelas de qualquer jeito. Vou encontrar Charles Ferguson e seguimos no mesmo voo.

Ferguson era o chefe do grupo de operações especiais, conhecido como o exército particular do primeiro-ministro. Blake chefiara muitas operações com ele, o que vinha acontecendo cada vez mais frequentemente.

Mars fez um brinde, e eles ficaram ali, olhando para a praça.

— Conheço este lugar há tantos anos e agora tenho de ficar olhando para aqueles blocos de concreto horrorosos que nos protegem. Os terroristas conseguiram fazer o que duas guerras mundiais não conseguiram.

— Sem falar na Guerra Fria — disse Blake. — Mesmo assim, todas ajudaram a levar a isso, aqueles anos de conflitos, submarinos atômicos, o câncer do comunismo, Oriente contra Ocidente.

— Nós erramos em Berlim, em 1945 — disse Mars —, ao permitir que a Rússia ficasse com a cidade. Foi quando eles perceberam que poderiam nos derrubar. Lembro da primeira vez que fui a Berlim depois da construção do Muro. Era de arrepiar.

Blake apontou para o lado esquerdo da praça, onde ficava a estátua de Eisenhower em seu pedestal.

— O que acha que ele teria feito? Afinal, ele, Roosevelt e Churchill foram os responsáveis.

— Devo lembrá-lo que Stálin também teve a sua parcela de responsabilidade — comentou Mars.

Blake assentiu, pensativo.

— E agora temos Vladimir Putin. Você acha que a Guerra Fria está voltando?

Frank Mars colocou a mão no seu ombro.

— Blake, meu velho amigo, não está voltando, já voltou. Desde o momento em que Putin se tornou presidente da Federação Russa, ele tinha um plano. Vimos cada etapa se desdobrar e ele tem dinheiro para bancar, com todo aquele gás e petróleo. Acho que é capaz de tudo. E ele tem uma outra característica muito perigosa.

— E qual seria?

— Ele é patriota. — Mars deu um gole em seu drinque. — Mas agora basta disso. Venha e deixe-me apresentá-lo aos meus convidados.

A maioria dos convidados não era muito importante, quase todos, de um modo ou de outro, adidos militares; os peixões já estavam em Bruxelas ou a caminho de lá. Após um pouco de conversa, Blake foi para um canto e logo Mars se juntou a ele.

— Então, se você vai viajar ainda esta noite, não vai ficar na casa da embaixada, na South Audley Street.

— Isso mesmo. Mas a minha bagagem está lá e estou esperando Sean Dillon e Billy Salter me pegarem e levarem a Farley Field para me encontrar com Ferguson.

— Ferguson promoveu o jovem Salter a agente no Serviço de Inteligência Secreto, pelo que sei.

— É verdade. Acredita que o Ferguson apagou dos arquivos os registros criminais de Salter para conseguir que ele entrasse? Mas ele e Dillon formam uma equipe e tanto.

— Pode-se dizer que sim. Um gângster de East End e o mais temido militante que o IRA já teve. Uma combinação e tanto!

Enquanto conversavam, Blake notou alguém os observando, um homem com feições eslavas, um terno elegante e um sorriso ansioso. Estava pegando pesado na vodca e, como Blake observou, pegou outro copo na bandeja de um garçom que passava.

Mars virou-se um pouco e sussurrou para Blake:

— Coronel Boris Luzhkov, adido comercial sênior na embaixada da Federação Russa. É claro que ele é o chefe local do Serviço de Inteligência Externa da Rússia. Lá, eles são sempre *alguma outra coisa*. Gostaria de falar com ele?

— Se eu puder.

Mars acenou. Luzhkov virou outra vodca, se aproximou, abriu um sorriso agradável e estendeu a mão.

— Um grande prazer, senhor embaixador.

— Ora, Boris, achei que estivesse em Bruxelas.

— Isso é apenas para os mais importantes que eu. — Ele olhou de forma questionadora para Blake.

Mars disse:

— O Sr. Johnson está a caminho de Bruxelas esta noite. Parece que o presidente não pode conversar com o seu chefe sem ele.

— Blake Johnson? Sr. Johnson, a sua reputação o precede. — Luzhkov estendeu a mão, que estava suada e um pouco trêmula.

— Verdade, bem, apenas mais um dia de trabalho — disse Blake, que de repente achou que bastava. — Se me dão licença. Preciso agradecê-lo por oferecer a casa da embaixada, Frank. Apareço outra hora.

— Claro.

Luzhkov observou enquanto Blake pegava sua capa de chuva, depois foi para um canto e, imediatamente, ligou para alguém do seu celular.

— Ele está a caminho da casa da embaixada. Sim. Faça agora. — Desligou e desceu para a chapelaria.

Blake recusou um carro e aceitou um guarda-chuva, desceu os degraus para a praça e caminhou na direção da South Audley Street. Fez uma rápida ligação de seu celular, e Sean Dillon, que estava no carona do Aston Martin de Salter, atendeu. Billy estava dirigindo.

— Onde você está? — perguntou Sean.

— Indo para a casa da embaixada. Fiquei com vontade de andar na chuva. Sabe como é, o charme de uma cidade grande.

— Seu estúpido. Você sabe que é um homem marcado. Alguém especial na embaixada?

— Na verdade, sim, um cara chamado Boris Luzhkov. Aparentemente, chefe do Serviço de Inteligência Externa da Rússia.

— Idiota — disse Sean. — Você sabia que o Serviço de Inteligência Externa da Rússia estava atrás de você desde que pousou em Londres, não sabia? — Ele desligou.

— Onde ele está? — perguntou Billy, tirando o chapéu.

— Perto da casa da embaixada. Vamos rápido. Na verdade, vamos passá-lo. Vá direto pelo beco lateral. Vire lá. Quem quer que esteja prestes a fazer alguma coisa provavelmente está estacionado perto da casa. Vou descer do carro rápido. Você está armado?

— O que você acha?

Billy passou por três carros estacionados e depois por Blake, o guarda-chuva sobre a cabeça. Ignoraram-no, entraram no beco e viram um pequeno sedan. Billy diminuiu e Dillon puxou uma Walther PPK com silenciador do bolso do casaco, abriu a porta do carro que se movia devagar e saiu. O carro prosseguiu. Abriu a porta do sedan parado e ameaçou os dois homens que esperavam dentro. Um deles estava apenas segurando o volante, mas o outro tinha uma Browning na mão, que Dillon arrancou. Billy chegou no momento seguinte, abriu a porta e tirou uma Colt .25 do cinto do motorista.

— Ei, o que é isso? — protestou o motorista. Começou com a grosseria de sempre.

— Detesto quando as pessoas são estúpidas — disse Billy. — Você não?

— Certamente — respondeu Dillon, e, neste momento, Blake virou a esquina e se aproximou.

— O que está acontecendo? — perguntou.

— Apenas entre e pegue a sua bagagem, estaremos aqui esperando, idiota — disse Dillon. — Agora vá.

— Eu tinha companhia? Ah, bem, eu sabia que podia confiar em vocês dois. — Blake riu e seguiu para a porta da frente da casa.

— Assumam a posição, vocês dois — disse Dillon, o que fizeram com relutância. Billy revistou os bolsos, fez uma rápida inspeção e encontrou um maço de notas de cinquenta libras. — Dois mil — disse ele, contando. — Devia ter sido mais original. Tinha de ser.

Dillon enfiou sua pistola na orelha do primeiro homem.

— Quem mandou vocês aqui?

— Não enche meu saco — respondeu o homem. Ele tinha sotaque *cockney*. O motorista ficou quieto.

— Burro *e* arrogante — disse Dillon. — Uma combinação mortal. Ele deu um tiro e arrancou metade da orelha do sujeito.

Este xingou e gemeu ao mesmo tempo, e Dillon disse:

— Se quiser que a outra tenha o mesmo destino, por mim, tudo bem. — Colocou as 2 mil libras de volta no bolso dele. — Pode ficar com isso. Só me diga quem foi.

— George Moon — disse o homem, respirando com dificuldade. — É dono do pub Harvest Moon, na Trenchard Street, no Soho. Ele contrata mercenários.

— E trabalho sujo também, se aquele velho ainda está nessa.

— E quem ele estava representando? — perguntou Billy para o motorista. — Você pode sair ileso.

— Um cara russo. Moon disse que se chama Luzhkov. Ele nos encontrou em um pub em Kensington, perto da embaixada Russa.

— E o serviço era acabar com Blake Johnson.

— Alguma coisa do tipo.

Dillon entregou a ele seu lenço.

— Está limpo. Agora suma daqui e procure um hospital.

Eles não conseguiram entrar no carro rápido o suficiente. Billy disse:

— Muito generoso de sua parte deixar que ficassem com as 2 mil libras.

— Ajudou a azeitar as engrenagens, Billy. Um pouco de dor, uma pequena recompensa.

A porta da frente se abriu e Blake saiu carregando duas malas. Colocou-as no bagageiro do carro.

— Algum morto?

— Nunca faríamos algo assim.

— Quem eram? — perguntou Blake.

— Dois bandidos de segunda contratados por Luzhkov.

— Interessante — disse Blake. — Ele não faria isso com as próprias mãos.

— Vamos acabar com esse pessoal. Será um prazer.

Saíram. Dillon acendeu um cigarro e recostou-se no banco.

— Vamos rápido para Farley Field, Billy. Ferguson não vai gostar se Blake se atrasar.

Chovia implacavelmente em Farley Field. Os pilotos de Ferguson, o comandante Lacey e o tenente-aviador Parry, estavam ocupados aprontando a aeronave, enquanto o general tomava café e uísque Bushmills, parado à janela, vendo a chuva cair. Certamente, não estava muito satisfeito.

— Você está atrasado.

— Bem, se não se importar em mudar essa cara feia, tenho novidades, querido general — disse Dillon.

A expressão dele ficou desconfiada.

— E o que seria?

— Dois cavalheiros com péssimas intenções tentaram mandar Blake dessa para melhor.

— Explique. Billy, preciso de outro drinque.

Tomou um gole do Bushmills e escutou enquanto Blake observava, divertido.

— O que eu quero saber — disse Ferguson — é o que está acontecendo com esse maldito jogo? Um coronel de terceira categoria trabalhando para a inteligência militar russa quer matar o homem mais importante da segurança do presidente, e o melhor que consegue fazer é contratar esses incompetentes? A cabeça de alguém vai rolar.

— Certo — disse Billy. — Então, aonde isso nos leva?

— Bem, obviamente vamos ter de descobrir quem colocou Luzhkov nessa, mas isso vai ter de esperar até eu voltar daqui a quatro dias. Depois de Bruxelas, Putin vai visitar a Alemanha, e o primeiro-ministro e o presidente vão tentar desesperadamente botar algum juízo na França.

— Posso ajudar com prazer a resolver essa história na França — disse Billy.

— Muito engraçado. Tenho outra coisa para você. Recebemos uma pista de que uns caras não muito legais vão chegar de avião nas próximas 24 horas. Não sabemos quem são nem de onde vêm, mas vale a pena checar. Sean, você reconhece esse pessoal de longe; você e Billy vão para o Heathrow rondar o controle de passaportes, vejam quem está chegando de lugares suspeitos. Temos homens lá, mas não com a experiência de vocês.

Dillon assentiu.

— Enquanto isso — disse Blake —, temos de partir. O senhor vem, general? — Ele embarcou no avião, e Ferguson virou-se na escada.

— Vou mandar o Gulfstream de volta para o caso de uma emergência. Use à vontade se alguma coisa acontecer. Talvez queiram ir ao esconderijo em Holland Park. O major Roper acabou de instalar um novo equipamento de controle de satélite. Coisa poderosa... vocês vão gostar. E Greta está lá, achei que seria uma boa experiência para ela.

Ele estava se referindo à major Greta Novikova, que já tinha trabalhado para o exército russo na Chechênia e no Iraque. Circunstâncias fizeram com que ela achasse sensato transferir a sua lealdade para Ferguson.

A porta fechou, o avião começou a se mexer, e eles voltaram para o Aston. Dillon ligou para o pai de Billy, Harry Salter, em seu pub, Dark Man.

— Está sozinho?

— Roper e Greta estão aqui. Tentando comer bife com todos os acompanhamentos, com os sargentos Henderson e Doyle comendo peixe com batata frita em uma cabine telefônica, usando seus melhores paletós e tentando não parecer policiais militares. Não posso dizer que estejam conseguindo. Estão vindo para cá?

— Não, mas você pode me fazer um favor.

— O que quiser.

— Diga a Roper que Luzhkov estava bebendo na embaixada.

— Se acender um fósforo perto desse aí, a vodca explode. Que palhaço.

— É, bem, o palhaço organizou para que dois zés-ninguém acabassem com Blake, que foi um idiota em descer a South Audley Street a pé embaixo de chuva. Burro porque sabia que a temporada de caça está aberta.

— Olhe, não podemos tolerar isso. Qual é o jogo?

— Ah, eu e Billy resolvemos isso com um pouco de persuasão que deixou um deles com metade de uma orelha. Mas foi Luzhkov quem armou tudo, e o nosso velho amigo George Moon os contratou. Pagou 2 mil, aparentemente. — Contou os outros detalhes a Harry.

— George Moon? Não sabia que ele ainda respirava. Tinha uma bonita esposa, Ruby. Ela era heterossexual, ele não. Certo, vocês já cuidaram de tudo. Vêm para o pub?

— Não, Ferguson tem um trabalho para nós.

— Bem, divirtam-se. — Harry desligou o celular e acenou para seus dois guarda-costas, Joe Baxter e Sam Hall. — Quero um uísque duplo, acho. Vodca, Greta?

Ela era muito atraente, usando camisa preta de seda russa, calças e botas até os joelhos. O cabelo estava preso na nuca em um coque.

— Por que não?

— Duplo?

— Tem alguma outra coisa para uma russa?

— Provavelmente não. E você, major?

Roper estava sentado em uma cadeira de rodas moderna, vestindo um casaco curto, com o colarinho virado para seu rosto cheio de cicatrizes causadas por uma bomba. Não teve chance de recusar, pois Dora trouxe os drinques em uma bandeja e os entregou.

— Boa menina, Dora — disse Harry. — O que faremos sem você? Ela vai embora na semana que vem. Para a Austrália. Tem uma filha e duas garotas. Quer testar a água. Talvez nunca volte. A ela.

Greta tomou sua vodca.

— Vire esse uísque — disse ela para Roper —, sei que está doido para voltar para as suas máquinas. É só o que ele faz. Come sanduíches, bebe uma garrafa de uísque por noite, fuma, mal dorme e fica ligado naquelas máquinas o resto do tempo.

— É — disse Roper. — É uma vida maravilhosa.

— Vamos, cavalheiros — Greta chamou os policiais. — Pegue leve, Harry.

Os policiais levaram a cadeira para a van especial, colocaram-na dentro e, pouco depois, seguiram para Holland Park.

— Mais um, chefe?

Harry balançou a cabeça.

— Não, preciso estar com a mente limpa para resolver uma coisa. Lembra-se de George Moon?

— E seu namorado, Big Harold — disse Baxter.

— Uns dois anos atrás, ele tentou jogar Roper para fora da estrada.

Sam Hall riu.

— Eu me lembro. O major atirou na lateral do joelho de Harold e na coxa de Moon. Eles disseram para a polícia que tinham sido atacados por ladrões. Os tiras não tiveram muita pena. Teriam ficado felizes de terem feito o mesmo.

— Então, o que que tem?

— Em nome de um russo que não gosta nem um pouco de Billy e Dillon, George Moon contratou dois zés-ninguém para apagarem Blake Johnson por 2 mil.

— Alguém saiu ferido? — perguntou Baxter.

— Um deles perdeu metade da orelha esquerda, e o outro abriu o jogo para Dillon.

— Isso coloca George Moon em uma baita encrenca.

— Eu diria que sim. — Harry se levantou. — Então, vamos fazer uma visita ao Harvest Moon, casa da pior cerveja de Londres. E não esqueça a sua arma.

A Trenchard Street era vitoriana, e o Harvest Moon ainda mais. Foram dirigindo o Bentley até o pub, com sua meia-lua sobre a porta. Harry disse para Sam Hall:

— Espere no carro. Qualquer coisa pode acontecer em um lugar imundo como este.

Hall assentiu, acendeu um cigarro e parou. Naquele momento, a porta do pub se abriu e escutaram uma voz dizer com grosseria:

— Eu disse para você trancar.

Ruby Moon saiu na chuva tentando colocar a capa. Big Harold saiu atrás dela e puxou-a pelo cabelo, fazendo-a chorar.

— Chorando? Vou fazer você chorar — disse ele e, então, deu-lhe dois tapas na cara. — Você precisa de disciplina. Vou gostar de resolver isso.

Harry virou-se para Joe Baxter.

— Olhe isso. Estamos sendo atacados pelos primatas da Idade da Pedra, e eles também batem em garotas.

Harold empurrou Ruby para um lado, e lágrimas furiosas começaram a escorrer dos olhos dela.

— Basta — disse Harry e tirou sua capa de chuva militar, colocando sobre os ombros dela.

— Você sabe quem eu sou?

Ruby parou de chorar.

— Ah, Deus, acho que sim.

— Talvez conheça meu sobrinho, o jovem Billy?

— Se é quem eu acho que é, conheço.

— Que bom. Vá para o seu quarto. Pegue algumas coisas de primeira necessidade, coloque em uma bolsa e volte. Podemos pegar o resto amanhã. Dora, que trabalha no meu pub, o Dark Man, em Cable Wharf, está indo embora, e você pode tomar conta do bar. Agora, se apresse.

— Mas e este animal? O que ele vai fazer? Não vai me deixar ir.

— Puxa, já estava me esquecendo.

Harry esticou a mão para Baxter, que lhe entregou uma Colt .25 com silenciador, e conforme Big Harold tentava se afastar, Harry deu um tiro na parte interna da sua coxa e o empurrou na escada.

— Arranje uma toalha para ele no banheiro — disse Harry. — E você, garota, suba.

Ela entrou correndo no pub e Harry e Baxter foram atrás.

Lá dentro, George Moon espiava por trás de uma porta semiaberta, e Harry conseguiu ver uma sala cheia de livros atrás. Moon era pequeno, careca, geralmente desagradável e, neste momento, suava copiosamente. Voltou para a sua mesa e se afundou na cadeira.

— Harry, meu velho amigo, é você?

— Velho amigo? Você deve estar brincando.

Salter colocou sua arma sobre a mesa e foi até o bar.

— Um uísque... bem grande, e sinta-se à vontade, Joe.

— Claro — disse Baxter.

Moon não teve coragem de pegar a arma na mesa. Harry disse:

— Estou com pressa, George, *velho amigo*. Dois caras tentaram apagar um outro amigo meu esta noite, mas Dillon e meu sobrinho Billy conseguiram reverter as coisas.

— Harry, eu juro pela minha vida que...

— Não jura nada. Você é um pé no saco. Apenas confirma se um russo chamado Luzhkov o procurou para contratar dois capangas.

— Certo. É verdade. Ele me deu 2 mil, eu consegui os homens, bons homens, e dei a eles os 2 mil. Apenas intermediei o acordo.

— Dois mil? Isso é troco hoje em dia. Diga a verdade.

— Harry bateu com a Colt no rosto suado. — Eu atiro em você, juro.

— Cristo, tudo bem, vou contar. A gente se encontrou em um Daimler, no Hyde Park. Luzhkov estava dirigindo. O carona também era russo, fumou, bebeu vodca e riu o tempo todo. Tinha uma cicatriz feia que ia do canto do olho esquerdo até o nariz. Ele me deu uma mala com 10 mil dentro.

— Então, você embolsou oito e só deu dois para eles dois? Que feio!

— Harry, eu não sabia o que fazer. — Buscou alguma coisa boa para dizer. — Eu sei quem era o outro. Eu o vi no bar Dorchester uma noite dessas e descobri o nome com um garçom. Max Chekov.

— É, 10 mil vão funcionar melhor. — Harry virou-se para Baxter: — Veja se o cofre funciona.

Moon gemeu.

— Por favor, Harry. — Mas o cofre funcionou e até tinha uma chave na porta. Baxter pegou uma pasta. O conteúdo falava por si.

— Excelente. Ruby vai poder comprar algumas coisas bonitas. Vá e coloque-a no carro.

— Sim, chefe.

Baxter saiu. Harry foi até a porta e parou.

— Poxa, já estava me esquecendo. Ruby vai deixá-lo. — Atirou na coxa direita de Moon. Depois, disse: — Seria bom conseguir um médico para cuidar disso. Hoje em dia, coisas

horríveis acontecem: assaltos na rua, armas. É uma vergonha.
— Balançou a cabeça. — Entendeu?

Saiu, deixando a sala em silêncio, depois escutou-se apenas o som da limusine se afastando. Moon gemeu e se esticou para pegar o telefone.

No Bentley, Harry entregou a pasta.

— Você vai precisar de uma poupança.

Ruby examinou.

— Meu Deus, isso não pode estar acontecendo.

— Está acontecendo. Você vai ser uma ótima administradora do pub. Nunca me engano sobre as pessoas. Os dias felizes chegaram, doçura.

O Heathrow não estava cheio, provavelmente porque era tarde e, embora os funcionários de plantão na alfândega olhassem para eles com desconfiança, sabiam que era melhor não se opor à presença de Billy e Dillon.

Estavam lá havia umas duas horas, sem ninguém em especial passando, quando um novo voo na tela de chegadas chamou a atenção de Dillon.

— Bem, olhe aquilo, Billy — disse ele. — Um velho amigo. Hazar.

Billy parou de sorrir e estremeceu ao se lembrar do que passara naquele país do Oriente Médio esquecido por Deus.

— Meu Deus, Kate Rashid da memória abençoada.

— É assim que se lembra dela?

— Ela era uma mulher e tanto. — Billy balançou a cabeça ao pensar na mulher que jurara matá-los e quase conseguira.

— Vou ficar feliz se nunca mais precisar ver aquele lugar.

— Faz muito tempo — disse Dillon. — Mas só de pensar nela, me lembro do que aconteceu, o suficiente para querer dar uma olhada em quem anda fugindo durante a noite de lá.

Quando as filas aumentaram, um supervisor chamou pelo alto-falante, pedindo para os passageiros vindos de Hazar se encaminharem para uma seção especial, ao que obedeceram de forma surpreendentemente calma.

Caspar Rashid era um deles. Era um homem alto e bonito, pele clara em comparação aos outros, queixo e boca cobertos por uma barba que era quase loura. Tinha apenas uma mala de mão e uma pasta.

— Ele parece um beduíno — comentou Billy.

— Porque ele é, Billy. Vamos nos juntar a ele.

Quando se aproximaram, o funcionário da alfândega já estava analisando o passaporte.

— Sr. Caspar Rashid? Endereço?

— Gulf Road, Hampstead — disse Rashid.

— Natural de onde?

— Inglaterra.

— Gostaria de ver, senhor. — O funcionário entregou o passaporte, e Rashid esperou impacientemente enquanto Dillon se afastava e examinava as páginas.

Finalmente, Dillon disse:

— Tudo bem. — E entregou o passaporte para Rashid, que abriu um sorriso maravilhoso e foi embora.

— Temos de concordar que ele tem um sorriso bonito — disse Dillon.

— É, acho que sim, mas é boa-pinta.

— Mas não é por isso que está sorrindo. Ele acha que se livrou, e eu estou sorrindo porque o peguei. Ele está escondendo alguma coisa, Billy. Não sei o quê, mas está escondendo. Vamos.

Rashid estava cansado do voo e, obviamente, desatento. Seu veículo era um carro alugado vermelho que estava no térreo, no estacionamento do lado oposto à saída. Destrancou a porta e o porta-malas. Eles estavam perto o suficiente para ver bem quando Rashid tirou o estepe e começou a levantar o carpete.

— Pegue-o, Billy — disse Dillon. Eles agiram rápido, e Rashid virou-se para encará-los. Dillon sacara sua Walther. — Mãos atrás do pescoço. Veja o que consegue encontrar, Billy.

Billy teve sorte, levantando um pano que envolvia algumas ferramentas e uma pistola. Pegou-a.

— Smith & Weslson .38, automática. Carregada.

— Algeme-o.

Billy obedeceu.

— Vamos prendê-lo? — perguntou.

— Não, ele me interessa.

— Por quê?

— Não precisa ser nenhum Sherlock Holmes para saber que ele não ia fazer boa coisa. O passaporte dele diz que saiu de Londres na semana passada e foi para o Cairo. Pegou um trem para Mombasa, depois um barco para Hazar. Não ficou nem um dia inteiro antes de embarcar de volta para Londres. Por que ele fez tudo isso? Por que não ir de Londres direto para Hazar e voltar?

— Entendi — Billy assentiu. — Provavelmente porque não queria ser notado.

— E isso era mais fácil fazendo o caminho indireto.

— Então, por que não queria ser notado, Sr. Rashid?

— Porque — disse Rashid, o rosto deformado pelas emoções — eu não podia. Eles poderiam ter me matado. Poderiam tê-la matado. Eu não tinha escolha.

— Espere um minuto — disse Billy. — De quem estamos falando aqui?

— Da al-Qaeda. E do Exército de Deus.

Os dois sentiram um arrepio ao escutar o nome das duas organizações terroristas.

— O que eles queriam com você? — perguntou Dillon.

— Eles me ligaram. O homem falava um inglês excelente e um árabe perfeito. Disse que eu estava sendo vigiado e que poderia ser assassinado a qualquer momento. Disse que eu devia pensar nele como o Intermediário. Não me deu nenhum número de contato mas disse que eles queriam falar comigo pessoalmente. Foi por isso que fui para Hazar, por isso fiz uma viagem tão cheia de desvios, eles me disseram que ninguém poderia saber. A arma me foi entregue em Londres. Apareceu na minha gaveta, mas eu não sabia o que fazer com ela, então enrolei em um pano e a escondi no carro. Não sou terrorista, vocês têm de acreditar em mim.

— Mas por que eles procuraram você?

O rosto de Rashid se contorceu de novo.

— Para falar da minha filha. Minha linda filha de 13 anos, Sara. Quem os trouxe foi meu pai. Ele é muito ligado às tradições antigas, e quando nos disse que planejava casar Sara com um primo, alguém que mal conhecemos, eu e minha esposa recusamos. Ela também é inglesa, é médica. Nós recusamos e, então, ele simplesmente a pegou. E a levou embora. E agora Sara está no Iraque.

— Que merda — disse Billy.

— Por favor, não sei quem vocês são, mas devem ser ligados ao governo de alguma forma. Podem me ajudar? Não sou terrorista, mas aprendi muito sobre o Exército de Deus. Posso contar tudo que sei se me ajudarem a recuperar a minha filha. Por favor.

— Tire as algemas. — Dillon acendeu um cigarro. — Deixe o carro dele. Vamos usar o Aston Martin.

Billy obedeceu.

— Para onde?

— Vamos ver Roper.

LONDRES
———

BRUXELAS
———

2

Em Holland Park, eles foram recebidos pelo sargento Doyle, que fazia o plantão noturno.

— Visita inesperada — disse Dillon. — Tire Henderson da cama. Billy, leve Rashid para a sala de interrogatório e espere. Vou ver se Roper ainda está acordado.

E ele estava; navegando na web, como de costume, Cole Porter tocando baixinho no aparelho de som. Estava cantarolando, feliz da vida, com Greta ao lado, lendo a revista de política *New Statesmen*.

— Vocês dois, venham ao observatório.

Logo, os três estavam observando pelo vidro, enquanto Billy deixava Rashid totalmente só, em silêncio.

— Este é Caspar Rashid, doutor em Eletrônica pela Universidade de Londres. Tem 42 anos, nasceu em Londres, e a esposa, Molly, é médica. Espero que pegue este caso, Roper.

Gostaria de uma análise completa dos detalhes que gravar no interrogatório. Use todos os meios.

— Claro. Vamos manter isso na amizade — disse Roper e acendeu as luzes nos dois lados do vidro para que Rashid pudesse vê-los bem. — Dr. Rashid, somos uma mistura de organização militar e de inteligência. Meu nome é Roper, a senhora aqui é a major Greta Novikova, da inteligência russa, e Dillon e Billy Salter, que já conhece.

— Estou impressionado — disse Rashid.

— Pertencemos a um grupo autorizado pessoalmente pelo primeiro-ministro. As regras comuns não se aplicam a nós, então precisamos que seja totalmente honesto — disse Dillon.

Billy riu.

— A única regra que temos é não ter regras. Isso poupa tempo.

— Entendi — disse Rashid.

Greta de repente disse em árabe:

— Que besteira é esta? A análise do computador do major Roper não se encaixa com nenhuma língua árabe que eu conheça.

Rashid disse em bom russo:

— Ah, eu sou árabe o bastante, mas prefiro ser beduíno. Sou membro da tribo de Rashid, que tem base no deserto Rub' al-Khali. — E continuou em inglês. — Meu pai era cirurgião cardíaco em Londres, vindo de uma família rica de Bagdá. O dinheiro não tinha a menor importância para ele.

— E você renegou sua fé? Renunciou ao islamismo? — perguntou Greta. — Não posso acreditar.

— Meus pais voltaram para Bagdá há 13 anos. Meu casamento com uma cristã foi uma vergonha terrível para eles.

Infelizmente para eles, minha avó me deixou uma fortuna de herança, então eu era independente. Ela deixou para mim até a casa em Hampstead, onde nasci.

Foi Dillon quem perguntou:

— E tudo isso sem provocar nenhuma guerra com os seus companheiros muçulmanos?

— Muitas e com frequência. Eu me tornei o que uma vez chamaram de Muçulmano de Natal. Uma vez por ano. O tipo de engenharia eletrônica na qual sou especializado está ligado à construção de estradas de ferro modernas. Na minha área, sou considerado um *expert*. Visito muitas áreas muçulmanas. Colegas extremistas me pressionaram em várias ocasiões na universidade e em minhas viagens. Sei de coisas acontecendo em lugares que provavelmente deixariam vocês transtornados.

— Por exemplo? — disse Roper.

— Não vou dizer. Não até que os meus termos sejam aceitos. Só vou dizer que oito meses atrás, quando passei uma semana em Argel, e minha esposa estava com a agenda cheia de cirurgias marcadas, minha filha foi sequestrada na escola na hora do almoço, levada a uma pista de decolagem perto de Londres, onde pegou um avião para sair do país junto com membros do Exército de Deus, apoiados pela al-Qaeda. Deixaram-na na vila do meu pai em Amara, no norte de Bagdá.

— Meu Deus, o país está em guerra — disse Greta. — Por que um homem como ele está lá, em vez de sair do país?

— Ele viu a luz, é fiel a Osama. Uma vez, ele permitiu que Sara falasse conosco ao telefone, mas disse que nunca mais a veríamos. Desde então, tentei de tudo e não consegui nada.

— É aí que entramos — disse Roper.

— Ninguém em nenhum órgão oficial pode ajudar. O lugar que chamamos de Iraque é o inferno — disse Rashid.

— Fiquei interessado no motivo que faz seu pai, um homem rico e influente, continuar em uma zona de guerra. A major tem razão.

— Ele se dedica ao outro lado. Só vou lhes dizer isso. O que sei sobre o Exército de Deus durante os últimos meses e os acordos relacionados com a al-Qaeda em diversas áreas no Oriente Médio e do Norte da África vai lhe interessar, Sr. Dillon, principalmente sendo irlandês.

— Agora está chegando aonde eu quero. O que isso quer dizer?

— Ainda não. Sabem o que eu quero.

— E a sua esposa? — perguntou Greta.

— Ela não vai quebrar, é muito forte. Uma grande cirurgiã. Especialista em crianças.

— E ela nunca soube dos seus problemas com o islamismo e o Exército de Deus?

— Achei que a estivesse protegendo, mas o sequestro de Sara mudou tudo. Ela tem o trabalho dela. É o que a mantém de pé.

Houve uma longa pausa.

Dillon disse para Roper:

— Bem, temos a pequena questão da guerra, mas vamos ver o que podemos fazer. Que bom que Ferguson está em Bruxelas, assim não precisamos contar nada a ele. Deixe Henderson levar esse coitado para tomar um banho. — Dirigiu-se a Rashid enquanto este se levantava: — A sua viagem para Hazar. Achei que tivesse uma razão, mas aquele pessoal do Exército de Deus estava brincando com você, não estava?

— Não tenho mais nada a dizer.

— Bom — disse Roper. — É sempre bom ter certeza.

Sentado na sala dos computadores, Roper, que gostava de achar que era o maior gênio do planejamento de todos os tempos, estava tomando um uísque duplo e fumando um cigarro há vinte minutos, mas não estava calmo.

Primeiro, verificou o paradeiro de Molly Rashid. Ela era professora de pediatria em vários hospitais, mas naquela noite fizera uma cirurgia na Great Ormond Street e fora para casa à meia-noite.

Também pesquisou sobre os Rashid no Iraque. A vila na estrada ao norte do vilarejo de Amara, fora de Bagdá, ainda estava intacta, de acordo com fontes norte-americanas, e o chefe da família, com 80 anos, morava ali. Havia duas ou três senhoras e cinco ou seis jovens do tipo que carregam fuzis, e muitos refugiados dos bombardeios. Ficou feliz ao ver a menção a uma menina de 13 anos chamada Sara. Então, ela ainda estava lá. Roper pediu que trouxessem Rashid de volta à sala de interrogatório.

— O que é agora? — perguntou Rashid.

— Dr. Rashid, vamos ligar para a sua esposa.

— Posso falar com ela? — Rashid se iluminou.

— Eu insisto que faça isso. Mas, infelizmente, terá de ser no viva voz, e sugiro que conte tudo a ela, que desconfio que ainda não tenha contado.

Ouviram o som amplificado do telefone e uma voz de mulher:

— Caspar? É você? — Pelo timbre da voz, era educada.

— Dra. Molly Rashid? — perguntou Roper.

— Isso, quem é? — Ela ficou na dúvida.

— Aqui é o major Giles Roper.

Antes que ele pudesse continuar, ela disse:

— Meu Deus. Uma vez o encontrei em um almoço benefi-
cente no hospital Great Ormond Street. É aquele homem maravilhoso com todas aquelas medalhas por desarmar bombas.

Ela fez uma pausa, e Roper continuou para ela:

— O homem na cadeira de rodas.

— Isso. O que quer comigo a esta hora da noite?

— Dra. Rashid, o seu marido está aqui comigo.

Rashid começou:

— É verdade. Acabei de voltar da minha viagem a Hazar.
Escute com atenção, Molly, essas pessoas podem nos ajudar a
trazer Sara de volta.

Quando ele acabou de falar, tudo ficou quieto. A conversa fora
franca e direta.

— O que acha, Dra. Rashid? — perguntou Roper.

— Estou pasma. Eu sabia mais do que meu marido supunha
sobre as pressões que ele sofria de grupos islâmicos. Tenho certeza de que ele não queria que eu soubesse sobre esses assuntos,
então deixei-o pensar que eu ignorava. Esposas fazem isso. O
sequestro de Sara acabou com isso. A falta de qualquer meio
legal de tirá-la daquela zona de guerra tem sido muito difícil.

— O seu marido está nos oferecendo um acordo. Se tirar-
mos sua filha de lá, ele nos dará informações que jura serem
valiosas sobre a al-Qaeda e o Exército de Deus. A senhora acha
que devo acreditar nele?

— Major Roper, ele nunca mentiu para mim. Ele é beduíno. Para ele, a honra é tudo.

— Isso significa que ele vai ficar sob custódia durante a operação. E a senhora, Dra. Rashid, também deveria ficar sob custódia. Vivemos em um mundo cruel e perigoso.

— Não, obrigada. A minha agenda de cirurgias não permite.

— Depois do que o seu marido revelou sobre essas pessoas de quem não vai falar, acho que eu poderia sugerir um acordo — disse Dillon. — A major Greta Novikova, uma valiosa colega, é uma oficial altamente capacitada, com experiência em várias guerras. Ela poderia viajar com a senhora por segurança.

Molly Rashid pareceu hesitar, e o marido disse:

— Aceite a oferta, por favor, Molly.

— Tudo bem. Posso ver Caspar?

— Uma visita, sem dúvida. A major Novikova irá pegá-la. — E desligou. — Por enquanto, é só. Leve-o para a cama.

Mais tarde, eles se reuniram para discutir o assunto enquanto Greta servia chá e vodca, no estilo russo.

— Então, para mim, fica assim — disse Dillon. — Roper, você controla a logística daqui. Henderson e Doyle vigiam Rashid. De qualquer forma, sei que eles vão dizer que não suportam nem ver outro oficial aqui. Greta vai tomar conta de Molly Rashid.

— Gostei dela — disse Greta, distribuindo os copos de vodca.

— O que deixa nós dois, Billy, para ir ao Iraque — disse Dillon.

— Para salvar o mundo de novo.

— O trabalho de todo grande homem — disse Dillon. — Agora, Roper, me diga como você vê as coisas acontecendo.

— Bem, em algum momento, eu imagino você e Billy abrindo a porta da vila com um chute e uma arma na mão.

— Muito engraçado, Roper.

Naquele momento, o Codex Four, o celular seguro dele, tocou, e ele viu que era Harry Salter.

— Harry! O que houve? — perguntou.

— Tem alguém aí?

— Não por muito tempo.

— Coloque-me no viva voz para eu contar o que houve. — Ele esperou um momento. — Lembra de George Moon e o capanga dele, Big Harold?

— Nunca vou me esquecer deles — disse Roper.

— Escutem e aprendam, crianças — disse. Quando terminou, todos já sabiam o que tinha acontecido no Harvest Moon.

No final, Billy suspirou.

— Ruby? Ruby Moon, do Dark Man?

— Agora ela está sã e salva na cama. Poderia ser muito pior, Billy. É assim que você vai virar homem, amigo, não é o que dizem?

— Não na escola que eu frequentei.

— E foi uma das melhores escolas públicas de Londres. Eu queria transformá-lo em um cavalheiro, ensinar a ele como se comportar. Olhem o que ele virou.

— É, você criou um gângster cavalheiro. Um ladrão de estradas! — Roper riu. — Certamente, se encaixa com Billy.

— Certo, volte para casa, Billy. Posso sentir no ar que tem muita coisa acontecendo por aí. Faça este velho feliz e me conte tudo.

— Estarei aí em vinte minutos — disse Billy e desligou.
Virou-se para Roper e Dillon: — Então, qual é o plano?

— Vamos manter Ferguson de fora — disse Roper. — Vou providenciar a papelada falsa, acho que vão bancar os correspondentes de guerra de novo. Vou marcar um voo de Farley Field. Dillon fica encarregado de falar com Lacey e Parry que é um voo inesperado, ultrassecreto etc. O intendente em Farley vai fornecer as armas. Conheço uma firma chamada Recovery que nos ajudará em Bagdá. Só preciso fazer uma ligação para acertar tudo. Aviso vocês amanhã. Podem ir.

— Meu Deus. Coletes de titânio de novo.

Billy saiu. Dillon foi com Greta até a porta e observou Henderson abrir os portões eletrônicos para Billy. Depois que o carro se afastou, voltaram para dentro.

— Acho que vou dormir por aqui mesmo, no quarto dos funcionários — disse Greta, quando a voz de Ferguson ecoou do computador de Roper. E parecia irritado.

— Tem alguém aí?

Greta deu um pulo, Roper colocou um dedo sobre os lábios e Dillon se serviu de Bushmills, cuja garrafa estava em uma mesa no canto.

— Estou aqui, chefe. Você nos conhece, nunca fechamos — disse Roper.

— Como está Bruxelas? — perguntou Dillon.

— Um saco, mas assim é a política. No que depender do primeiro-ministro, estamos de volta aos tempos do lobo.

— Segunda Guerra Fria? — disse Dillon.

— Acho que já sabíamos disso há um tempo. O general Volkov não sai do lado de Putin nem um minuto, e quanto àquele gordo idiota do Luzhkov na embaixada, cuidaremos dele depois. Então, as coisas estão calmas no momento?

— Muito, vossa senhoria, e estamos de saco cheio.

— Já acabou a encenação irlandesa, Dillon. Certo, se isso é tudo, boa-noite a todos. Falo com todos amanhã.

Ele desligou, e Dillon disse:

— Vou dormir um pouco. Conhecendo você, vai começar a providenciar a papelada falsa agora mesmo.

— Nada como um pouco de falsificação para passar as minhas noites solitárias. Parece algo tirado de Dickens. — E Roper se virou para seus adorados computadores. — Sean, você acredita no homem misterioso da al-Qaeda, o Intermediário?

— Certamente — disse Dillon.

Roper sorriu.

— Que bom. Eu também.

Na embaixada em Bruxelas, Vladimir Putin estava sentado tomando uma vodca com o general Volkov, o conselheiro de segurança em quem mais confiava, e Max Checov.

— Então, as coisas estão indo bem com a Belov Internacional? — perguntou o presidente.

— Claro, Sr. Presidente. Graças à morte de Belov, agora controlamos os campos petrolíferos e os oleodutos da Sibéria à Noruega e por todo o Mar do Norte até a Inglaterra. — Volkov deu de ombros. — E podemos interromper o abastecimento quando quisermos.

— Para, vai, para, vai. Podemos brincar com eles — acrescentou Chekov. — Quando penso nos velhos tempos e em todos aqueles esforços para ameaçar com uma bomba atômica. — Ele balançou a cabeça. — Agora podemos conseguir mais do que sempre sonhamos apenas fechando algumas torneiras.

— Verdade — disse Putin. — Foi um presente maravilhoso ver Belov no fundo do Mar da Irlanda, graças ao pessoal do Ferguson.

— O que aconteceu com a propriedade de Belov na Irlanda?

— Drumore Place — respondeu Chekov. — Estive lá duas vezes. Foi desenvolvido para a indústria leve. Tem uma pista de decolagem decente para pequenas aeronaves, e um heliporto. Um pequeno porto, mas bom. Ou seja, uma boa propriedade para se manter. — Ele sorriu. — E se quiser conhecer um dia, tem um excelente pub chamado The George.

— Estranho. — Putin, que já fora coronel da KGB, conhecia a história. — O rei George foi quem oprimiu os camponeses irlandeses no século XVIII por serem católicos. Eles o odiavam por isso, então por que ter um pub chamado The George?

— Perguntei a mesma coisa ao dono — disse Chekov —, um homem chamado Ryan. Ele disse que era o pub deles e que gostavam da forma como estava. E deixe-me acrescentar: eles podem ser católicos por convicção, mas a verdadeira religião é o IRA.

— Eu sei. — Putin cheirou seu drinque. — Aquele pessoal do antigo IRA: tão violentos, tão úteis em alguns serviços. Bem! — Ele levantou o copo. — Vamos beber ao futuro da Belov Internacional. — Ele assentiu para Chekov. — E ao seu CEO.

Beberam a vodca, e mais uma, então Chekov pediu licença. Volkov serviu-se de mais duas.

— O que acha dele? — perguntou Putin.

— De Chekov? — perguntou Volkov. — Ele vai ficar bem. Tem uma excelente ficha no exército. Daquele tipo que mata rindo, sabe? E ele é tão rico que me parece totalmente confiável, dificilmente vai ficar ambicioso demais.

— Bom. Agora, Volkov, a respeito desse infeliz acontecimento com Blake Johnson. Precisa verificar a qualidade do seu pessoal. Só vale a pena atacar um alvo com tanto prestígio quando o sucesso é garantido. Fracasso não é uma opção. E continuo vendo o maldito nome de Dillon aparecendo o tempo todo!

— Claro, senhor, eu entendo. Quanto a Dillon, ele é um homem excepcional.

— Está dizendo que não temos homens como ele? O que aconteceu com Igor Levin, por exemplo?

Volkov hesitou.

— Ele não é mais confiável, Sr. Presidente. No final da operação Belov, ele fugiu para Dublin com dois sargentos da inteligência, Chomsky e Popov. Acho que Chomsky está estudando Direito na Trinity College, em Dublin, agora. É difícil.

— Errado — disse Putin. — É muito simples. Diga a eles que o presidente precisa deles, e a Rússia também. E se isso não funcionar... bem, temos formas de lidar com pessoas que "fogem", não temos? Quanto a Ferguson e companhia, estou cansado deles. Está na hora de acabar com isso de uma vez por todas. Toda vez que progredimos para alcançar nosso objetivo, eles interferem. Desordem, caos, anarquia levando a um colapso na ordem social: esse deveria ser o nosso objetivo. Cultivar nossos amigos árabes, deixá-los fazer o trabalho sujo. A arma favorita deles é a bomba, o que significa morte de civis, isso vai despertar o ódio por tudo que for muçulmano em toda a Europa. Tem minha total autorização.

Volkov tentou sorrir.

— Muito obrigado, Sr. Presidente, por tudo.

— Vou tomar mais uma vodca com você, depois pode ir.

— Com prazer. — Volkov foi até a mesa que ficava na lateral e serviu dois copos.

— Tenho pensado — disse Putin. — Esse árabe com quem você está lidando em Londres, o professor Dreq Khan, do Exército de Deus. Ele parece quase intocável, todos aqueles comitês no Parlamento, todos aqueles contatos políticos. Ele poderia sair impune. — Ele riu. — Você não acha? — Levantou o copo. — À vitória e à Mãe Rússia. — Ele tomou toda a vodca em um só gole.

Depois de ser chamada às 2h30 da manhã pelo hospital Warley General, para o pronto-socorro, que estava sem dois cirurgiões-gerais, Molly se viu cuidando de vários bêbados e vítimas de ataques violentos, muitas delas, mulheres. E alguns dos pacientes estavam brigando entre si.

Abu Hassim também estava de plantão, um porteiro que não era alto, mas forte e musculoso e muito capaz de cuidar de si em meio à confusão. Abu, que nascera em Streatham, tinha um leve sotaque *cockney*, mas sua aparência era árabe.

Ele conhecia Molly, e ela o conhecia o suficiente para cumprimentá-lo, pois ele morava em uma loja que pertencia aos tios, perto da casa dela.

Ela estava com calor, cansada e exausta, e conforme abriu passagem pela multidão, um homem de uns 30 e poucos anos, muito bêbado, gritando e exigindo um médico, a viu.

— Quem é essa doçura? — gritou ele, e tentou beijá-la.

Ela berrou:

— Deixe-me em paz, maldito — e tentou afastá-lo.

Ele lhe deu um tapa na cara.

— Piranha.

A multidão se agitou, e uma mão a puxou. Era Abu Hassim.

— Isso não é jeito de se tratar uma dama. — Ele disse.

Dando um passo à frente, deu uma cabeçada precisa no bêbado, que caiu para trás. Abu pegou-o pelo colarinho e o colocou em uma cadeira.

Ela enxugou o rosto com uma toalha.

— Isso certamente não estava previsto, mas obrigada. Abu Hassim, não é?

— Isso mesmo, doutora. Desculpe pelo que aconteceu... mas que bom que eu estava por perto.

— Com certeza. Mas faz parte do trabalho, acho. Obrigada mais uma vez.

— Não precisa agradecer. Vejo a senhora pela manhã — disse.

— Eu tenho a manhã de folga.

— Sorte sua.

Ele saiu para a rua, onde chovia e ventava. Não havia ninguém àquela hora no ponto de ônibus. Esperou. Poucos minutos depois, Molly saiu pelo portão principal, dirigindo uma Land Rover. Ela parou e abriu a porta do carona.

— Entre. É o mínimo que posso fazer.

— Poxa, obrigado — aceitou, parecendo agradecido.

— Eu já o vi saindo daquela loja na esquina da Delamere Road — disse Molly.

— Os meus tios são os donos.

— De onde você é?

— Daqui mesmo, da velha e boa Londres. Sou um muçulmano *cockney*.

— Sinto muito. — Ela riu, na dúvida.

— Não precisa. Gosto de ser o que sou.

Por alguma razão, ela se sentiu em apuros.

— Seus pais...

— Já morreram — disse Abu. — Eles eram do Iraque. Dois anos atrás, voltaram por questões familiares e morreram em um bombardeio.

Ela ficou chocada.

— Sinto muito.

— Muito a fazer, pouco tempo. — A expressão dele permaneceu calma. — Mas como dizemos: *Inshallah*, como Deus quiser.

— Acho que sim. — Ela parou ao lado da loja. — Logo nos veremos de novo.

Ela era tão legal, e ele gostava muito dela. Pena que era o que era, mas Alá o designara para essa tarefa, e ele saiu.

— Durma bem, doutora. Que Alá a proteja. — Ele foi até a porta lateral da loja e ela saiu, mais cansada que nunca. O portão eletrônico abriu e ela estava em casa.

Na loja, Abu e o tio se abraçaram.

— Uma noite difícil, e você está molhado. Vista isto. — O tio lhe entregou um robe. — Vou preparar um pouco de chá. Sua tia foi para Birmingham. A sobrinha dela entrou em trabalho de parto. — Ele encheu a chaleira. — Agora, me conte o que aconteceu.

Abu pegou a xícara de chá que o tio lhe entregou.

— Nossa presa, o marido da Dra. Molly, o beduíno Rashid, chegou de avião de Hazar e foi preso. Tínhamos dois espiões bem perto da ação. Ele foi visto sendo levado por dois homens, que descobrimos serem oficiais do governo. Um dos nossos irmãos, que trabalha na alfândega, confirmou. Disse que o nome deles é Dillon e Salter. Outros camaradas nossos os viram entrando em um Aston com Rashid.

— E depois?

— Nada, só que nossos homens pegaram o número da placa.

— Como sabe de tudo isso?

— Ligaram para mim no hospital para que visse como estava a situação com a esposa. É óbvio que a polícia vai entrar em contato com ela. — Ele balançou a cabeça. — Gosto da Dra. Molly. Ela é uma boa mulher. Por que tem de ser uma deles?

Em vez de dar uma explicação, o tio perguntou a ele:

— Está fraquejando na sua decisão?

— De forma alguma, não diante de Alá. — Abu deu de ombros. — Vou dormir. Ela tem a manhã de folga, então será difícil inspecionar a casa. Vamos ver.

O tio o abraçou.

— Você é um bom garoto. Durma bem.

O tio achava que, com o passar dos anos, seu sono estava mais leve, e deitou no sofá perto da lareira. Cochilou, analisando a situação atual e pensando em como tinha sorte, com a sua fé fortalecida pela idade, de receber tanta força de Alá. O telefone tocou.

— Ah, ainda acordado, Ali, meu irmão.

— O que posso fazer por você?

— Abu fez bem em se envolver com a mulher de Rashid. Diga a ele para tirar o dia de amanhã de folga no hospital e observá-la. Um dos meus agentes em Heathrow conseguiu seguir Caspar Rashid até um lugar em Holland Park com muita segurança.

O homem que estava falando era o professor Dreq Khan, cuja área de atuação era Religião Comparada. Era um acadêmico muito respeitado em muitos países, mas principalmente em

Londres, onde participava de muitos comitês governamentais e de interfé. Seu grande segredo era o encontro decisivo que tivera com Osama bin Laden no Afeganistão, anos antes, e as mudanças na sua forma de pensar que o levaram a fundar o Exército de Deus.

— Vamos descobrir tudo o que pudermos, mas se estou certo, seria uma perda de tempo tentar entrar. Os meus assistentes de informática na universidade descobriram quem é o dono do carro, um famoso criminoso no seu tempo, chamado Harry Salter. Ele é muito rico, mas um informante me disse que ainda usa os velhos truques. Sabe o que ele diz ao pessoal dele? Que contrabandear cigarro dá tanto dinheiro quanto heroína, mas só fica seis meses preso se for pego.

— Londres é realmente um lugar impressionante.

— Ele tem um sobrinho chamado Billy Salter, mas não conseguimos nada sobre ele. De qualquer forma, vou continuar investigando. Talvez as autoridades tenham apagado os antecedentes dele. De todo jeito, faça o que puder, e que Deus esteja com você.

Ali Hassim suspirou, juntou as mãos e deitou.

Mais ou menos uma hora antes, Billy fora de carro para o Dark Man. Sabia que a porta da frente estaria trancada, então passou pela porta lateral e atravessou o bar, encontrando Harry sentado perto da lareira, com Ruby lhe servindo café. Ambos levantaram o olhar, e ela se esforçou para sorrir, já tendo percebido que Billy seria seu maior obstáculo, mas Ruby era Ruby e inegavelmente bonita.

— Você foi burra em suportar tudo aquilo, Ruby. Ele sempre foi um grosso, e Arthur, tão apetitoso quanto um cadáver. Agora, tenho umas notícias não muito boas para contar para meu velho tio Harry. Mas você pode escutar também, já que agora faz parte da equipe e mora aqui, e, de qualquer forma, você conseguiria arrancar isso de qualquer homem usando calças bem cortadas.

— Devo aceitar isso como um elogio? — perguntou Ruby.

— Claro. Agora, fique quieta. — E se virou para Harry. — Vamos para Bagdá de novo.

— Que maravilha — disse Harry. — As tropas estão voltando para casa, mas meu sobrinho e um irlandês louco vão fazer exatamente o contrário.

— Vai valer a pena. — Ele começou a dar os detalhes. — A garota ainda é uma criança, só tem 13 anos, pelo amor de Deus, então se Roper der um jeito, vamos conseguir, e eu sou a favor. Francamente, quanto mais penso nessa menina e em como o futuro dela provavelmente será, mais tenho vontade de ir. — Ele levantou. — Agora vou dormir, antes que eu caia duro.

Ele saiu. Houve um silêncio e Harry comentou:

— Meu sobrinho é muito teimoso. O que acha, Ruby?

— Eu diria que ele precisa de uma boa noite de sono. — Ela levou a bandeja de café para o bar. — Mas eu também gostaria de dizer que o acho incrível e, agora, também vou dormir.

Em Hampstead, às 6 horas, Greta Novikova estava passando por ruas praticamente vazias molhadas de chuva. Uma Mini Cooper, azul-escura, com uns 2 anos, era o que ela preferia, o motor letal. Foi fácil encontrar a casa, que era grande, antiga, com grades no estilo eduardiano. Ligou para Roper.

— Estou aqui.

— Vou avisar a ela. — Após alguns instantes, ela escutou uma voz eletrônica dizendo:

— Portão abrindo.

Entrou em uma bonita alameda, cercada por choupos, um tipo de salgueiro, com uma linda casa estilo eduardiano no final, com varandas e portas duplas.

Greta deixara o telefone ligado.

— Fantástico. Deve valer, fácil, uns 4 ou 5 milhões.

— Garota esperta, quatro e meio. Mas quando o avô dele comprou, pagou 175 mil libras. Pasme, é a inflação do mercado imobiliário.

Molly Rashid abriu a porta da frente, no topo da escada que levava à varanda, a mão estendida.

— Seja bem-vinda, major Novikova.

— É linda.

— A casa? Ah, somos muito felizes aqui. Meu marido tem adoração pelo lugar, e minha filha também.

Era como se tudo estivesse normal. Greta olhou em volta, notando quadros dramáticos em todos os cantos. O piso era de pedras Yorkshire, que pela temperatura era aquecido por baixo.

— A cozinha fica no fim do corredor — disse Molly. — Vou preparar um chá, a não ser que prefira café.

— Sou russa, lembre-se, prefiro chá.

— É tão útil ter um marido beduíno. Os Rashid tomam muito chá. Vá, tem cinco minutos. Meta o nariz em todo lugar. Veja se consegue descobrir por que não tem banheiro no quarto principal.

Greta andou rapidamente de um quarto ao outro, muitos banheiros e quartos de vestir, todos lindamente decorados, um alegre urso empalhado, em tamanho natural, ficava no corredor.

Finalmente, chegou ao quarto principal, uma obra de arte com um quarto de vestir soberbo anexo. Voltou ao quarto e fitou pensativamente as portas espelhadas do armário. Abriu-as uma a uma e, de repente, uma delas virou, revelando um banheiro escondido, com lindos mármores contrastando. Desceu e encontrou Molly sentada em uma banqueta no bar, servindo chá.

— Como conseguiu? — perguntou Molly.

— Encontrei, depois de uma busca completa. Presumo que seja um refúgio.

— Bem, nunca precisei usá-lo dessa forma. A simples ideia de precisar dele para isso me deixa assustada. Por que tem que ser com a gente?

— Seu marido é um homem que tem alguma projeção no mundo, assim, é muito útil para o lado negro do mundo muçulmano. Geraria publicidade positiva se ele fosse a público apoiando o extremismo. Em vez disso, ele renega a sua fé, a menospreza. Isso o torna um traidor no mundo dele. Os fundamentalistas, ou muitos deles, não reconhecem que são britânicos, mesmo tendo nascido aqui. — Ela levantou-se. — É melhor irmos logo.

Minutos depois, elas saíam pelo portão principal.

— Qual a distância que você disse da loja de Abu?

— Cinco minutos, só isso. Não tem nenhum trânsito naquela hora da noite. Vamos passar por lá, mostro a você. — E ela mostrou, parando o carro no outro lado da rua. Havia uma van amarela estacionada na frente da loja, com um símbolo que dizia Departamento de Limpeza. Junto dela, estavam dois homens com feições árabes e capas de chuva amarelas, o que não era nenhuma surpresa, já que estava chovendo, e então surgiu um terceiro homem empurrando uma lata de lixo com rodas, pás e esfregões saindo dela. Trocaram algumas palavras, e a van foi embora.

— Que estranho — disse Molly.

— O quê?

— O terceiro homem era Abu. Ele deveria estar de plantão hoje.

— Talvez ele tenha um segundo emprego — disse Greta, mas não acreditou nisso nem por um minuto. — Vou ligar para Roper.

Ele ligou de volta 15 minutos depois.

— Vocês estão ficando paranoicas, senhoritas. Tem meia dúzia de vans na área, verificando os canos. É um exercício mensal.

— Tudo bem — disse ela. — Logo estaremos aí. Que tal um café da manhã?

— Já cuidei disso. O Tony's Café na esquina da Arch Street vai entregar. Ovos mexidos frios, bacon, torradas amolecidas. Gostaria de contratar alguém para cozinhar, mas não tenho autoridade para isso. Também não tenho o gênio que faria o general Charles Ferguson, condecorado com a Cruz Militar pelo exército britânico, contratar uma mulher de meia-idade com bochechas coradas para trabalhar em uma cantina bem-sucedida, como a Sra. Grant fazia. Infelizmente, ela partiu para um lugar melhor, não foi ao enterro dela que eu fui há três semanas?

— Você é louco, Roper — disse Greta.

— Desde que conheci você, querida. É um prazer servi-la. Até lá...

Greta estava rindo abertamente.

— Ele é um bobo.

— Tudo fingimento — disse Molly.

— Verdade, não tem jeito. Todas aquelas vidas que ele salvou, e o que recebe em troca? Um rosto queimado e a espinha quebrada. Ainda tem pedaços de projéteis em cinco partes do corpo. A mulher deu o fora nele. É verdade. Dillon me contou uma noite em que bebemos demais. Parece que ela simplesmente não aguentou.

— Ela era jovem, fraca e vulnerável. Acontece. Fazer o que fez só prova que o major Roper é um homem notável. E não pense que por baixo da superfície existe um homem amaldiçoado. Ele é um sobrevivente.

— Fale mais sobre isso. Você é uma mulher legal com um bom coração. Por outro lado, eu servi na Chechênia, no Afeganistão e no Iraque. Ainda não descobri o que isso diz de mim. Quando descobrir, lhe conto.

— Sinto muito — disse Molly.

— Não precisa. De uma forma estranha, eu gosto. Fico me perguntando o que isso faz de mim. — E, então, ela entrou no esconderijo e esperou o portão abrir.

O sargento Boyle recebeu o café da manhã do Tony's em uma caixa embalada a vácuo e deixou que Molly comesse junto com o marido na cela. Os outros se sentaram em volta da mesa na sala de reunião. Depois de todos terminarem, Roper convidou os Rashid para se juntarem a ele na mesma sala.

— Vamos tomar nosso café de forma civilizada e depois vou fornecer todas as informações a vocês — disse ele. — Estou esperando duas pessoas que serão essenciais se formos realmente entrar em ação.

Logo depois, a campainha tocou e o sargento Boyle voltou com dois homens fortes usando casacos de couro de aviador. Os bigodes da Real Força Aérea Britânica diziam tudo. Todos se cumprimentaram, e Roper fez as apresentações.

— Comandante Lacey e tenente-aviador Parry. Eles são os pilotos do Gulfstream. Trabalham em todas as operações da nossa equipe.

— Toda e qualquer operação — disse Lacey.

Dillon, que tinha um frasco de Bushmills no bolso, tirou-o, abriu a tampa e o levantou, oferecendo um brinde.

— Só tenho uma pequena correção. Parece que nossos ilustres pilotos não têm uma, mas duas Cruzes da Força Aérea, cada um.

Os dois fitaram-no espantados.

— Harry sempre lê o *The Times*. Parece que a edição desta manhã falava de vocês. Alguma coisa sobre operações secretas. Nem imagino de *onde* eles tiraram isso — disse Billy.

— A muitas aterrissagens bem-sucedidas — disse Dillon.

Todos os parabenizaram, até que Roper abriu uma pasta e tirou um documento.

— Certo, comandante, isto é para vocês. Detalhes do voo para Bagdá. É bem parecido com aquele serviço que fizemos um ano e meio atrás. Os passageiros serão Dillon e Billy. O propósito da viagem está no arquivo. Vão esperar por eles, e na volta haverá mais uma passageira, uma menina que está sendo mantida como refém no Iraque. Billy e Dillon vão resgatá-la e trazê-la de volta para casa.

— A situação em Bagdá ainda está bem difícil. Nas últimas duas semanas, sete helicópteros foram derrubados. Mas, naturalmente, faremos o melhor possível — disse Lacey.

— Sabemos que sim.

— Quando, senhor?

— Eu diria que nas próximas 24 horas.

— Certo, major. Mais alguma coisa?

Roper usou um tom de voz misterioso.

— Comandante, já deve ter visto muitos filmes de guerra em que, quando o herói recebe ordens de cumprir alguma ação ousada, dizem que essa ação pode ganhar a guerra. Bem, é mais ou menos isso. Existem repercussões de segurança que serão imensamente favoráveis para nós se formos bem-sucedidos.

Eles levaram isso realmente a sério.

— Pode confiar em nós. Vamos direto para Farley agora.

— E saíram.

Dillon virou-se para Rashid.

— Caspar, você precisa saber que eu e Billy tivemos uns negócios com a tribo Rashid em outros tempos. Com Paul, o conde de Loch Dhu, e a irmã, Lady Kate, ambos líderes da tribo.

— Quando eles estavam vivos — acrescentou Billy.

Caspar ficou tenso.

— Vocês tiveram alguma coisa a ver com aquilo? Foi um tremendo choque para o povo.

— Quase nos custou uma ponte ferroviária — disse Billy.

— Deve conhecer... a Bacu? Fica em um despenhadeiro com mais de 45 metros de profundidade, construída na Segunda Guerra Mundial. Quase explodiu.

Rashid estava ainda mais perturbado.

— O conde e sua irmã foram assassinados. Vocês foram os responsáveis?

— Meu amigo, você não nos contou seus segredos, então por que deveríamos contar os nossos?

— A ponte tinha uma vista incrível — disse Billy.

Molly perguntou devagar:

— Vocês estão tentando nos dizer que os executaram?

— Já viram essa interessante cicatriz no rosto de Billy? — perguntou Dillon. — Foi Kate Rashid, além de duas balas na região pélvica e uma no pescoço. Sei que é difícil lidar com o que é certo e o que é errado nesse tipo de situação, mas foi assim que as coisas aconteceram. Acredite no que vou falar: eles eram pessoas muito más. Talvez queira se recolher na cela do seu marido para aceitar melhor?

— E nós *somos* os mocinhos, doutor. Confuso, não acha? — comentou Roper.

Doyle apareceu para acompanhá-los.

— Talvez você também queira participar disso, Greta. A vila de Rashid fica ao norte da cidade, em Amara, e graças à genialidade do meu equipamento, posso mostrar a vocês agora. Impressionante o quanto devemos ao satélite. Olhem e pasmem, crianças — vangloriou-se Roper.

Era óbvio que a vila era a casa de um homem rico. Não havia nenhum sinal de estrago causado por bombas. Em volta, havia palmeiras, laranjeiras, limoeiros e oliveiras. Barcos viajavam pelo Tigre.

— Uma tranquilidade.

— Não dá nem para imaginar que o lugar está em guerra — disse Billy. — Olhem com atenção. Tem algumas mulheres na varanda. Olhem para os bosques de laranjeiras e limoeiros. Pelo menos seis empregados, e o portão da frente é blindado. Três homens aqui, e posso apostar que os fuzis que estão carregando são AKs. Algumas cabanas espalhadas pelo terreno.

— Osso duro de roer — disse Dillon.

— Mas não impossível. — No rio, estava passando uma lancha de 42 pés. — Por causa do estado atual da cidade, o setor marítimo está indo muito bem. Evita as bombas nas estradas. O pessoal que já foi da marinha, do Serviço Aéreo Especial, ex-boinas verdes, todos estão nesse negócio.

— Quem você escolheu? — perguntou Dillon.

— Um sujeito chamado Jack Savage. Ele foi da unidade de elite dos Fuzileiros Navais Reais. Costumava trabalhar em operações contra o IRA na época dos problemas na Irlanda, afundando barcos pesqueiros e afins que transportavam atiradores pelo Mar da Irlanda. Negociei uma quantia bem alta para ele organizar tudo. Vão encontrá-lo em Bagdá.

— Onde?

— Um bar perto do rio. Ele é dono em sociedade com a esposa, Rawan Feleyah. Ela é drusa. O nome é River Room. Ele me disse que faz com que se lembre do Savoy. Já o informei sobre a situação. Ele fará um planejamento adequado.

— Você quer dizer uma aproximação pelo rio Tigre?

— Ele e alguns empregados sobem e descem o rio, principalmente à noite, fazendo bons negócios, e maus também.

Dillon assentiu e virou-se para Billy.

— Vamos ao Wapping. Quero contar tudo a Harry. Sabe o quanto ele gosta dessas coisas.

— Ele vai querer ir também — avisou Billy. — Já fez isso antes.

— Conte-me mais sobre isso. — Dillon virou-se para Greta: — É melhor tirar a boa médica de perto do marido.

Greta foi até a cela, e Molly e Caspar se levantaram para cumprimentá-la.

— Hora de ir. Vocês agora só vão se ver de novo quando tudo isso acabar. O que acham disso?

— Seja como Alá quiser — disse ele.

— Para um homem que não segue a sua religião, o senhor fala muito em Alá.

— Talvez você esteja certa, mas estamos todos à mercê dos eventos. Esta operação será violenta?

— Se as coisas derem certo, poderá ser bem simples.

— E se derem errado, pessoas vão morrer. Até Sara pode morrer.

— Sempre existem riscos. Mas deixem-me contar um pouco sobre o homem de quem estamos falando, Sean Dillon. Ele foi o agente mais temido que o IRA já teve.

— E o que deu errado?

— Durante a guerra da Bósnia, ele entrou no espaço aéreo sérvio para levar suprimentos médicos para crianças na Sérvia. Ele foi atingido e estava quase morto quando Charles Ferguson chegou. Ferguson chantageou Dillon para entrar na organização e depois fez um acordo com os sequestradores dele.

— Que tipo de gente habita o mundo de vocês? — perguntou Molly Rashid, horrorizada.

— Pessoas preparadas para fazer o que for necessário. Vocês devem ir. Você disse que estava de plantão no hospital.

— Isso mesmo.

— Quer passar em casa?

— Não, tenho tudo de que preciso.

— Ótimo. Vou deixá-la lá e ver se está tudo bem. Eu a verei de novo no final da tarde. Tenho o número do seu celular.

O resto da viagem correu em silêncio. No hospital, Molly Rashid pegou um guarda-chuva que lhe deram e olhou para baixo.

— Você mesma já deve ter matado pessoas.

— Muitas vezes — confirmou Greta com serenidade. — Estou no ramo da morte, mas você também está. Achei que já estivesse acostumada com isso a esta altura.

Molly abriu um sorriso triste.

— Achei que estivesse no negócio da vida, mas acho que me informaram errado.

Molly virou-se na direção da entrada, e Abu saiu e desceu as escadas.

— Abu — chamou ela. — Aonde você vai? Achei que estivesse de plantão.

Ele sorriu para as duas.

— Senhoritas. Não, tirei a tarde de folga. Um amigo vai me substituir. — Neste momento, a van amarela chegou, apenas com o motorista, um árabe sardento. — Este é Jamal. Costumo ajudá-lo quando estou de folga.

Jamal, que parecia o tipo de homem que está sempre furioso, assentiu de má vontade. Abu entrou ao lado dele, e se afastaram.

— Nos vemos mais tarde — disse Greta a Molly, e os seguiu.

O trânsito estava tranquilo àquela hora da tarde e, seguindo seu instinto, foi para a casa dos Rashid, estacionou o carro na garagem e trancou a porta. Foi para a janela mais alta e, poucos minutos depois, viu a van amarela parar do outro lado da rua. Abu saiu e foi na direção da casa; a van andou e estacionou embaixo das árvores.

Greta assentiu. Era melhor deixar Abu arrombar a casa. Deve ter vindo procurar mais informações sobre Caspar Rashid. Escutou uma janela da despensa ser quebrada, então foi até a suíte principal e se escondeu no abrigo.

Conseguia escutá-lo andar pela casa e, finalmente, entrar no quarto. Então, ele usou o celular e falou em árabe com Jamal. Graças ao tempo que serviu no Iraque, Greta sabia falar árabe.

— Não tem ninguém aqui. Não, espere por mim, já recebeu suas ordens. Vou procurar no escritório e ver se consigo encontrar alguma coisa para o professor Khan. Fique perto do canal.

Greta pegou a sua Walther no coldre e ligou o silenciador Carswell. Saiu para o corredor. Ele estava no final do corredor com uma pistola na mão direita.

— Surpresa — disse ela baixinho, em árabe. — Que bom que veio fazer uma visita. A Dra. Rashid não está, mas pode falar comigo.

Ele se virou, aturdido, e, por um momento, pareceu tonto. Ela continuou em inglês:

— Caspar Rashid também não está em casa. Estamos com ele, e vocês do Exército de Deus devem estar loucos por isso. E quem é o professor Khan?

O rosto de Abu se contorceu, a mão começou a levantar, e Greta atirou bem no meio dos olhos dele, que caiu para trás, morto.

Seguiu o procedimento que aprendera, ligando para Roper no Codex Four.

— Onde você está? O que houve?

— Tenho um presunto. Estou na casa dos Rashid, sozinha. O tal do Abu invadiu a casa armado. Não tive escolha.

— Vou mandar o pessoal para aí imediatamente. Em poucas horas, ele será um monte de cinzas no crematório.

— Devo contar a ela quando a encontrar no hospital?

— Se a minha avaliação sobre ela estiver certa, é melhor não. Ela não é como nós. É uma boa pessoa.

Os homens de terno preto eram excelentes, parecia que tinham sido coveiros a vida toda. Enfaixaram a cabeça de Abu, colocaram seu corpo em um saco, e um deles limpou o corredor que, por sorte, era de madeira envernizada.

— A senhora mal perceberia, major. — Ele sacudiu o tapete e colocou-o no chão. — Aqui está.

Ela os viu sair, depois desceu pela trilha até o canal. Jamal estava sentado atrás do volante da van amarela. Abaixou-se.

Ele ligou a van violentamente, e ela bateu no vidro com a Walther.

— Não tente fazer nada — disse ela em árabe —, o Exército de Deus está com um homem a menos. Matei Abu e o meu pessoal já levou o corpo dele embora. Se ele tiver sorte, todas aquelas virgens estarão esperando por ele no Paraíso; se não, todos vocês foram enganados.

— Mas quem é você? — perguntou ele, em inglês.

— Inteligência Britânica. E tenho um recado para o mandante. Diga ao seu chefe, professor Khan, que estamos atrás dele. Seu pequeno exército está fora do negócio a partir de hoje ou todos vocês vão seguir os passos de Abu. Está claro?

Jamal não disse nada, mas a testa dele suava. Greta se virou e saiu. Atrás dela, escutou a van ser ligada e partir, cantando os pneus.

O Codex dela tocou, era Roper.

— Está tudo pronto. Até trocamos o vidro e limpamos os cacos, para que não fique nenhum rastro do que aconteceu. Tudo bem com você?

— Tudo. Roper, me diga uma coisa, o nome professor Khan diz algo pra você? Certamente dizia para Abu e Jamal, o motorista da van.

— Não, não caiu nenhuma ficha.

— Acho que se pesquisar esse nome, vai ter uma surpresa.

— Farei isso.

Quando Molly saiu do hospital, eram quase 20 horas, e estava chovendo e fazendo frio do lado de fora. Entrou no carro.

— Estou exausta.

— Dia difícil? — perguntou Greta.

— Não parei um minuto. Uma cirurgia atrás da outra. Francamente, tudo que eu quero agora é um sanduíche e cama. E você?

— Ah, dia comum. Muito chato. — Greta riu ao se afastar com o carro. — Vamos, vou levá-la para casa.

BAGDÁ

3

O acordo que Roper fizera com Jack Savage fora suficiente para fazê-lo trabalhar e deixá-lo atento, ainda mais porque o pagamento seria em dólares norte-americanos. Eles se conheciam desde a época dos problemas da Irlanda, com Roper atolado em trabalho com bombas e Savage perseguindo contrabandistas de armas à noite no Mar da Irlanda. Quando discutiram as exigências de Roper, este contou sobre Dillon e Billy, Sara Rashid e a intenção de resgatá-la. Savage não tinha o menor interesse no que eles fariam, o acordo era tão bom que não havia chance de recusar.

A esposa dele, Rawan, tinha outro ponto de vista. Dois anos antes, Abdul Rashid usara seus contatos para resgatar os pais dela do Iraque e levá-los para a Jordânia, depois que extremistas atearam fogo no barco onde eles moravam, no rio. Devia a ele.

Quando o marido explicou o que os visitantes fariam quando chegassem, ela deixou claro que não aprovava.

— Escute — disse ele. — Não vou recusar uma grana dessas, e o contato com a Inteligência Britânica pode render outros trabalhos no futuro. Enfie isso na sua cabeça.

— Cretino — disse ela. — Você só liga para dinheiro. Pode dormir no deque esta noite.

— Não vou perder muita coisa. Para mim, está ótimo. — Ele pegou duas mantas e uma garrafa de uísque e foi para o deque.

O único ponto importante que Roper interpretou mal foi que Sara Rashid não estaria solta por aí, porque seu avô providenciara para que tivesse as pernas algemadas depois de suas muitas tentativas de fuga.

Ela passava a maior parte do dia trancada no quarto. Para fazer algum exercício, tinha a oportunidade de caminhar pelos jardins e alamedas, mas estava sempre acompanhada por guardas armados com fuzis AK, e seu primo Hussein, com quem se casaria um dia, sempre era um deles.

Os guardas tratavam-na com o devido respeito, na verdade, todos os empregados, já que seu avô não era apenas rico, mas poderoso, com conexões com Osama bin Laden e o famoso Exército de Deus.

O amor que ele sentia por Sara era verdadeiro e muito intenso, principalmente desde o falecimento da esposa, uma das 72 pessoas mortas por um carro-bomba no centro de Bagdá. Ele podia aceitar o fato de Sara não ter a raça pura, mas achava uma abominação o filho ter renegado a religião.

Sara, muito madura para a idade, ficava sentada em seu quarto e, como não tinha nada melhor para fazer, estudava árabe e pensava no que o avô lhe dissera: que acabariam sendo forçados a sair de Bagdá junto com a classe média. Iriam para Hazar, para se juntarem ao irmão do avô, Jemal, patriarca da família no país. Eles eram ricos, e os beduínos Rashid moravam no deserto Rub' al-Khali, um dos mais selvagens do mundo. Seria uma garantia de segurança. Então as coisas provavelmente seriam assim.

Agora, ela estava em uma de suas caminhadas, e o vento que vinha do rio brincava com a linda echarpe de seda que emoldurava seu rosto. Ela era bonita e sabia disso. Hussein a adorava, e ela se aproveitava ao máximo disso.

— Quer voltar para seu quarto?

— Ainda não. Quem é? — Ela apontou para uma lancha velha que se aproximava. Quando diminuiu a velocidade e parou no cais, Sara viu que havia uma mulher ao volante, vestida com roupas ocidentais, o cabelo preso, usando camisa e calça cáqui, com um coldre embaixo do braço esquerdo. A mulher jogou uma corda e um dos homens a pegou e amarrou. O barco tinha um nome inglês: *Eagle*.

— Hussein, como você está? — perguntou ela.

— Eu preferia estar cursando meu último ano de medicina, mas aqui estou eu. Tudo por causa dessa maldita guerra. Esta é Sara. Sara, esta é Rawan Savage.

Ela virou-se para Sara.

— Sabia que você estava aqui há alguns meses, mas ainda não tínhamos tido a oportunidade de nos conhecermos. Nossa, você é linda, não?

— Você nasceu em Bagdá? — perguntou Sara.

— Nasci, mas em uma família drusa. — Ela virou-se para encarar Hussein. — Preciso falar com seu tio imediatamente, Hussein. Posso subir?

— Claro. Ele está na alameda das laranjeiras.

— Até mais — disse ela para Sara e subiu os degraus que levavam às laranjeiras.

Rashid a cumprimentou de forma cortês e ficou bem próximo enquanto ela falava, e ao terminar, ele colocou a mão sobre sua cabeça, abençoando-a. Ela se levantou e voltou para a lancha. Ele chamou Hussein.

— Espere-me aqui — disse Hussein e subiu os degraus.

— Tio?

— Leve Sara para o quarto dela, mandarei empregadas para ajudarem-na a fazer as malas.

— Fazer as malas, tio?

— Já me preparo para isso há meses. Ela vai precisar de uma empregada, mande Jasmine. Precisaremos de duas Land Rovers, acho, e três homens para ajudar com a segurança. Você está no comando.

— Mas para onde vamos?

— Para o Kuwait. Fica a apenas 600 quilômetros. As instruções estão na pasta que lhe entregarei. O pessoal de lá tomará todas as providências para o voo de vocês para Hazar, para encontrar meu irmão Jemal.

— Mas por quê, tio?

— Rawan me trouxe uma notícia perturbadora. O marido dela está envolvido em uma trama com dois homens, chamados Dillon e Salter, para sequestrar Sara e devolvê-la ao meu filho em Londres.

— Não pode ser — disse Hussein.

— Já tomei as providências para que tenham uma recepção adequada. Ela me disse que chegam ainda hoje.

— Então, cuido deles.

— Não, espero que eu já tenha resolvido isso. Sara é a joia mais preciosa. Você é a única pessoa em quem posso confiar. Jure para mim que a protegerá com a própria vida, sempre.

— Em nome de Alá, eu juro.

— Agora vá, e que Alá esteja com você. — Então, ele se virou e entrou, feliz por Hussein Rashid não ser um homem comum. Vinte e três anos, cabelo escuro e olhos azuis, poderia se passar por um europeu ocidental. Era magro e musculoso, imensamente inteligente, e quando a fúria brilhava em seus olhos, ele mudava, tornando-se realmente assustador, o guerreiro que poucos sabiam que ele era.

Estudava medicina em Harvard quando a Guerra do Golfo começou, e fizera suas malas na mesma hora para voltar para casa, mas fora preso no aeroporto Logan, em Boston. Demorou seis meses até os advogados conseguirem libertá-lo, e quando chegou em casa, descobriu que seus pais tinham morrido em um bombardeio três meses antes.

Seu tio foi quem o manteve são durante a época difícil, dando-lhe dinheiro, pagando suas contas em Londres e Paris, oferecendo endereços, os nomes das pessoas certas para procurar, pessoas que passariam-no de mão em mão até que chegasse ao acampamento no deserto argelino. Lá, eles o transformaram no homem conhecido como Martelo de Deus, e também foi lá que ele deixou crescer o cabelo e a barba que agora eram sua marca registrada.

Ele não era um fanático religioso, na verdade, nem era religioso, mas descobrira a sua verdadeira vocação lá: ser soldado. Ensinaram-lhe tudo, e quando terminou, era um especialista em armas, explosivos, luta corporal, veículos e a pura arte de matar. Seu treinamento médico era apenas um bônus. Aprendeu até a voar.

Trabalhara para o que algumas pessoas chamariam de organizações terroristas em lugares como Chechênia e Kosovo, mas a sua especialidade era o assassinato, no que se tornara um mestre. No caos em que o Iraque se transformara, morou com o tio, trabalhando como franco-atirador *freelancer*. Seu placar pessoal eram 27 soldados norte-americanos e britânicos, e políticos iraquianos. Para Hussein, todos eram a mesma coisa. E, então, seu tio sequestrou Sara, e tudo mudou.

Em Londres, Roper desejou boa sorte a Dillon e Billy e sorriu enquanto se preparavam para partir.

— Pegaram tudo? — perguntou.

— Claro — disse Billy ao fechar o zíper de sua mochila. — O que nós poderíamos esquecer?

— Sempre tem o Codex Four.

— Muito engraçado — disse Billy.

— Não faz mal, Billy, vocês estão indo para a guerra, e você sabe por experiência própria que não existe nada igual a uma boa guerra. Tente não morrer por lá.

— Certo. Bem, você tem de pensar em Ferguson. E se ele ligar pedindo o avião?

— Você está querendo dizer que eu posso ser despedido? Duvido. — Roper sorriu. — Vivo em uma cadeira de rodas e tenho medalhas. Quanto ao Gulfstream, ele não disse a Dillon que o mandaria de volta para o caso de emergências?

— Disse. Mas ele pode achar que Bagdá é um pouco demais.

— Nós nos preocuparemos com isso quando for preciso. Agora, andem. O sargento Doyle os está esperando na Land Rover. Tentem não estragar tudo.

— Como se fôssemos fazer isso.

Eles saíram e, dez minutos depois, Ferguson ligou.

— Como estão as coisas?

— Está querendo dizer do lado negro da força, *sir*?

— Isso é uma crítica, Roper?

— Como eu poderia sugerir que não está se matando de trabalhar, general, quando está resolvendo os problemas do mundo?

— Bem, *passamos* metade da noite acordados, e já vou para outra reunião de novo. Alguma coisa para relatar?

— Nenhum sussurro, senhor. É como se os terroristas do país tivessem morrido. Os caras estão todos roendo as unhas.

— Você não tem jeito, Roper. — Uma campainha soou. — Preciso ir. Ficarei em contato.

— Sim, senhor. Estarei esperando.

Roper serviu um uísque duplo, acendeu um cigarro e continuou investigando o misterioso professor Khan.

Em Farley Field, o oficial já carregara os suprimentos e as armas que eles levariam. Duas AKs, duas Colt .25 com cartuchos de projéteis de ponta oca, coldres de tornozelo e coletes de titânio.

— Não deixamos nada à própria sorte.

— Não achei que deixariam, Sr. Dillon. Não é assim que trabalhamos. Boa sorte, cavalheiros.

No topo da escada do Gulfstream, Parry esperava por eles com sua jaqueta de aviador. Escutaram a buzina de um carro, e o Aston atravessou o portão de entrada e parou, Harry ao volante. Ele foi até Billy e o abraçou.

— Cuide-se.

— Sempre soube que, no fundo, você era sentimental — disse Dillon.

— Pense o que quiser, contanto que o traga de volta.

Eles subiram, Parry fechou a porta e se juntou a Lacey na cabine. Billy e Dillon se acomodaram, e poucos minutos depois, o Gulfstream decolou.

Roper entrou em contato com o avião, duas horas depois.

— Tudo bem?

— Tudo. E por aí? — perguntou Dillon.

— O professor Khan está se mostrando mais que promissor. Seu nome é Dreq Khan, um jovem brilhante que conseguiu seu primeiro diploma ainda em seu país, o Paquistão, depois ganhou uma bolsa de estudos em Oxford. Agora está totalmente anglicanizado e, aparentemente, não tem limites quando o assunto é dinheiro. Ele começou como professor assistente de Moral na Universidade de Leeds.

Billy riu.

— Desculpe, eu não sabia que você podia ser um deles.

— Aparentemente. Saiu depois de um ano e se mudou para os Estados Unidos, Universidade de Chicago, no ano seguinte, para Berkeley, na Califórnia.

— Viu, Billy, ele não resistiu ao apelo de Hollywood — disse Dillon.

— Voltou para o Oriente para uma vaga nas Nações Unidas. Secretário do Comitê Internacional para Harmonia Racial.

— Deixe-me adivinhar — disse Dillon. — Depois disso, voltou para a velha e boa Inglaterra. Londonista.

— Certíssimo, e entrou na política. O Comitê para Valores Socialistas, que realmente criou raízes em Londres, o colocou em contato com muitos socialistas bem-intencionados. Ele também é do Comitê Interfé da Câmara dos Comuns e recebe o apoio de vários bispos anglicanos. Ele diminuiu seu apoio ao Exército de Deus desde que três membros foram presos em Yorkshire por causa daquela bomba em um ponto de ônibus que matou três e feriu 14. Mas ele insiste que aqueles três eram uma facção, que a organização em si é puramente espiritual e educacional.

— O que você acha? — perguntou Billy.

— Acho que ele é muito perigoso e todos esses comitês só servem para esconder quem ele realmente é.

— Nunca tive tanta certeza em toda a minha vida — disse Roper. Mas não temos prova de nada, não há nem um leve indício de atividade terrorista. Não temos nada para apresentar ao esquadrão antiterrorista da polícia que justifique começar uma investigação.

— Exceto que — disse Dillon —, quando Greta levantou a questão do professor Khan com aquele motorista e disse que matou Abu, ele ficou aterrorizado.

— E nem tentou negar nada — acrescentou Billy.

— Ainda não é suficiente — disse Roper.— Mas ficarei atento. A propósito, Ferguson ligou.

— E o que ele disse? — perguntou Dillon.

— Apenas que continua indo a reuniões com o primeiro-ministro.

— Ele fez alguma menção de quando volta?

— Não exatamente. Mas não acho que vá demorar mais de dois dias, então está tudo nas mãos de vocês, cavalheiros. Mantenham contato.

E desligou.

A uma hora de Bagdá, com o dia amanhecendo rapidamente, eles desceram 30 mil pés. Havia um tráfego considerável, e Parry saiu da cabine para informá-los.

— Vamos fazer uma aproximação noturna. Isso significa que o pessoal em terra não terá uma boa visão de nós. Infelizmente, a brigada deles é boa, ainda mais com aqueles mísseis portáteis. Muitos helicópteros foram destruídos sobre a cidade.

— Então, qual é a solução? — perguntou Billy.

— É um truque que os norte-americanos ressuscitaram da Guerra do Vietnã. Nós nos aproximamos a 15.000 pés, depois mergulhamos. Só paramos no último momento possível.

— Para mim, parece um tanto arriscado — disse Billy.

— Mas funciona. A RAF usou em Kosovo também, e com aviões ainda maiores. Agora, quanto ao que estará esperando vocês dois lá embaixo, sei que já fizeram isso uma vez, mas só quero avisar que está ainda pior. A cidade está um inferno. Bem, cavalheiros, duvido que exista algum lugar no mundo pior do que Bagdá. Tomem cuidado o tempo todo e lembrem-se: nesta cidade, não se pode confiar nem na própria avó.

— Da última vez que fizemos isso — disse Dillon —, o tenente-aviador Robson estava conosco. Ele era da polícia.

— Ainda é. Comandante agora. Ele já falou conosco pelo rádio.

— E nós tínhamos um carro blindado, com um sargento da RAF chamado Parker. Um cara muito legal. Ele ficou do nosso lado em um tiroteio — disse Dillon. — Vamos ficar com ele de novo?

— Infelizmente não. Ele morreu no mês passado. Uma bomba na estrada. É melhor eu voltar para a cabine agora.

— Meu Deus — disse Billy. — Maldito lugar. — E quando olhou para a cidade abaixo, viu uma explosão, uma nuvem de fumaça em forma de cogumelo subindo.

— Não se preocupe, Billy. Você já viu coisas piores. — Dillon pegou seu frasco, abriu a tampa e tomou um generoso gole de Bushmills.

— Não, Dillon, acho que não vi. — Billy se recostou e fechou os olhos para a descida.

Em Bagdá, o próprio Robson os recebeu no meio da confusão enquanto um garçom de túnica branca servia chá.

— Faz muito calor neste inferno. Chá é o que há, como descobriram na época do Raj. Bem, as coisas certamente andam agitadas para vocês — disse ele para Lacey e Parry. — Cada um ganhou mais uma Cruz da Força Aérea. O que estão fazendo? Tentando lutar a guerra sozinhos?

— Mais ou menos isso — disse Lacey.

Enquanto o chá era servido, Robson virou-se para Dillon e Billy.

— Nem vou perguntar o que vocês dois andam fazendo. Não sei e não quero saber. Assim como da última vez, o Gulfstream vai ficar aqui de sobreaviso para um voo imediato a qualquer momento.

— Sinto muito pelo sargento Parker — disse Dillon.

— Muito triste. Infelizmente, acontece o tempo todo. Mas não vão precisar de nada disso desta vez. Um Sr. Jack Savage virá pegá-los, pelo que me falaram. Nós o conhecemos bem.

— Alguém está usando o meu nome em vão?

Todos se viraram e o viram parado à porta, um homem de altura mediana, cabelo louro mal cortado, nariz quebrado, casaco pendurado no braço.

— Venha, seu cretino — disse Robson. — Isso é uma ordem.

Uma vez, alguém disse que todas as ruas de Bagdá pareciam um tipo de mercado, embora várias tivessem a sorte de ter algum prédio sobrando. E os camponeses continuavam lá, com seus burros carregando não apenas a produção do campo, mas tudo, desde laptops a televisores, os detritos da guerra.

Atravessaram ruas estreitas em direção ao rio, finalmente entrando no quintal de uma antiga casa colonial, com uma fonte que ainda funcionava. Acima da porta, havia uma placa com lâmpadas em que estava escrito *The River Room*. Saíram da Land Rover deixando sua bagagem dentro.

— A placa? — perguntou Billy. — Ainda tem luz?

— Estão faltando algumas lâmpadas, mas é difícil encontrar novas; mas o velho River Room me lembra Londres, o Savoy.

— Por que continua aqui? — perguntou Dillon. — Atualmente, deve ser como viver com a faca no pescoço.

— É exatamente disso que eu gosto. Aqui, é possível fazer mais dinheiro do que em qualquer outro lugar do mundo. Vamos entrar.

Eles seguiram. Estava escuro, o piso era de cerâmica árabe, as cadeiras e as mesas, de cana. Até o bar era de cana, com um espelho, no qual estavam encostados todos os tipos de garrafas do mundo. O barman, que limpava os copos, era grande e gordo, e vestia camiseta branca e calça, com um tipo de cinto vermelho amarrado na cintura.

— O que vão querer? — perguntou Savage.

— Para Billy, nada. Ele não gosta de beber em serviço. Eu vou querer Bushmills, uísque irlandês.

— Dois, Farouk. Faz com que me lembre da Irlanda do Norte na época agitada. Então, você é o grande Sean Dillon.

— E você é o mau Jack Savage. — Dillon se virou para Billy.

— Você não acredita no que ele fazia: de um lado, perseguia traficantes de armas, do outro, vendia o que apreendia para o IRA.

— Mas não enquanto eu era fuzileiro, não enquanto usava distintivo. Não teria sido honrado.

— Ele é muito honrado. — Rawan Savage entrou. — Quero uma vodca grande, bem grande. Deus, como está quente aqui.

— Ela foi para a varanda de madeira, e eles a seguiram.

Dois minutos depois, Farouk estava entregando as bebidas.

— Saúde. A novos amigos. — Rawan levantou o copo e pareceu tomar tudo num único gole, mas foi só ilusão. Entregou para Farouk. Sem dizer uma palavra, ele se virou e voltou para dentro.

O rio não estava particularmente cheio. Abaixo deles, amarrada ao cais, estava a lancha *Eagle*.

— Logo ali, a uns quatrocentos metros, fica a casa de Abdul Rashid. Querem dar uma olhada? — perguntou Rawan.

— Cale a boca, Rawan — disse Savage.

— Sim, senhor. — Ela bateu continência para ele de forma debochada.

— Olhe, não vou falar de novo com você — disse Savage. — Beba ou cale a boca. A escolha é sua.

— Só isso? — Ela se virou para Dillon. — Bem, eu sei por que estão aqui e não admiro nem um pouco.

— Só isso? — perguntou Dillon.

— Arrancar uma menina de 13 anos do próprio avô.

— Vamos nos ater aos fatos — disse Billy. — A tal menina de 13 anos foi arrancada de seus pais em Londres primeiro.

Mas ela não queria escutar e foi para o bar, onde Farouk estava atrás do balcão com uma estranha postura, imóvel; um tom ameaçador. Havia quatro fregueses, um com uma AK sobre a mesa ao alcance da mão, outro com uma tipoia. Os outros dois estavam com a mão no bolso.

Uma mulher entrou, usando roupas bem amarradas. Ela parecia assustada e olhou ansiosamente em volta.

— Olhem, parece que alguém traz más notícias — disse Rawan. — Cavalheiros, Bibi é uma das camareiras de Sara Rashid. O que houve, Bibi? Eles foram sem você?

A mulher começou a chorar amargamente, joelhou-se no chão e uma enxurrada de árabe se seguiu.

— Excelente — disse Rawan. — Parece que alguém estragou a festa e avisou Abdul Rashid. Horas atrás, ele despachou Sara, junto com Hussein Rashid, o futuro noivo dela, em uma pequena comitiva para o Kuwait, por terra. Quando chegarem lá, um amigo vai levá-los em um avião particular para Hazar, onde vive o resto do clã Rashid. É tudo verdade, Bibi escutou os planos serem discutidos. Vocês são homens mortos. Hussein providenciará isso.

Houve um silêncio, até que Savage disse:

— Mas quem contou a eles?

— O que você acha? Estou cansada de você há muito tempo, Jack. Que você apodreça no inferno.

Ali perto, houve uma explosão grande e, instintivamente, todo mundo se abaixou. O som do tremor foi espalhado como uma onda. O telefone do bar tocou.

Farouk atendeu e escutou, depois entregou para Savage.

— Omar, o garoto que você colocou vigiando a vila de Rashid. Ele viu a comitiva sair para o Kuwait há duas horas.

— E?

— O velho Rashid tinha acabado de sair na Mercedes dele com dois guardas. O carro explodiu tão logo passou pelo portão. — O rosto dele dizia tudo. — Por causa de gente como vocês que se misturam com o nosso povo e destroem tudo que tocam.

Alguma coisa na expressão dele deve ter deixado alguma pista, um espasmo, um brilho de determinação, porque Dillon, que estava sentado, puxou sua Colt .25 do coldre no tornozelo e deu um tiro no meio dos olhos de Farouk, a bala com ponta oca destruindo tudo. Quase ao mesmo tempo, ele puxou a Walther com silenciador do cinto embaixo da jaqueta e atirou no homem que pegava a AK em cima da mesa.

Billy sacou a sua Walther quando um terceiro homem tentou pegar uma Browning do bolso direito. Billy atirou na mesma hora, e o sujeito caiu em cima de seu companheiro que, inadvertidamente, atirou nas costas dele.

— Não atire, pelo amor de Deus — gritou o companheiro em irlandês claro, mas quando Billy hesitou, o irlandês sacou a arma, e foi Dillon quem acabou com ele.

— Não faça mais isso. Nunca termina bem.

— Deus, achei que ele era irlandês. — Billy se abaixou, procurou em um bolso interno e encontrou um passaporte marrom, com a harpa dourada da Irlanda, e alguns papéis.

— Pegue tudo.

Dillon virou-se e Rawan disse:

— Maldito seja você, malditos sejam todos vocês, maldito seja este país imundo, Jack. — Ela desceu as escadas correndo até o cais, soltou a corda da *Eagle* e saiu.

Savage correu atrás dela pelos degraus e tentou segurar a *Eagle*.

— Escute — gritou ele.

— Não vou escutar mais nada — disse ela e deu partida.

A lancha estremeceu um pouco e, então, explodiu.

Billy se jogou atrás de uma cadeira de cana. Dillon o puxou.

— Vamos sair daqui, e rápido. Os militares vão chegar a qualquer momento. Vamos pegar a Land Rover de Savage. As nossas coisas ainda estão lá.

Em poucos segundos, eles já estavam na Land Rover, com Billy ao volante, e entraram na rua principal enquanto dois muçulmanos com cimitarras seguiam na direção oposta. Uma multidão razoável já estava se juntando, mas a confusão os ajudou a conseguir uma fuga rápida.

Dillon ligou para Roper, que atendeu na mesma hora.

— Apenas escute — disse Dillon e contou tudo.

— Meu Deus, vocês já entraram em ação. Por que essas coisas parecem perseguir vocês, Dillon?

— Peça para Robson alertar os garotos para nos tirarem daqui. Só Deus sabe para onde. O meu lado insano quer persegui-los até Hazar, mas acho que o general não aprovaria.

— Não, ele certamente não aprovaria — cortou Ferguson. — Ultrajante, acabo de descobrir que meu avião foi sequestrado. Voltem para cá imediatamente.

No aeroporto de Bagdá, eles entraram por uma discreta porta de segurança e encontraram Lacey e Robson esperando em um jipe.

— Apenas nos siga — gritou Lacey para Billy, que obedeceu e encontrou o Gulfstream esperando.

— Vamos — disse Robson. — Preferimos nem lembrar que vocês estiveram aqui.

Eles subiram a escada e Lacey trancou a porta.

— Muito obrigado, seus cretinos. O general não ficou nem um pouco satisfeito quando pediu seu avião particular para pegá-lo em Paris e descobriu que estava em outro lugar. Que diabos vocês estavam fazendo?

— Eu não disse? — perguntou Dillon. — Tentando ganhar a guerra.

Dillon pegou seu frasco enquanto subiam, mas estava vazio. Esperou até estarem a 40 mil pés de altura para olhar pela janela.

— Adeus, Bagdá, cidade do romance, da intriga e da aventura.

— Verdade, nada que não possamos ficar sem — disse Billy. — Não consigo entender. Rawan estava de saco cheio do Jack e foi para o lado do velho Rashid, e ele paga explodindo a lancha dela?

— Rashid estava atrás de nós três: Savage, eu e você. Foi só azar dela.

— E a bomba no carro?

— Um risco diário. Um homem como ele deve ter mais inimigos do que consegue contar.

Dillon se levantou e foi para trás da cabine, abriu a gaveta de primeiros socorros e pegou a meia garrafa de conhaque que havia ali.

— Puramente medicinal — disse ele a Parry, que olhou por cima do ombro.

— Para você é sempre.

Quando Dillon voltou para sua poltrona, encontrou Billy examinando o passaporte irlandês que estava com o homem que matara no bar.

— Terence O'Malley, 42 anos, mora em Bangor, Irlanda do Norte.

— Um lugar bonito. — Dillon abriu o conhaque e serviu um pouco em um copo de plástico. — O que mais tem aí?

— Aparentemente, é diretor de escola.

— Aposto que não é mais há muito tempo.

— IRA?

— Eu diria que sim. Sabemos que muita gente agora está no crime organizado. É um passo muito pequeno do que eles faziam para o mundo dos mercenários, Billy. Gansos selvagens, sempre eram chamados assim na Irlanda e fora dela. Quem foi do IRA por todos aqueles anos não consegue simplesmente fazer outra coisa quando tudo acaba. O que mais tem aí?

— Um aluguel de um mês em Dublin, uma carta de um homem chamado Tom, uma carta de boas-vindas da mãe, que termina assim: "Sua querida mãe, Rose." Endereço em Bangor, dinheiro, cinco notas de cem dólares norte-americanos. — Levantou o olhar. — O que devemos fazer? Quero dizer, sobre a mãe dele?

— Eu não faria nada, Billy. Se ela não sabe de nada, deixe que continue com esperança. Agora vou tirar um cochilo. — E deitou a poltrona.

Na estrada ao sul de Bagdá para o Kuwait, a situação era macabra, uma paisagem de carros de combate, caminhões e veículos civis queimados, datando da época da primeira Guerra do Golfo, a Estrada da Morte, como ficou conhecida. Uma paisagem que também continha os restos mortais de milhares de refugiados. Mesmo assim, havia postos de gasolina abertos 24 horas a distâncias adequadas, já que uma coisa que não faltava era combustível, e lugares onde se podia tomar café e fazer refeições rápidas, e os telefones funcionavam.

Na primeira Land Rover, estavam os três capangas de Hussein, armados até os dentes, veteranos das ruas, homens, que conheciam bem seu trabalho, o que o fato de ainda estarem nele provava.

No segundo veículo, estavam Hussein, Sara e Jasmine, outra prima de Sara, que era fiel a ela. A 80 quilômetros de Bagdá, a comitiva parou no estacionamento de um posto de gasolina. Hussein recebeu em seu celular uma ligação por satélite do homem a quem só conhecia como o Intermediário. Ele lhe fora designado há três anos pela al-Qaeda. Às vezes, conversavam em árabe, em outras vezes, quando apropriado, em inglês, e nessas ocasiões o Intermediário parecia um professor de Oxford.

Hussein atendeu na hora.

— Onde você está? — perguntou a voz.

Hussein respondeu:

— Bom, você estava em uma situação impossível. Outros contatos me passaram tudo que aconteceu. Um dos homens de Rashid colocou uma bomba no barco de Savage.

— E Rashid?

— Foi um grupo sunita local que o pegou. Uma briga antiga. Como Sara recebeu a notícia? — Ele soou estranhamente paternalista, mostrando preocupação na voz.

— Vou contar para ela agora, mas tenho mais informações. A mulher que contou a Rashid sobre a tentativa de sequestro disse que os homens envolvidos se chamam Dillon e Salter. Esses nomes lhe são familiares?

— Não, mas logo serão. Ligarei quando souber mais alguma coisa. Cuide de Sara. Já tomei todas as providências no Kuwait. Um Hawk. Você vai gostar de voar nele.

Quando Hussein se juntou ao grupo, todos estavam esperando.

— Vocês deveriam ter ido tomar café e comer alguma coisa — disse ele.

— Não com os pés algemados, primo. Preciso passar por mais humilhação?

Ele não hesitou. Pegou uma chave e soltou as correntes, deixando-as cair, depois disse:

— Tenho graves notícias de Bagdá.

As palavras dele penderam no ar, o grupo esperou, tão acostumado a notícias ruins que sabiam que esta devia ser especial, e Hussein passou o braço pelos ombros de Sara.

— O meu tio, avô de Sara, foi tirado de nós na vila. Foi uma bomba enquanto ele estava saindo na Mercedes.

Jasmine começou a chorar e logo já estava soluçando. Um dos homens, Hassim, perguntou:

— Sunitas?

— Parece que sim.

— Que eles apodreçam no inferno — acrescentou Hamid.

— Que sejam amaldiçoados por mil anos.

— Dois mil — corrigiu Khazid.

Sara ficou parada, não disse nada.

— Venha — disse Hussein. — Todos concordamos que temos uma longa viagem pela frente. Precisamos comer.

Ela assentiu, com o coração dividido entre seus pais e o velho teimoso que errara tanto com ela, mas que mesmo assim a amava intensamente.

— Sim — disse ela. — Sim. — Ela pegou o braço de Hussein e caminharam até a lanchonete.

LONDRES
_____

DUBLIN
_____

KUWAIT
_____

4

Em Farley Field, enquanto o Gulfstream tocava o solo, Dillon olhou pela janela e viu Ferguson em pé, embaixo de um guarda-chuva, fumando um cigarro.

— O que você acha? Encrenca? — perguntou Billy.

— Ah, não sei. Pode-se ter uma surpresa — respondeu Dillon.

Parry abriu a porta e eles saíram, seguidos por Lacey, que disse:

— Droga, Sean, não gostamos de perder tempo.

— Não diria que essa é a melhor descrição. Savage e a esposa foram para os ares na explosão do barco deles no Tigre.

— E alguns gansos bem desagradáveis tentaram nos apagar no bar de Savage. Quando saímos, parecia um *Saloon* acabado de um filme ruim — acrescentou Billy.

— Quantos? — perguntou Lacey, devagar.

— Quatro — disse Dillon. — Então, o seu tempo não foi desperdiçado, e desconfio que logo vamos precisar dos seus serviços de novo.

— Para onde desta vez? — perguntou Lacey.

— Você já esteve lá. Hazar.

— Meu Deus do céu — disse Parry. — Você quase morreu lá, Billy.

— Bem, não morri, e não tenho a menor intenção de morrer desta vez.

Aproximaram-se de Ferguson, que disse:

— Certo, cavalheiros, entrem no banco de trás do Daimler e expliquem-se. A lista de corpos de vocês está começando a rivalizar com um filme de faroeste.

Depois que Dillon relatou os acontecimentos, disse:

— Afinal, general, o senhor disse que poderíamos usar o Gulfstream em uma emergência.

— Eu sei, mas não previ isso.

— E tudo começou por sua causa — disse Billy. — Da última vez que nos vimos, mandou que fôssemos ao Heathrow caçar na alfândega.

— E foi lá que encontramos Caspar Rashid — continuou Dillon.

— Tudo bem, tudo bem. — Ferguson estava ficando impaciente, enquanto seguiam para Holland Park. — Sou o primeiro a admitir que ele pode ser muito útil para nós.

— Já contaram a ele que não conseguimos resgatar Sara?

— Ainda não. Achei que devíamos pensar na esposa também. Ela está no meio de uma cirurgia agora, mas a major Novikova vai contar a ela e depois trazê-la até nós. Deve ser lá pelas 11 horas.

— Ótimo — disse Billy. — Hora de um café da manhã inglês completo.

— Não temos cozinheira — lembrou Dillon.

— Quem disse? — Ferguson franziu a testa. — Só precisei telefonar para a organização de serviço civil. Uma Sra. Hall apareceu quase que imediatamente; reporta-se a Maggie. Mas ela é da Jamaica, então não posso garantir um café da manhã inglês.

— Pelo amor de Deus, general, eles provavelmente inventaram isso — disse Billy.

— Então, eles fracassaram? — No hospital, Molly Rashid estava muito pálida, nenhuma cor no rosto, e, de repente, mais exausta do que já se sentira na vida. Greta percebeu na mesma hora que as mãos dela estavam tremendo.

— Você precisa de um drinque — disse ela.

— Não. — Molly passou a mão pelo cabelo. — Tenho outra cirurgia esta tarde.

— Acho melhor não. A sua mão direita está tremendo como uma folha. Você não poderia operar neste estado.

Molly cobriu o rosto com as mãos.

— O que eu vou fazer?

Greta pegou um copo, tirou uma garrafa de vodca da geladeira. Quase encheu o copo.

— Vamos. Tome tudo de uma vez. Deixa o cérebro entorpecido.

Molly hesitou, depois obedeceu. Teve ânsia e foi cambaleando até a pia. Por um momento, achou que ia passar mal, mas respirou fundo duas vezes e se controlou.

— Meu Deus, isso vai no ponto. — Virou-se e abriu um sorriso fraco. — Acho que é melhor encararmos o problema.

— Concordo — disse Greta. — Acho que devemos.

— Como assim, vocês fracassaram? — questionou Rashid ao se virar para Dillon.

— Não conseguimos chegar nem perto dela.

— Ah, Deus, vocês não conseguiram nem chegar perto dela. Meu pai deve estar muito satisfeito.

— Sr. Rashid, seu pai morreu.

Foi como se Rashid tivesse levado um golpe, visivelmente envelhecido, deu um passo à frente, tropeçou, esticou-se para segurar-se na cadeira como se quisesse apoio.

— Acho que é melhor se sentar — disse Dillon.

Rashid seguiu o conselho.

— Como ele morreu? Foi você?

— Não, não tive nada a ver com isso. Ele morreu ao passar pelo portão da vila, ele e o chofer. Uma bomba no carro. Disseram que foi uma operação sunita.

— Houve alguma outra vítima?

— Sim, quatro homens que tentaram nos matar.

Ele pareceu ganhar vida de novo, mas não durou muito.

— Como eles não conseguiram, acredito que vocês conseguiram matá-los.

— Isso mesmo. A sua esposa já foi informada. A major Novikova foi dar a triste notícia e buscá-la para a reunião.

— Reunião? — disse Rashid devagar, como se fosse difícil falar ou compreender Ele buscava palavras em vão, passando a mão pelo cabelo. Então, respirou fundo, pegou um cigarro, acendeu e tragou.

— Assim é melhor, acho. Vamos ver se conseguimos um jeito de resolver o problema.

Todos se sentaram na sala de reunião, Ferguson à cabeceira da mesa, Rashid e Molly lado a lado, de mãos dadas. Greta servia café. Dillon e Billy ficaram juntos, perto da janela, escutando, e Roper, estava à cabeceira oposta.

— Vou direto ao assunto — disse Ferguson. — Você fez um acordo com a nossa equipe.

— Que não foi cumprido — disse Rashid. — Não estou vendo a minha filha aqui.

— Isso foi devido às circunstâncias — disse Dillon. — O número de mortos deixa isso claro. A questão agora é o que vem a seguir.

— O que vem a seguir? — perguntou Rashid.

— É claro — disse Ferguson. — Em essência, nada mudou. Você quer a sua filha de volta, e nós também. E nós sabemos para onde ela foi: Hazar. Todos já trabalhamos lá antes.

— Você também esteve lá, recentemente — disse Dillon. — Para quê?

Rashid não respondeu, a expressão emocionada. Foi sua esposa quem interveio.

— Pelo amor de Deus, Caspar, fale para eles. O que aconteceu não foi culpa deles. Não tem ninguém brincando aqui. Pessoas morreram. Eu quero a minha filha de volta, então conte o que eles precisam saber para que possam trazê-la para nós.

Caspar suspirou.

— Eu fui um idiota em acreditar que meu tio Jemal de Hazar serviria como intermediário entre mim e meu pai.

— O que fez com que achasse isso?

— Não o quê, mas quem. Foi o Intermediário. A primeira vez que ele falou comigo foi um ano atrás, mais ou menos, quando eu estava sofrendo pressões do Exército de Deus para entrar na organização. Um colega da universidade, o professor Dreq Khan, era o cabeça e agitador por trás do Exército de Deus. No início eles pareciam inofensivos, apenas uma organização de caridade, mas, então, nas minhas viagens a trabalho, vários grupos radicais começaram a me cercar. Quando tentei me afastar, Dreq Khan me avisou que eu seria considerado um traidor e que me tornaria alvo de muçulmanos radicais. Foi quando a minha filha foi sequestrada.

— O Intermediário disse que se eu fizesse o que eles me mandassem, providenciaria para que Jemal agisse como intermediário entre mim e meu pai, então vi que não tinha escolha. Era como se eu fosse um vendedor, recebendo ordens, passando informações altamente técnicas sobre vários assuntos para Khan, que, obviamente, as passava adiante. Então, o Intermediário me disse que eu deveria ir a Hazar, que eles estavam prontos para conversar comigo, mas era mentira. Eles só queriam que eu visse uma velha ferrovia que a al-Qaeda quer reformar. Eu estava desesperado... Foi quando vocês me encontraram.

— E agora aqui estamos — disse Ferguson.

— Aqui estamos. E o Oriente Médio não foi o único lugar aonde eles me mandaram. Também fui para a Irlanda. Visitei um professor em Trinity College, em Dublin.

— Meu Deus — disse Ferguson. — Você está querendo me dizer que esse é um centro de radicalismo muçulmano?

— De forma alguma, mas em minha identidade de vendedor, eu tinha de agir como intermediário para certas organizações de lá.

— Tais como? — perguntou Ferguson.

— Grupos que se dizem firmas de segurança. Não é mais nenhum segredo que com a paz na Irlanda do Norte, muitos ex-membros do IRA se viram esquecidos e sem proteção. A saída para eles é o crime. Acredito que no último ano houve, pelo menos, setenta assassinatos em Dublin. Claramente, cometidos por profissionais.

— E daí? — questionou Dillon. — O que poderíamos esperar depois de trinta anos de guerra?

— Concordo, mas estou falando de firmas que dizem ser de segurança, mas que, na verdade, só empregam o que podemos descrever como mercenários: pessoas contratadas como instrutores para campos de treinamento terrorista no norte da África, Argélia. Uma delas, por exemplo, se chama Scamrock Security, e é administrada por um homem chamado Michael Flynn.

— Você conhece mais detalhes sobre esses campos? — perguntou Roper.

— De alguns, sim. Tem um ou dois no deserto Rub' al-Khali também.

Houve um longo silêncio enquanto Ferguson batia com os dedos na mesa. Finalmente, disse:

— Você já nos deu bastante para digerir. Enquanto Roper investiga essas informações, temos de pensar no nosso próximo passo em direção à sua filha, que deve ser entrarmos em ação em Hazar. Quer que façamos isso?

Foi Molly quem respondeu na hora:

— Deus, claro que sim. O que mais quero na vida é a minha filha de volta. Mas vocês podem fazer isso?

— Como eu disse, já trabalhamos em Hazar. Nos últimos três anos, meu primo, o professor Hal Stone, do Corpus Christ

College, Cambridge, tem se dedicado a pesquisar um navio fenício naufragado perto do porto de Hazar. Ele trabalha em um velho barco, usando árabes. É uma operação com pouco dinheiro, mas, por acaso, sei que a temporada de mergulhos vai começar logo. Dillon e Billy são mergulhadores experientes, e tenho certeza de que ele nos receberia muito bem. Podemos passar perfeitamente por um grupo de arqueólogos ingleses malucos. O que acham? Poderiam vir conosco?

— Não. — Ela balançou a cabeça. — Estou em meio ao trabalho mais importante da minha vida. — Virou-se para o marido. — Caspar?

— Claro — ele assentiu. — Devo ir.

— Não existe a chance de você ser reconhecido? — perguntou Billy.

Caspar balançou a cabeça.

— Vou usar túnicas, panos sobre o rosto, usar o idioma. Vai dar certo. — De repente, ele pareceu impetuoso, determinado. — Tem de dar certo.

— Certo — disse Ferguson. — Coisas a fazer. Eu preciso entrar em contato com meu primo. Sr. Rashid, me fará um favor se se abrir com Roper. E quanto a você — disse para Dillon —, providencie o avião.

Molly Rashid se levantou.

— Vou voltar para o hospital.

Ferguson colocou o braço em volta dos ombros dela.

— Não se preocupe, minha querida, tudo vai dar certo, eu prometo.

— Eu levo você — disse Greta.

Elas saíram, e Caspar esperou até a porta se fechar:

— Tem mais uma coisa muito importante que preciso contar a vocês.

— E o que seria? — perguntou Ferguson.

— O primo de Sara, o homem que deveria se tornar seu marido quando ela tiver idade para se casar.

— Hussein, não é isso? — disse Roper. — Estudante de Medicina.

— Já ouviram falar em Martelo de Deus?

— Não que eu lembre.

— Da última vez que contei, ele já tinha matado 27 soldados aliados e cometido vários assassinatos políticos pela Europa.

— Meu Deus — disse Ferguson. — Fale sobre ele.

Rashid contou o que sabia.

Quando terminou, Dillon disse simplesmente:

— Bem, pelo menos, nós sabemos. — Virou-se para Billy. — Vamos. — Quando saíram, falou para Roper: — Michael Flynn. Anos atrás, era chefe de Comando no IRA até acabar na Maze Prison*. Investigue.

Sentado em sua suíte em Paris, Volkov repassou na mente a última conversa que tivera com Vladimir Putin. Eliminar Ferguson e companhia fazia sentido. Já começara com o assassinato da detetive superintendente Hannah Bernstein no ano anterior.

Igor Levin, porém, era um caso mais difícil, pois ele tinha alguns milhões de libras esterlinas escondidas em Londres. Não podia ser comprado. Chomsky, o sargento que fora com ele para Dublin, era inteligente, mas irritantemente leal a Levin. Popov era o elo fraco.

---

*A Maze Prison foi usada para abrigar os presos paramilitares durante os complicados anos de 1971 a 2000 na Irlanda do Norte. (*N. da T.*)

Volkov pegou sua agenda, encontrou o número de telefone de Popov em Dublin e ligou. Era um celular, e ele estava passeando nas margens do rio Liffey. Estava chovendo, e ele segurava um guarda-chuva para proteger a si e a uma jovem chamada Mary O'Toole, que estava ao seu lado.

— Meu querido Popov — disse Volkov em russo. — Aqui é Volkov. Como está? Já faz um tempo que não nos vemos.

Popov ficou chocado e teve dificuldade em responder.

— General, não posso acreditar. Faz tanto tempo.

— Ah, gosto de manter contato — disse Volkov.

Popov e a garota estavam se aproximando de um hotel que ele conhecia. Ele apertou a cintura dela.

— Mary, meu amor, entre na minha frente e consiga uma mesa para nós dois no bar. Isto é importante. — Ela foi, e ele voltou a falar em russo. — General, nem sei o que dizer.

— Ora, apenas diga que está feliz em falar comigo. Como está o trabalho? Ainda na Scamrock Security? Como *está* meu velho amigo, o Sr. Flynn?

Popov engoliu em seco.

— Meu Deus, até agora eu não tinha me dado conta de que...

— Que eu consegui o emprego para você? Ah, foi. Eu e Flynn já trabalhamos muito juntos, desde o início da luta na Irlanda. O fato de ele não ter contado nada para você só prova o quanto é confiável. Suponho que a experiência que teve na inteligência militar seja valiosa no seu trabalho.

— Certamente, general.

— Ouviu falar da Belov Internacional? Max Chekov é o novo CEO. Já serviu com ele?

— Nunca tive o prazer.

— Pode ser que venha a ter. Suponho que ainda posso confiar em você?

— Claro, general.

— Excelente. Como está Chomsky?

— Ele passou na prova da ordem e agora trabalha com um advogado na cidade.

— E Levin?

— Só curtindo a vida. Afinal, ele é rico.

— Como eu bem sei. Então, foi bom conversar com você, manterei contato. Mas, por favor, mantenha esta conversa entre nós dois.

Por alguma razão que não podia explicar, Popov estava emocionado.

— Claro, general.

O general desligou, e Popov subiu as escadas do hotel, dois degraus por vez. O bar não estava muito cheio, e Mary estava sentada a uma mesa perto da janela. Ela era secretária na Scamrock Security e estava acostumada a escutá-lo falar outros idiomas, já que também era fluente em francês e alemão.

— Russo — disse ela. — Esta é nova. Você sempre me surpreende.

A mãe de Popov era inglesa, e fora criado escutando essa língua na sua casa em Moscou. Era perfeitamente possível se fazer passar por inglês, o que fazia.

— Negócios — disse ele. — Nunca conseguimos nos livrar deles. Agora, o que quer beber?

Chomsky era um problema diferente. Ele tinha um cérebro acadêmico de primeira e era autoconfiante. Formara-se em Direito em Trinity em apenas um ano, uma conquista fenomenal, e trabalhar em uma firma de advogados famosa era perfeito para ele. Preferia ficar fora do escritório, onde sabia se cuidar e tinha uma medalha por coragem na Chechênia para provar isso.

Estava indo para o Temple Bar, um de seus lugares preferidos na cidade, com seus bares, restaurantes, lojas e galerias, passando pela Crown Alley com seus cafés e lojas coloridas. Sua intenção era encontrar Levin, tomar um drinque, ir ao cinema e comer depois.

Quando seu telefone tocou e ele escutou a voz de Volkov, não ficou tão surpreso quanto Popov. Estava acostumado a lidar com pessoas, principalmente sob o estresse de situações legais e ilegais. Mais nada o surpreendia.

Entrou em uma portaria para se proteger da chuva.

— General, que surpresa.

— Achei que fosse conseguir achá-lo. Meus espiões me disseram que se saiu muito bem nas provas da ordem.

— É verdade, eu mesmo digo isso.

— E como vai o trabalho na Riley? Mais do que interessante?

Chomsky riu.

— Ora, general, está me investigando?

— Meu querido rapaz, temos uma embaixada em Dublin na qual o serviço de inteligência está bem representado. Verificar suas atividades dá a eles algo para fazer.

— Posso imaginar.

— E como está Levin?

— Ora, general, tenho certeza de que sabe muito bem como ele está. Tem um apartamento luxuoso com vista para o Liffey, e várias mulheres, está curtindo a vida ao máximo.

— Acho que deve ser um pouco chato para alguém com o passado dele.

— Isso eu não sei.

— Fiquei sabendo que a firma na qual Popov trabalha, Scamrock Security, abastece o mercado com mercenários. Agora que a Irlanda está em paz, deve haver muitos ex-integrantes do IRA procurando emprego.

— Se eu estivesse falando com a polícia, teria de dizer que não sei do que está falando, general.

— Mas é claro. Foi bom falar com você. Até breve.

— O que foi isso? — perguntou Chomsky para si mesmo ao voltar para a rua.

Volkov conseguiu falar com Levin pouco depois, assim que este entrou em um bar chamado Kelly's. Era um lugar antiquado com mesas reservadas confortáveis, que ofereciam privacidade. Recebeu as boas-vindas de um barman chamado Mick que logo lhe trouxe um Bushmills duplo.

Chomsky entrou naquele momento.

— A mesma coisa para mim, Mick. — Tirou a capa de chuva. — Adivinha quem acabou de me ligar?

— Não faço ideia — disse Levin.

— Volkov.

Neste exato momento, o celular de Levin tocou. Ele atendeu, sorriu e se aproximou de Chomsky para que este pudesse escutar que era Volkov.

— General, que prazer — disse Levin, sendo simpático.

— Ah, Chomsky se juntou a você. Ainda são amigos?

— Como gêmeos siameses.

— Que bom. Como está?

— De muito bom humor. A chuva em Dublin é curiosamente refrescante, e as mulheres são mais que lindas, têm o charme irlandês. A vida não poderia estar melhor. Onde você está? Em Moscou?

— Não, em Paris. Estou com o presidente Putin na Conferência de Bruxelas. Ele perguntou por você, Igor.

— Mesmo? — disse Levin.

— É. Charles Ferguson estava em Bruxelas também, com o primeiro-ministro britânico. Refrescou a memória de Putin. O pessoal do Ferguson tem sido uma dor de cabeça insuportável.

— Pode-se dizer que sim.

— Além de Blake Johnson. A primeira ordem que recebi foi acabar com todos eles, mas nós só conseguimos nos livrar da superintendente Hannah Bernstein.

A mera menção fez Levin se sentir mal, como sempre acontecia, apesar de só ter levado o assassino do IRA até o aeroporto de Heathrow.

— O que o senhor quer com tudo isso? — perguntou.

— Ora, sinto falta dos seus inestimáveis serviços, seus e dos rapazes. O presidente quer vocês. Eu disse que estavam em Dublin e que seria difícil.

— E o que ele disse?

— Para dizer que o seu presidente precisa de vocês, assim como a Rússia. Pense nisso. É difícil encontrar bons profissionais, e vocês são os melhores. É impressionante como nos decepcionam.

— O que quer dizer com isso?

— Vou dar um exemplo. Alguns dias atrás, Blake Johnson estava em Londres, totalmente acessível, andando pela rua. Luzhkov e Max Chekov contrataram dois aspirantes a assassinos para cuidar dele. Em vez disso, Dillon e Salter cuidaram *deles*. Foi ridículo. Vocês nunca deixariam isso acontecer.

— Como disse, é difícil encontrar bons profissionais. Não importa, general. Se não conseguir na primeira... O senhor sabe o resto.

— Pobre Levin, deve ser entediante demais não estar mais em ação. Pense no que eu disse. Nós nos falaremos em breve. — Ele desligou.

— Velho cretino — disse Chomsky. — Acenou para o barman. — O mesmo de novo, Mick.

— Interessante, porém — disse Levin. — O que um merda como Max Chekov está fazendo no comando da Belov Internacional? Tenho observado este de perto.

— Nada muda, pelo que parece — disse Chomsky. — Estava pensando... Você acha que ele ligou para Popov?

— Bem lembrado. Não conte para Popov sobre as nossas conversas com Volkov. Vamos ver se ele menciona a dele. Falando nisso, por que não liga para ele agora mesmo?

Foi o que Chomsky fez, e ainda encontrou Popov no bar do hotel com Mary.

— Olá, sou eu — disse Chomsky, em inglês. — Estou bebendo com Igor e depois vamos ao cinema. Quer vir nos encontrar?

Popov não pareceu hesitar.

— Hoje não, obrigado. Eu e Mary vamos jantar.

— Tudo bem, então. E como vão as coisas? Alguma novidade?

— Não, tudo na mesma.

— Certo, só por perguntar mesmo. Divirta-se!

Chomsky guardou o celular no bolso.

— Ele está jantando com aquela mulher do escritório de novo.

— Está ficando sério — disse Levin.

— Não, eu não acho. Não se levarmos em consideração as coisas que ele falou no passado.

— Mas ele não mencionou Volkov, mencionou? É inconcebível o general ter falado conosco e não ter ligado para ele.

— O que mostra que ele é burro, então. Ele certamente supôs que acharíamos que tinha ligado. — Chomsky deu de ombros.

— O que isso prova?

— Que talvez, apenas uma hipótese, nosso amigo Popov esteja no bolso de Volkov desde que saímos de Londres. Eu sabia que um de vocês estava. Fico feliz que não seja você. As circunstâncias apontam para ele.

— Muito obrigado. Existe alguma razão para nos preocuparmos com isso?

— Eu acho que a aproximação de Volkov indica que deve haver. Mas, por hoje, basta. — Levin levantou. — Os prazeres de James Bond nos esperam. Jantamos depois.

Michael Flynn tinha 50 e poucos anos, quase 1,80 metro de altura, uma figura poderosa em seu terno de *tweed* Donegal, o rosto forte e determinado de um homem que não perdia tempo com nada. Seu escritório na Scamrock Security tinha paredes forradas de carvalho, cortinas de veludo verde, carpete verde, a mesa e os outros móveis mostravam que seu dono era um homem bem-sucedido que gostava de ser exato. Nos grandes dias da revolução, ele fora, por um tempo, chefe de comando do IRA, mas depois disso veio a prisão.

Aqueles dias ficaram para trás. Agora era um homem de negócios bem-sucedido, presidente de uma empresa que oferecia serviços na área de segurança internacional.

Olhou a chuva pela janela, mas estava de bom humor. Os negócios iam bem, o negócio da morte — com todas essas guerras e rumores de guerras, era o tipo de mundo em que seus negócios prosperariam. Voltou para sua mesa, tirou a tampa de um *decanter* e serviu uísque em um copo; então seu celular tocou, aquele especial que ficava no bolso interno de seu paletó.

— Alô — disse ele.

— Sr. Flynn, aqui é Volkov.

— Meu Deus. — Flynn tomou todo o uísque e serviu mais um. — Já faz um bom tempo desde a última vez que nos falamos. — Sentou na beirada da mesa. — O que posso fazer por você?

— Ah, só queria mantê-lo informado. Como sabe, tenho linha direta com a al-Qaeda.

— O Intermediário, certo?

— Certo. Ele me informou que um camarada meu, Abdul Rashid, morreu em um ataque com um carro-bomba em Bagdá. Foi uma operação sunita.

— E o que isso tem a ver comigo?

— Um homem para quem você prestava serviços trabalhava para ele, Terence O'Malley, ex-membro do IRA.

— O diretor de escola. Um homem bom. É de Bangor. O que houve?

— Ele morreu em uma troca de tiros com um homem chamado Sean Dillon e um gângster de Londres, Billy Salter. Já ouviu falar deles?

— Posso dizer que sim. Eu e Dillon éramos camaradas nos velhos tempos. De Salter, eu só conheço a reputação. O que aconteceu?

— Um problema pessoal. O velho Rashid sequestrou a neta na Inglaterra, uma menina de 13 anos. Parece que Dillon e Billy estavam tentando resgatá-la. Uma boa ação em um mundo cruel.

— Parece mesmo Sean Dillon. Louco de pedra.

— De qualquer forma, achei que você devesse saber.

— Muito obrigado. Escute — disse Flynn. — A nova companhia, a Belov Internacional, precisa de algum trabalho de segurança?

— Para dizer a verdade, provavelmente precisa, principalmente no lado irlandês, Drumore Place. É uma boa ideia, Flynn. Conversaremos sobre isso depois. Até mais.

Flynn ficou ali sentado, pensando. Uma pena O'Malley ter morrido. Um bom camarada, importante para a Causa, mas como muitos, não soube viver sem ela.

Serviu outro uísque e levantou o copo.

— A você, Terence. Descanse em paz.

Esvaziou o copo, vestiu uma capa de chuva e saiu.

Kuwait

Deserto Rub' al-Khali

Londres

5

O Kuwait era o Kuwait, os poços de petróleo trabalhando sem parar, os sinais da guerra não estavam mais à vista. A Tempestade do Deserto* fora muito tempo atrás. Hussein verificou pelo celular por satélite e, antes de sua chegada, já recebera as instruções para seguir para uma área do aeroporto um pouco distante dos terminais reservados aos jumbos e outros aviões de passageiros.

As Land Rovers passaram por vários aviões cargueiros estacionados e, finalmente, chegaram ao lugar onde ficavam os hangares para aviões particulares, estacionados com precisão.

O último era um antigo Hawk de oito passageiros; um homem com macacão manchado desceu as escadas, saindo de seu interior. Pelo sotaque, era norte-americano.

---

*Tempestade do Deserto é a forma como os norte-americanos se referem à Guerra do Golfo, 1991 (*N da T.*)

— Meu nome é Grant. Sr. Rashid?

— Sim — disse Rashid.

— Ele é todo seu. Conhece esta aeronave?

— Conheço muitos tipos de aeronaves. Preciso assinar alguma coisa?

— Não, já está tudo acertado. — Abriu um envelope e tirou um documento. — Estou devolvendo seu brevê.

Era uma excelente falsificação, mas Hussein não comentou.

— Muito obrigado. Quanto tempo se leva daqui a Hazar com este avião?

— Duas horas e meia, talvez três. Tem experiência em voar por sobre o deserto?

— Voei muitas vezes no Marrocos e na Argélia.

— Aqui é o deserto Rub' al-Khali. Ventos muito fortes podem surgir do nada, então, tenha cuidado.

— Já voei ao sul daqui, por isso conheço os pontos de referência e o aeroporto.

— Bom. De qualquer forma, tirei uma cópia do mapa da área, caso precise. Aqui estão a rota e o aeroporto entre a cidade de Hazar e a pequena aldeia litorânea de Kafkar, com a encosta acima.

— Obrigado. Certo, vamos embarcar — ordenou Hussein a Jasmine e Sara. Subiram a escada, seguidas por Khazid. Hamid, Hassim e Hussein subiram com as armas: muitos fuzis AK, algumas metralhadoras automáticas Uzi, várias bolsas carregadas de munição e granadas, e três ou quatro mísseis que podiam ser disparados apoiados no ombro.

— Estão esperando alguma guerra?

— Achei que sempre houvesse algum tipo de guerra acontecendo no deserto Rub' al-Khali.

— Isso é verdade.

— Minha família é dona da Rashid Shipping. Tenho certeza de que sabe que pirataria não é raro.

— Fale-me sobre isso. Se assinassem o manifesto, poderia estar a caminho.

Hussein foi o último a embarcar, levantando a escada e fechando a porta.

Jasmine e Sara já tinham encontrado uma enorme cesta e a estavam examinando.

— Tem muita comida aqui e um ótimo pão — disse Jasmine.

Sara abriu outra cesta e tirou uma garrafa.

— Dá para ver que ele é norte-americano — disse ela. — Vinho branco e tinto, uísque e conhaque. Não exatamente o que o Profeta, cujo nome devemos exaltar, recomendaria.

— Sempre achei o Profeta muito compreensivo — disse o jovem Hamid, que tinha sido artista antes de pegar em armas.

— Bem, tome seus assentos. — Hussein se acomodou na poltrona do piloto.

Desdobrou o mapa que Grant lhe dera, e Sara perguntou:

— Posso sentar na poltrona do copiloto?

— Por que não? — Ela se sentou, e ele disse: — Você pode ajudar a navegar. É só seguir a linha vermelha que o norte-americano, Grant, desenhou.

— O que é isso? — perguntou ela, apontando para algumas centenas de quilômetros à frente na linha.

— O Dispensário de Santo Antonio. É um mosteiro cristão que serviu à estrada principal para o deserto desde antes do Islã. Agora só tem vinte ou trinta homens lá, gregos ortodoxos, que usam estranhos hábitos pretos. Oitenta quilômetros depois, fica o Oásis de Fuad, que já foi chamado Poço de Santo Antonio. Antigamente, eles serviam viajantes de todas as religiões.

Ele deu partida e os motores ligaram, primeiro a bombordo, depois a estibordo.

— Apertem os cintos — disse ao aumentar a velocidade, e o avião seguiu pela pista de decolagem. Sara estava entusiasmada e agarrou o braço dele.

— Nossa, isto é tão emocionante. — Ela fitou as enormes montanhas de dunas de areia estendendo-se ao infinito.

— Um pouco diferente de Bagdá.

— Ah, muito diferente. Nada de guerra.

Ele subiu a 10 mil pés e ligou o piloto automático. Embora houvesse ar-condicionado, em uma aeronave tão antiga, não funcionava perfeitamente. Hussein estava usando óculos escuros de aviador e um terno marrom de ótimo linho egípcio. Ele tirou o paletó, deixando à mostra o coldre de ombro abaixo de seu braço esquerdo, portando uma Beretta.

Sara o encarou. Hussein tinha sido muito cuidadoso ao lidar com ela durante os meses que ela ficou na vila. Até onde ele sabia, ela desconhecia o passado dele, menos o fato de que estudara Medicina em Harvard e que tivera de voltar por causa da guerra.

Mas ela era uma jovem muito esperta, com quase 14 anos, como gostava de salientar, e não deixava de perceber o grande respeito com que as outras pessoas o tratavam, e não apenas na vila. Até políticos importantes e imãs tratavam-no de forma especial.

A verdade é que amava profundamente seu pai e que ele era o homem mais importante da sua vida. Ele tinha princípios fortes, e ela realmente acreditava que tudo que fazia para ela era para seu bem. Não havia necessidade de discussão. Com Hussein, era exatamente a mesma coisa. Sara fora batizada e criada como cristã. Não tinha a menor intenção de mudar isso, embora nunca tivesse discutido isso com o avô, já que era perceptiva o suficiente para saber que não a levaria a lugar nenhum, e inteligente o bastante para saber que estava envolvida em um problema complicado. Gostava muito de Hussein como primo, mas a ideia de que, quando tivesse idade, se casaria com ele era algo que não tinha a menor intenção de levar a sério. Seu pai encontraria uma solução. Só precisava esperar.

Claro, guerra era guerra, mas ela estava em uma posição estranha. A guerra aparecia na televisão o tempo todo, tomava conta das ruas, era muito real e não acabaria. Nem mesmo a morte de seu avô a chocou. Muitas pessoas que trabalhavam na casa morreram de uma forma ou de outra durante o tempo em que ficou em Bagdá.

Os rapazes já estavam provando vinho atrás dela. Quando ofereceram a Hussein, ele recusou, pois estava pilotando, mas aceitou os sanduíches de salada com pão fermentado e se sentou para comer com Sara, que percebeu que quando a calça dele subia um pouco, revelava um coldre de tornozelo com uma pistola Colt. Quando ela perguntou para que era, ele não deu muita importância, dizendo que, apesar de ser pouco provável que alguma coisa desse errado, havia árabes lá cujas vidas não eram oficiais.

Por outro lado, ele não mencionou que um coldre de tornozelo era a marca de um verdadeiro profissional.

Por enquanto, ela ficou satisfeita e sua cabeça começou a inclinar para trás, e ela acabou cochilando.

O primo de Charles Ferguson, professor Hal Stone, assistente do Corpus Christ College, Cambridge, e Hoxley Professor de Arqueologia Marinha, tinha uma característica comum à maioria dos acadêmicos na sua profissão: falta de dinheiro para conduzir qualquer pesquisa significante.

Em Hazar, uma operação de mergulho em um navio cargueiro da Segunda Guerra Mundial revelou que havia, por baixo, um navio comercial fenício da época de Aníbal. Ele só tinha condições de bancar uma ou duas visitas por ano usando mergulhadores árabes locais, operando de seu velho barco chamado *Sultan*. Em uma visita anterior, Dillon e Billy, ambos mergulhadores experientes, puderam ajudá-lo um pouco.

A ligação de Ferguson deixara o professor em um estado de frenesi. Quando não estava lá, deixava um empregado árabe de confiança chamado Selim tomando conta de tudo. Telefonou para ele contando a novidade de que estava indo para lá e arrumou as malas rapidamente.

Não se sentia tão feliz havia muito tempo, e não era pela perspectiva de mergulhar. Seu segredo obscuro era que, quando jovem, trabalhou para o Serviço Secreto de Segurança, e tinha total consciência do que Ferguson e seus subordinados faziam. Estava feliz em poder se envolver de alguma forma.

— Transporte incluído? — perguntou ele a Ferguson.

— Claro. Temos o Gulfstream. Os garotos vão ter de se livrar do logo da RAF. Vamos dizer que é um... Avião de Pesquisa Oceânica das Nações Unidas. Convincente?

— Certamente. Então... por que seu pessoal está indo para lá desta vez?

— Dê uma passada no meu apartamento e lhe conto tudo.

Stone desligou e se olhou no espelho do armário. O homem que o fitava tinha 60 e poucos anos, barba branca, estava bronzeado, usava um casaco, calça e camisa cáqui e um chapéu amassado. Pegou seus óculos Rayban.

— Assim está melhor — disse ele. — Não exatamente um Indiana Jones, mas não está mal. Aqui vamos nós mais uma vez.

Abriu a porta do quarto, pegou uma mala em cada mão e saiu.

Roper teve alguns problemas para monitorar da terra o avião fretado que saiu do Kuwait com Hussein e sua comitiva. O norte-americano, Grant, recebeu uma visita de um Capitão Jackson da Inteligência Militar da Embaixada Britânica, que ficou muito contente em fazer um favor para Charles Ferguson. O fato de haver uma câmera de segurança no canto do hangar, que com uma inspeção viu-se que tirou várias fotos de todo o grupo, tornou a visita de Jackson mais do que satisfatória. Rapidamente, todos os interessados puderam analisá-las o quanto quisessem.

— As fotos de Hussein Rashid são realmente um bônus — disse Ferguson.

— O que acha da menina? — perguntou Roper.

— É bem típico nesses casos fazer a garota se vestir dessa forma. E você?

Roper se serviu de uísque.

— Ela tem uma expressão calma, que não revela muita coisa.

— Não sei se se parece com o pai.

Neste momento, Caspar Rashid entrou com o sargento Doyle.

— Que história é essa de fotos?

— Aqui estão — disse Roper. — Acabaram de ser tiradas; conseguimos com nosso contato no Kuwait.

Caspar examinou-as com cuidado, olhando-as várias vezes. Finalmente, disse:

— É incrível ter fotos que foram tiradas há tão pouco tempo.

— Como acha que ela está? — perguntou Ferguson.

— Não sei, realmente não sei. Sei que pode parecer estranho o que vou dizer, mas são essas roupas que ela está usando. Mudam tanto a sua personalidade, pelo menos parece. Minha esposa pode vê-las?

— Claro que sim. Tivemos muita sorte em conseguir essas excelentes fotos de Hussein e seus homens.

Caspar examinou as fotos de perto.

— Sabe, eu mal o reconheço. Já se passaram tantos anos, e ainda teve aqueles seis meses em uma prisão nos Estados Unidos. Só me lembro que era um menino muito bom quando criança.

Dillon, que estava em silêncio vendo as fotos, disse:

— As pessoas mudam, e as circunstâncias fazem com que mudem ainda mais. Os pais morreram em um bombardeio, seis meses na prisão. Deve ter sido cruel. — Tomou um gole do uísque de Roper. — Deus é testemunha, tive experiência suficiente na Irlanda durante aqueles anos complicados para saber como as pessoas podem mudar em sua essência.

— Bem, você saberia, Sean — disse Roper. — Mas esse Hussein não tem nada de comum. Julgando pelo placar dele, é quase tão bom quanto você.

Houve um silêncio pesado, não havia mais nada para ser dito.

Sara, absorvida pelo mapa e seguindo a linha vermelha, foi a primeira a ver as palmeiras e os prédios do Dispensário de Santo Antonio. Apontou e chamou a atenção de todos, e Jasmine e os rapazes foram para as janelas ver. Hussein desceu cada vez mais, para uns 2 mil pés. Deu a volta. Havia uma varanda, muitos monges estavam ali, usando seus chapéus e hábitos pretos. Acenaram. Hussein balançou a asa e virou para o sul.

Talvez uns dez minutos depois, a sorte deles acabara. De repente, fumaça preta e oleosa começou a sair do motor de bombordo. Foi Jasmine quem viu primeiro e gritou, todos ficaram perturbados, mas não havia sinal de chamas, apenas a fumaça preta.

Sara, que tinha cochilado de novo, acordou assustada ao escutar Hussein dizer:

— Acalmem-se, todos vocês.

Ele desligou o motor e ligou o extintor do motor de bombordo. O líquido formado por gotas minúsculas se misturou com a fumaça, mas ainda não havia chamas.

— Acho que sei o que é. O tanque está sem tampa, deixando vazar gasolina sobre o motor quente e criando essa fumaça preta. Apertem os cintos, vamos aterrissar. — Dirigiu-se a Sara agora: — Siga a linha vermelha de Grant no mapa. Acredito que estejamos perto do Oásis de Fuad e do Poço de Santo Antonio.

Ele desceu rápido, a fumaça preta saindo da asa, e Sara disse, calmamente:

— Ali, à direita — e apontou através do para-brisa.

— Boa menina.

Eles desceram cada vez mais até que estivessem a poucos metros da areia, e o oásis parecia estar se aproximando rapidamente deles. Sara viu um grupo de palmeiras, uma construção pequena com telhado reto ao lado, o caminho na estrada claramente definido pelos pés de inúmeros viajantes no decorrer de séculos.

Havia uma grande extensão de água, seis cavalos matando a sede ali, beduínos usando túnicas ao lado de uma fogueira e olhando para cima, as mãos sobre os olhos para se proteger do sol.

O mais interessado era um homem de túnica preta, os pulsos amarrados para cima, pendurado em um poste ao lado da casa.

Hussein pousou o Hawk na estrada e conseguiu parar a uma certa distância do oásis. Disse para seus três homens:

— Saiam. Fuzis engatilhados.

Um dos que estavam perto da piscina segurava um chicote de montaria. Virou-se como se ignorando-os e chicoteou as costas do monge. O hábito tinha caído de seus ombros, que já estavam ensanguentados.

Sara disse:

— Eles não podem fazer isso. Ele é um padre.

— Acalme-se. — Hussein pegou seu telefone, que tocou enquanto os outros desembarcavam, e viu que era o Intermediário. — Que bom — disse Hussein. — Estava torcendo para que estivesse disponível. — Explicou a situação e detalhou a posição em que se encontravam.

— Vou entrar em contato com o aeroporto de Hazar e providenciar o resgate — disse o Intermediário. — Provavelmente por helicóptero. Ligarei assim que tiver mais detalhes.

— Vamos sair, senhoritas — disse Hussein. Sorriu para Sara e pediu: — Pode pegar meu paletó, por favor?

Ao entregar a ele, viu a etiqueta Armani e pensou que era o paletó mais bonito que já vira e que combinava perfeitamente com ele.

— Estejam preparados para qualquer coisa, rapazes — disse ele. — Parece que temos uns caras maus aqui. Lembrem-se do sangue Rashid de vocês antes de qualquer coisa.

— Todos juntos, primo, estamos com você — disse Khazid, e saíram. Hussein com Jasmine em um braço e Sara no outro.

Os seis homens que estavam perto do poço observaram a aproximação deles, segurando seus fuzis, usando túnicas pretas e lenços de cabeça pretos e brancos. O líder, alto e barbado, esperou, o chicote na mão direita.

— Quem temos aqui? — perguntou ele.

— Quem pergunta? — questionou Hussein, indo para a direita, onde havia uma cerca, e se sentou nela.

— Olhe as maneiras, rapaz — disse o homem. — Sou Ali ben Levi. Eu digo quem entra e quem sai daqui. Digo que o poço é meu, e este aqui tentou me contradizer.

Ele se virou e chicoteou o ombro do padre de novo, e Sara gritou:

— Não!

— Coloque-se em seu lugar, garota. Ele é apenas um cristão.

— Eu também sou cristã — disse ela em árabe. — Você me chicotearia?

Ela correu até ele, que a agarrou pelos pulsos e riu.

— Seria um prazer. — Ele a jogou no chão e levantou o chicote.

Hussein pegou a Colt no coldre de tornozelo e disparou, acertando entre os olhos de ben Levi, o projétil de ponta oca fazendo com que caísse no poço e explodindo a parte de trás do crânio dele.

Praticamente no mesmo momento, um dos homens do outro lado começou a levantar seu fuzil e Hassim atirou nele com sua AK. Um silêncio pesado caiu sobre o lugar. Hussein fez um sinal, a Colt ainda na mão.

— Desta vez, permitirei que vivam — disse ele aos outros homens de ben Levi. — Então, peguem seus mortos e vão embora.

Com pressa, eles pegaram os cavalos, amarraram os dois corpos sobre as selas das duas éguas e montaram. Esperaram um momento, e Hussein falou:

— Sou Hussein Rashid, o Martelo de Deus. Qualquer homem da tribo de ben Levi que quiser tirar satisfação comigo será bem-recebido.

Nenhum deles fez isso, apenas foram embora. Jasmine estava tremendo, mas Sara estava estranhamente calma.

— Vou ver o padre — disse ela e foi até ele.

O celular por satélite tocou, mas a estática estava forte. O Intermediário gritou:

— Sou eu. Está me escutando?

— Estou, pode falar.

— Estão mandando um helicóptero. Está tudo bem?

— Tivemos um pequeno problema que já foi resolvido.

— Bom. Vamos precisar de você, Hussein. Muitos trabalhos a serem realizados, você sabe disso. O próprio Osama perguntou por você na última vez em que nos falamos. Pediu que lhe mandasse sua bênção.

— Diga que agradeço. Até mais.

Na piscina, Sara e Jasmine cuidavam do padre, Sara lavando suas costas cuidadosamente com um pano da casa.

— Você é realmente cristã, filha? — perguntou ele.

— Minha mãe é inglesa, e meu pai, Rashid. Sou batizada.

— Mas está vestida como uma mulher muçulmana.

Hussein e seus homens ficaram sentados escutando, e ouviram quando ela disse:

— Em todo o Corão, há apenas duas mães de profetas. A primeira, mãe de Maomé, cujo nome glorifico, e a segunda, Maria, a mãe do profeta Jesus. Existem coisas boas em tudo. Acho que tanto a Bíblia quanto o Corão são verdadeiros.

— Tão jovem e tão sábia. — Ele pegou o terço e começou a rezar.

Ela se levantou e foi se sentar no chão, ao lado de Hussein, no que os outros se levantaram em sinal de respeito e se afastaram.

— Eu não sabia — disse ela em inglês. — Sobre você.

— Claro que não. Não deveria saber.

— Achei que o conhecesse. Agora vejo que nunca o conheci. O Martelo de Deus. — Ela balançou a cabeça, repetindo em árabe. — Os empregados falavam de você, e algumas vezes li sobre você nos jornais. Estranho. — Balançou a cabeça. — Eu lia as notícias para melhorar meu árabe e não sabia que às vezes estava lendo sobre você e seus feitos. — Ela mudou para árabe. — O grande guerreiro. Seu rosto nunca apareceu na televisão, mas sempre que falava no rádio, descrevia-se como o Martelo de Deus em inglês. Até as crianças aprenderam, cheguei a ver camisetas com a expressão em inglês. Por que permitiu isso?

— Arrogância... para zombar dos meus inimigos. Nos jornais ingleses, a expressão seria diferente. Não usariam grande guerreiro, e sim terrorista, acho.

— Verdade, é apenas questão de se escolherem as palavras.

— Quanta sabedoria — disse ele. — Tanta sabedoria em alguém tão jovem. — A distância, escutaram um ruído, o som inconfundível de um helicóptero. — Então, vamos a mais uma etapa da nossa viagem. — Ele a ajudou a levantar. — Vá se despedir do bom padre para seguirmos nosso caminho.

O porto de Hazar era pequeno, com prédios brancos e ruas estreitas, o vívido azul do mar contrastando com o branco dos prédios. Era bem utilizado, com embarcações de vários tipos: barcos pesqueiros, veleiros antigos e lanchas.

Eles chegaram do mar fazendo um semicírculo, e a um quilômetro da cidade, Sara notou um grande veleiro, aparentemente muito velho, e disse:

— Parece interessante.

— É mesmo — disse Hussein. — Está sendo usado como plataforma de mergulho. É chamado de *Sultan*. Alguns anos atrás, arqueólogos marinhos descobriram restos de um cargueiro afundado por um submarino na Segunda Guerra. Quando mergulharam, descobriram cerâmicas fenícias de 200 a.C. O cargueiro estava em cima de destroços bem mais interessantes.

— Estão fazendo alguma coisa a respeito?

— O governo de Hazar? Não dá a mínima. Alguns anos atrás, um professor da Universidade de Cambridge conseguiu uma licença para mergulhar lá. De vez em quando ele volta, mas nunca teve muito dinheiro para investir. Pelo que me lembro, ele usava mergulhadores locais e tratava do período como se fossem férias.

— Deve ser lindo. Você já mergulhou?

— Já, muitas vezes, quando era mais jovem. É um mundo totalmente diferente lá embaixo.

Estavam se aproximando da cidade, circularam o complexo do aeroporto pela esquerda e seguiram, então viraram à direita para o que parecia uma pequena aldeia acima de um minúsculo porto, e, na encosta, havia uma elegante vila, obviamente antiga, cercada por jardins, varandas e muita beleza.

— Este é o orgulho da família Rashid: a grande casa. Está aqui há trezentos anos. Esta é Kafkar.

O helicóptero desceu em direção ao heliporto, e havia pessoas esperando lá, muitas, todas usando roupas tradicionais, e na frente delas, sozinho, estava um homem muito velho com um terno de linho branco e um turbante beduíno na cabeça. Sua aparência mostrava que devia ter sido muito poderoso, mas agora se apoiava em uma bengala.

Quando o motor parou, Hussein disse:

— Seu tio-avô Jemal. Saia na frente.

Ele abriu a porta, tirou a escada e ela desceu. Houve silêncio. Então, o velho acenou para ela.

— Sara, venha até mim, menina.

Ela seguiu na direção dele e a multidão começou a aplaudir espontaneamente.

Mais tarde, sentaram-se em uma varanda com vista para o jardim com palmeiras e plantas exóticas por todos os lados. O som de água envolvia o ambiente, pois pequenas fontes caíam de varanda para varanda, e Jemal e Hussein sentaram e fumaram. A notícia do tiroteio no oásis tinha se espalhado.

— O problema com ben Levi não foi nada — disse Jemal.

— Ali era apenas um bandido de baixa reputação. Não haverá nenhuma questão de vingança em busca de honra. Não se preocupe.

— Não estou preocupado — disse Hussein. — Esse pessoal precisava de uma lição.

— E receberam. Quais são seus planos?

— Ficarei alguns dias, deixarei Sara nas suas mãos e partirei. Tenho trabalhos importantes a fazer. Estou sempre em contato com a al-Qaeda. O próprio Osama me mandou um recado hoje mesmo.

— É claro, você foi escolhido para grandes tarefas, todas escolhidas por Alá. A menina estará segura aqui. O que aconteceu em Bagdá foi terrível. A morte do meu irmão foi vontade de Alá e obra dos sunitas, mas a presença desses demônios ingleses que queriam roubar Sara... isso me preocupa.

— A mim também.

— Meu irmão estava perturbado pelo fato de ela não estar feliz.

— Ela certamente tentou fugir no início, pelo que me disseram — disse Hussein.

— Eu e meu irmão discutimos o assunto. Decidimos deixá-la acorrentada. Estou surpreso ao ver que não está mais.

— Ela me deu sua palavra de honra. A viagem teria sido difícil.

— Ela não está mais viajando agora.

Hussein estava em terreno perigoso, precisava agir com cautela e sabia disso.

— Para uma jovem, ser acorrentada assim é, no mínimo, constrangedor e difícil. — Tocou na consciência do tio do que era adequado. — Afinal, ela é uma Rashid. Seria uma vergonha o mundo vê-la acorrentada a ferros. Precisamos pensar na sua autoridade.

— Você está certo. Vê-la em público assim seria uma vergonha para todos nós.

— E uma vergonha particular para o senhor. — Hussein agora estava tocando na vaidade do tio.

— É verdade. Não temos mais dúvidas sobre as correntes. Jasmine vai acompanhá-la o tempo todo quando estiver fora de casa. E dois guardas armados. — Ele levantou o olhar para a casa. — A suíte azul será a morada dela. Todas as portas e persianas receberam chaves. Nada de telefone.

— Isso deve ser o suficiente. — Hussein inclinou a cabeça.

— Sua sabedoria, como sempre, é infinita.

Naquele momento, Sara desceu as escadas, Jasmine logo atrás dela. Ambas usavam roupas limpas.

— Ah, aqui está você, menina. Venha aqui. — Jemal estendeu-lhe a mão.

Ela olhou para Hussein, que assentiu, então ela se aproximou e ajoelhou na frente do tio-avô.

— É bom vê-la, Sara. — Ele deu um leve beijo na sua cabeça.

— Também é bom vê-lo, tio. — Ela pegou a mão dele e a beijou. — Sinto muito a morte de minha tia no ano passado. Gostaria de ter tido o privilégio de conhecê-la.

— Isso não é culpa sua, mas de seu pai, mas não vamos mais falar sobre esse triste assunto. Venha caminhar comigo pelo jardim e me contar como estão as coisas em Bagdá.

Ele se apoiou na bengala para levantar, deu o braço a ela, e ambos seguiram pelo caminho, parando de vez em quando para ele falar com os jardineiros. Hussein observou enquanto se afastavam. Ela era uma garota inteligente, logo aprenderia a lidar com o velho. Acendeu um cigarro e recostou-se, olhando para o *Sultan* no mar, a um quilômetro da costa. Era tão bonito, e ele sentiu cansaço. Mas logo passou. Afinal, tinha trabalho a realizar. Seu celular por satélite tocou. Era o Intermediário.

— Chegaram? Já estão acomodados?

— Sim, graças a Alá.

— Bom. Agora, como eu disse, Hussein, precisamos de você.

— Eu sei, eu sei; me dê um tempo.

— Isso é o que não temos. — Houve uma pausa. — Uma semana, então, uma semana, depois preciso de você em Londres.

— Para quê? — Hussein balançou a cabeça. — Dez dias.

— Tudo bem. Tem um homem que cuida pessoalmente da segurança do primeiro-ministro britânico, general Charles Ferguson. Preciso fazer um favor aos russos e eles o querem morto. Pode fazer isso?

— Se a força estiver lá, é possível matar qualquer um.

— Excelente. Amanhã, nos falamos de novo. Se conseguir acessar um computador daí, terá todas as informações de que precisa. Até amanhã.

O Intermediário serviu-se de chá verde e recostou-se na poltrona. De vez em quando, tudo se encaixava. A vontade de Alá realmente existia nesse assunto atual, por exemplo. Ferguson e o primeiro-ministro. Blake Johnson e o presidente Cazalet, Volkov e Putin. Hussein Rashid e toda essa história absurda envolvendo Sara Rashid. Dillon e Salter, Flynn em Dublin, Levin, Chomsky e Popov.

Suas mãos estavam sobre todos eles. Tudo muito satisfatório.

LONDRES
—

HAZAR
—

6

Todos se reuniram em Holland Park para uma última reunião. Os Rashid, Harry, Billy Salter, Ferguson, Hal Stone, Dillon, Greta, Roper, Boyd, Henderson, Lacey e Parry.

— Vou passar a palavra para Roper — disse Ferguson. — Ele planejou tudo.

Roper virou a cadeira de rodas.

— Se isso vai dar certo, temos o tempo a nosso favor. Todos sabem o que aconteceu em Hazar, da fuga com o avião e tudo mais. Registros mostram que um Lear Jet foi reservado pela Rashid Shipping para daqui a dez dias. Acho que é uma suposição razoável acharmos que é para Hussein Rashid.

— Como pode ter tanta certeza? Pode ter alguma coisa a ver com Sara — disse Molly.

— Pouco provável, minha querida — disse Ferguson. — Não foi fácil levá-la para um lugar seguro. Por que mexeriam nisso agora?

— Mas essa suposição trabalha a nosso favor — disse Roper.

— Ela acabou de chegar lá. Quem em sã consciência poderia imaginar que ele fosse sumir tão cedo?

— Então, por que estamos perdendo tempo conversando enquanto deveríamos estar lá? — questionou Caspar Rashid. Estava impaciente, suando um pouco.

— O nosso avião sai às 5 da manhã — disse Roper. — O voo leva dez horas.

— E você prefere que eu não vá?

— Pelo contrário — intrometeu-se Ferguson. — Seria muito bom o próprio pai ser reconhecido pela filha no meio da confusão, quando a resgatarmos.

— A sua sugestão de usar túnica e um pano sobre o rosto, para se passar por um beduíno, procede — comentou Roper. — É óbvio que o professor Stone precisa ir. Afinal, o barco é dele. Billy e Dillon irão como mergulhadores para justificar sua presença e dar crédito a ele. Os dois pilotos vão fingir trabalhar na manutenção da aeronave.

— E eu? — perguntou Greta.

— Continue acompanhando a Dra. Molly, Greta.

— Certo.

— Satisfeito? — perguntou Ferguson a Rashid.

De forma compreensível, Rashid ainda parecia nervoso.

— Vamos examinar a situação com calma — sugeriu Roper. — Não vai conseguir recuperar a sua filha aparecendo na casa do seu tio e pedindo que a devolva. Francamente, acredito que o mais provável é que coloquemos as mãos na sua filha se aproveitarmos alguma oportunidade que surgir: passeando pelo jardim, andando na rua, nadando na praia. Quem sabe?

— Acho que sim — disse Rashid, relutante.

— Ele está certo, querido — disse Molly para o marido.

— Só o que posso dizer é que quando acontecer, terá de ser muito rápido. É por isso que precisamos que os pilotos fiquem perto do avião o tempo todo, para podermos decolar rapidamente.

— É isso, então — disse Ferguson. — A nossa nova cozinheira preparou um jantar antes da hora, então vamos lá.

— Só mais uma coisa — disse Roper. — Uma coisa que quero mostrar a vocês. — Todos se viraram. — Desejo muito que tenhamos sucesso, muito mesmo, mas nosso elemento variável aqui é o Martelo de Deus, Hussein Rashid. Aqui está ele.

Em uma tela, apareceu uma foto de Hussein tirada por uma câmera de segurança no aeroporto do Kuwait. Fora tirada em uma das poucas ocasiões em que não estava com seu Rayban e o rosto barbado estava à mostra. Estranhamente, tinha a aparência de um jovem Che Guevara.

— Aonde quer chegar? — perguntou Ferguson.

— É só isso. No momento em que o Gulfstream sair de Hazar, passaremos para a imprensa esta foto de Hussein Rashid, o Martelo de Deus, famoso aliado de Osama bin Laden, dizendo ser muito provável que esteja na Grã-Bretanha. Vai ser bem difícil ele vir atrás de nós.

— Meu Deus, seu grande cretino — disse Ferguson. — Como ele vai conseguir se livrar dessa? — Virou-se para Molly Rashid. — E será o fim dos seus problemas.

O sino do jantar soou e ele ofereceu o braço a ela.

— Vamos entrar?

Em Hazar, o calor era intenso durante o dia, e Sara não estava feliz. Se as coisas eram difíceis na vila de seu avô no Iraque, eram infinitamente piores na mansão em Kafkar. Para começar, seu tio-avô mandara não apenas Jasmine, mas outras duas viúvas mais velhas dormirem em seu quarto. Guardas armados nas varandas não melhoravam em nada as coisas.

— É insuportável — disse ela para Hussein. — Eu me sinto como se estivesse sendo engolida inteira.

— Vamos esclarecer as coisas — encorajou ele. — Depois de tudo o que aconteceu, ele está um pouco paranoico.

— Não tenho nem permissão de fazer as refeições com você. Fui confiada às mulheres, e todas têm idade suficiente para serem minhas avós. Não posso andar na piscina, a não ser que me vista como as meninas muçulmanas. É como ir nadar em Brighton na época eduardiana.

— Mas você é muçulmana, e antes que desperdice meu tempo discutindo o assunto, devo lembrá-la de que seu tio é muito antiquado.

— Conte-me um pouco disso. — Ela estava furiosa e apontou para a praia particular e o mar. — Lá embaixo parece tão normal. Turistas, esquis aquáticos, jet skis, lanchas, e aqui em cima, guardas armados, um mundo paralelo.

— Que absurdo.

— Até você me abandona a maior parte do tempo.

— Tenho assuntos importantes para resolver.

— Posso imaginar. A guerra. Vejo você constantemente ao celular acertando as coisas com o Intermediário.

Ele estava chocado.

— O quê?

— No poço, em Fuad. Eu escutei quando ele gritou porque a estática estava forte.

Ele deu de ombros.

— Ele é apenas um conselheiro de investimentos — um intermediário, como eu disse.

— Posso pelo menos sair para fazer compras na cidade ou ir até baía de barco?

— Veremos. — Ele se levantou.

— Ou ir à cidade visitar a mesquita. Nem seu tio poderia dizer não para isso.

Ele sorriu, pensando em como ela sabia ser infantil quando queria, e de repente se lembrou do que prometera ao avô dela.

— Isso tudo é para o seu bem. De verdade. Verei o que posso fazer.

— E permita que Hassim e Hamid sejam meus guardas. Pelo menos, eles são amigos, assim como Khazid. Eles sabem o que é a guerra, não são como o pessoal daqui. Não como você.

Ele ficou emocionado. Ela não poderia tê-lo deixado mais satisfeito, o que fora o motivo exato para ter dito isso.

— Farei o possível. Seja uma boa menina. — E deixou-a com Jasmine e outras duas mulheres que estavam sentadas a pouca distância.

Sara foi até o parapeito da varanda e olhou para o porto. Lá embaixo havia vida, as coisas aconteciam. O velho veleiro, o *Sultan*, era pitoresco e se encaixava perfeitamente à paisagem. Havia atividade no deque: estavam tirando o que pareciam cilindros de gás de um grande bote de borracha. Ficava difícil ver àquela distância. Entretanto, naquele momento, Hamid e Hassim apareceram. Usavam calças camufladas, camisetas verdes e óculos escuros, e carregavam fuzis AK. Sem dúvida, eram bonitos e muito admirados pelas empregadas.

— Hussein nos mandou, priminha — disse Hamid. — Disse que você está entediada.

Ele disse isso em inglês, idioma que estava querendo melhorar, e ela sabia disso. Tinha um binóculo pendurado no pescoço.

— Excelente — disse ela. — Você poderia começar me emprestando seu binóculo.

Entregou-o a ela, que o levou aos olhos, focalizando o veleiro. Havia um homem árabe no deque, e outro, um beduíno, muito vistoso, com túnica preta e turbante preto e branco, um pano cobrindo o rosto, deixando apenas os olhos descobertos.

Embora ela não soubesse, seu pai estava ajudando Selim, o responsável pelo *Sultan*, a puxar bombas de ar que Dillon e Billy estavam entregando do bote de borracha. Neste momento, Hal Stone saiu da cabine.

— O que você está olhando? — perguntou Hamid.

— O grande veleiro. Hussein me contou sobre ele. Um professor da Universidade de Cambridge o usa como plataforma de mergulho. Tem um navio muito antigo lá embaixo, acho que fenício. Sabia disso?

— Claro que sim — disse ele. — Aprendi sobre os fenícios na escola. Vamos olhar. — Ela entregou o binóculo a ele, que o levantou. — Isso mesmo, ele estão embarcando equipamento de mergulho. Deve ser divertido. Eu gostaria de experimentar. — Ele entregou o binóculo para Hassim.

— Se nos dessem permissão para sairmos de barco, poderíamos ir até lá dar uma olhada — disse ela.

— Isso dependeria do seu tio. — Ele aceitou um cigarro que Hamid ofereceu, e ambos se sentaram para fumar.

Conseguiram fazer uma viagem calma no Gulfstream, sem nem precisar parar para reabastecer. Discutiram tudo repetidas vezes. A recente viagem de Caspar Rashid a Hazar fora a primeira desde sua infância. Seu rosto não era familiar, certamente o responsável pelo *Sultan* não o conhecia.

Todos eles tinham fotos que Roper dera. A primeira, de Sara usando uniforme junto com o pai e a mãe, tirada no início daquele ano. Depois, várias de Dillon, Billy e Hal Stone junto com Caspar e Molly. Todas eram credenciais óbvias quando se aproximassem de Sara, embora ainda não soubessem como fariam isso.

A primeira situação que tiveram de lidar envolveu Selim. Uma pessoa da família morrera no norte do país. Ele precisou fazer uma viagem de cinco dias. Pelo menos, isso facilitou as coisas, principalmente para Caspar. Hal Stone deu sua bênção a Selim e cem dólares, verificou se tinha tudo de que precisava na cozinha, e levou-o até o cais no início da noite. Enquanto estavam lá, Dillon e Billy alugaram jet skis e um carro em uma loja e voltaram para o veleiro, onde encontraram Hal Stone e Caspar observando a casa de Rashid pelo binóculo.

Havia muitos turistas em volta, e Hal disse:

— Os jet skis têm lógica, tem um monte por lá. Podem se misturar.

— Essa é a ideia — disse Dillon. — Vista uma roupa de mergulho, Billy, e vamos lá dar uma olhada. — Ele ficou tenso. — Tem dois caras andando pela varanda com fuzis pendurados. — Ele parou. — E mais dois, e um terceiro, em cima.

— O lugar é uma fortaleza — disse Billy. — Venha, vamos dar uma olhada.

— Está bem, e lembre-se: somos apenas turistas. Faça só o que os outros estiverem fazendo, nada além disso.

No aeroporto, fazia muito calor, mas conforme um tenente da polícia com a barba por fazer dissera a eles, essa época do ano não tinha muito trabalho. Os voos da Força Aérea eram a principal conexão que tinham com Londres, e isso só acontecia três vezes por semana. O restante do tráfego era de aeronaves menores, jatinhos particulares dos ricos da área ou de firmas locais. O nome do tenente era Said, e eles lhe deram cigarros, Lacey colocou US$ 500, e tal generosidade resultou em um hangar vazio reservado para eles. Era bem mais fresco do que do lado de fora, e havia até quartos para a tripulação, com quatro bicamas e banheiro. Tudo quebrado e velho, mas, como disse Lacey, com sorte não precisariam ficar ali por muito tempo.

A primeira tarefa era reabastecer, o que fizeram, depois levaram o Gulfstream de volta para o hangar e tiraram a capota do motor de bombordo. Said apareceu e os observou por uns dois minutos.

— Têm certeza de que querem dormir aqui? Posso mandá-los a um bom hotel. Meu primo...

Lacey o interrompeu:

— Este motor não está tão bom quanto costumava ser, então, vamos examiná-lo.

— Trabalhar para as Nações Unidas é bom — disse Parry. — Além de bons salários, recebemos uma ótima diária. Gastaremos mais tarde em um lugar melhor, como Dubai.

— Ou no sul da França. — Lacey sorriu. — As garotas de lá são de primeira classe.

— Entendo. Vi nos arquivos de vocês que já estiveram aqui antes.

— Uns dois anos atrás — disse Lacey, calmamente.

— Nações Unidas também?

— Bem, com o professor Stone — disse Parry. — Os fundos de pesquisa oceânica das Nações Unidas financiam o trabalho dele.

— Tudo por causa de um barco velho a 30 metros de profundidade. Antigamente, tinha esponjas lá. Quando criança, meu pai mergulhava lá. Ele e os amigos pulavam com pedras amarradas neles e o peso os levava para baixo.

— Meu Deus — disse Parry. — Eles nunca tinham ouvido falar em cordas?

— Eles agarravam uma esponja e voltavam para a superfície. E eram muito admirados pela coragem.

— Bem, deviam ser mesmo — disse Lacey com indiferença.

— A lanchonete do terminal funciona mesmo quando o movimento está fraco. Recomendo a comida de lá. É da minha prima por parte de mãe.

— Vamos ver como o motor vai reagir — disse Lacey —, mas vamos precisar fazer um voo para testar. Algum problema?

— Claro que não. Quando quiserem. Poderão ver como é por aqui. Um cemitério.

Ele se virou e foi embora.

— Acho que podemos dizer algo do tipo — disse Lacey. — Deveríamos experimentar a lanchonete. — Parry olhou para fora, para o deserto, tudo tremulando no calor insuportável, as montanhas a distância cercando o deserto Rub' al-Khali.

— Só sei de uma coisa — disse ele —, este deve ter sido o último lugar que Deus criou.

— Pode-se dizer que sim.

— Como será que estão indo as coisas no *Sultan*?

— Vou ligar para eles mais tarde. Deixe que se acomodem primeiro.

Eles entraram no pequeno terminal, onde não havia nenhum passageiro à vista, apenas árabes aqui e ali, que obviamente eram funcionários. O restaurante estava aberto, e o cheiro dava água na boca.

— Meu Deus, isso parece bom. Vamos experimentar. — Lacey foi na frente.

O vento vinha da terra, quente e almiscarado, trazendo bastante areia. Dillon e Billy sentaram-se no meio do equipamento de mergulho e se arrumaram. Billy estava tão ansioso que foi o primeiro a se aprontar. Usava uma roupa de mergulho verde, prendeu um tanque ao seu inflável e um computador Orca ao seu medidor de pressão de ar. Cuspiu na máscara e colocou-a, fez um sinal de positivo com o polegar e se jogou pela grade de costas.

Dillon foi logo depois, o prazer do momento envolvendo-o, a grande caverna azul, os inúmeros peixes. Verificou o computador de mergulho, que lhe mostrou sua profundidade, há quanto tempo estava submerso e quanto tempo poderia ficar.

Era possível ver claramente o velho barco a 30 metros de profundidade, coberto por crustáceos e todos os tipos de plantas aquáticas, peixes entrando e saindo pelas janelas. Billy se aventurou entrando no buraco que o torpedo alemão deixara, e Dillon foi atrás, e brincaram de um tipo de esconde-esconde naquelas passagens escuras e inundadas, emergindo na popa e flutuando sobre uma mistura de areia, algas e detritos que eram o que restava do antigo navio fenício. Uma vez, Billy encontrara uma estatueta lá, uma figura de templo de uma mulher com barriga inchada e grandes olhos. Em Hazar, ele chegara o mais próximo que se pode chegar da morte, mas sobrevivera porque Sam, o nome que dera à estatueta, estava em seu bolso. Ela era seu talismã da sorte, mas quando um amigo do Museu Britânico colocou os olhos nela, a entregou. Ainda assim, sabia onde estava exposta e podia vê-la sempre que quisesse.

Ele se virou e apontou, a mão coberta por luva segurando uma grade. Dillon acenou e eles começaram a subir na direção da quilha do *Sultan* e da plataforma de mergulho embaixo da escada de embarque. Quando chegaram à superfície, passou um grande bote de borracha. Hamid estava ao leme, Hassim, na proa, com uma AK sobre os joelhos. Sara estava no meio, junto a Jasmine.

O passeio pela baía não fora planejado, mas Hussein e o velho Jemal foram chamados ao South Port, o ponto final da ferrovia de um só ramal e do oleoduto, onde os navios cargueiros para a Índia ficavam ancorados. Estavam atrasados para o compromisso, e quando Sara quis saber se poderia passear pelo porto, o tio, meio surdo, estava irritado e sob pressão, no que cedeu e disse a Hamid que a responsabilidade era toda dele e que não fosse muito longe.

— Na quarta-feira, vou levá-la à mesquita para conhecer o imã. Não se esqueça. Estude o Corão. Quero que ele fique impressionado com você, Sara — disse ele.

— Claro, tio.

A verdade era que os negócios que ele e Hussein precisavam resolver no South Port eram muito delicados e envolviam providências para vários carregamentos ilegais que seriam levados para o norte, para as milícias no Iraque. De qualquer forma, os jovens saíram no bote, o potente motor externo empurrando-os rapidamente em uma rota ziguezagueante pelo porto, e Sara começou a querer mais, pedindo que prosseguissem. Ela observara o *Sultan*, as pessoas no deque e os que entraram na água.

— Eles estão mergulhando — disse ela. — Dê meia-volta.

— Hamid obedeceu, e Hassim se inclinou, segurando a AK e observando a água incrivelmente cristalina.

— Dá para ver tudo, Sara: o barco, os mergulhadores. Olhe, prima.

Ele falara em inglês, e ela respondeu no mesmo idioma.

— Nossa, é absolutamente maravilhoso.

No deque, ao lado de Hal Stone, Caspar Rashid escutou a voz dela e lamentou-se baixinho. Um pé deu um passo à frente, mas, disfarçado com a túnica do deserto, a cabeça embrulhada no turbante e metade do rosto escondido por um pano, não havia como ela reconhecê-lo. Hal Stone apertou com força o braço dele, sentiu que Caspar parou e, então, suspirou.

Foi quando Sara disse exatamente a coisa certa.

— O senhor é o professor Hal Stone da Universidade de Cambridge?

— Ora, sou sim, mas como sabe?

— Já sei de tudo sobre o senhor e o navio cargueiro que afundou em cima do barco fenício. Moro naquela casa grande na encosta. Meu nome é Sara Rashid. É uma história bem romântica. — Neste momento, Dillon emergiu, seguido por Billy, e eles seguraram na grade da plataforma de mergulho.

Hal Stone, pensando bem rápido, tirou a mão do bolso da jaqueta, segurando na palma as duas pequenas fotos que Roper lhe dera.

— Que legal você saber de tudo isso! Claro, não é tudo verdade. *Sou* professor em Cambridge, mas moro na Gulf Road, 15, em Hampstead. É um grande prazer conhecê-la. — Ele se debruçou, ficando de joelhos, e apertou a mão dela, passando as fotos enquanto sacudia.

Ela franziu a testa e, por um momento, poderia ter estragado tudo, mas foi muito rápido, e Hal continuou:

— Ficaremos aqui por um tempo. Talvez possa nos fazer uma visita apropriada. Mas no que estou pensando? Nem lhes ofereci nada. Caspar, água gelada para nossos convidados.

Caspar Rashid respondeu assentindo, virou-se como para se afastar, e uma coisa mais estranha aconteceu. O rosto de Sara ficou sem expressão por um instante, e então ela sorriu, e era o sorriso mais lindo que Hal já vira em toda a sua vida.

— Obrigado pela hospitalidade — disse Hamid —, mas precisamos ir, Sara.

— Espero vê-lo de novo, professor. Vão mergulhar amanhã de novo? Não posso vir na quarta-feira, irei à mesquita conhecer o imã.

— Ah, sim, amanhã poderá ver os mergulhadores em ação. A água é tão cristalina que sempre temos esperança de encontrar alguma coisa especial.

— Acho que já encontramos — disse Caspar.

O bote virou, Sara com a mão no bolso. Seu coração batia descompensado. Precisou engolir em seco. Perguntou a Hamid:

— Quem era o árabe?

— Um beduíno usando a tradicional túnica. Obviamente, deve ser quem cuida do barco. Deve ser algum rapaz do deserto Rub' al-Khali, pela aparência. Você está bem?

— Estou, estou bem sim, mas cansada. Por hoje, basta. Vamos voltar.

Eles obedeceram e voltaram para a suíte, onde ela se refugiou das mulheres no santuário de seu banheiro. Ali, examinou as fotos. A primeira era dela de uniforme com o pai e a mãe, tirada no início daquele ano. A segunda mostrava Hal Stone, Dillon, Billy e seu pai com a túnica beduína, mas na foto seu rosto não estava escondido pelo pano que caía do turbante.

Lágrimas encheram seus olhos, e suas mãos começaram a tremer um pouco. Examinou a foto em que Hal e companhia apareciam várias vezes, demorando tanto que Jasmine bateu na porta do banheiro e perguntou se ela estava se sentindo bem. Nunca tinha se sentido melhor, subitamente cheia de energia, a força da vida jorrando dela. Cuidadosamente, com uma tesourinha de unha, cortou as fotos em pedacinhos, jogou no vaso e deu a descarga.

As mulheres estavam esperando.

— Meu tio e Hussein já voltaram?

— Não, Sara — respondeu Jasmine. — Mas o jantar está pronto.

— Eu também. — Sara sorriu. — Vamos para a varanda nos divertir um pouco.

Elas desceram, e as empregadas acenderam velas, colocaram almofadas no chão e serviram a comida nas mesas laterais.

Dois músicos se sentaram de pernas cruzadas e tocaram as cordas de seus instrumentos, a música triste no quente ar noturno. Sara foi até o parapeito e ficou olhando para o *Sultan*. As luzes do deque estavam acesas. Nunca se sentira tão entusiasmada em toda a sua vida.

No *Sultan*, sentados em cadeiras de armar à mesa montada na popa, eles discutiam a situação.

— Devo dizer que foi uma coisa muita corajosa de se fazer — disse Caspar Rashid. — Por um momento, eu não sabia nem para onde ir.

— Lembra do que Roper disse sobre termos de aproveitar as oportunidades? — perguntou Hal. Bem, o que aconteceu hoje foi um exemplo perfeito. Tudo deu certo. Ocorreu-me que aqueles dois rapazes árabes não deviam fazer a menor ideia de onde ela morava em Londres.

— Bem pensado — disse Billy.

— Ela é uma jovem notável — disse Dillon. — Rebater aquela bola e mencionar o nome do pai dela exigiu coragem.

— Contar sobre a visita à mesquita na quarta-feira também foi ótimo — disse Hal Stone.

— É verdade, mas não podemos ir juntos — comentou Billy.

— Eu posso ir e ver como está a situação na mesquita. — Caspar pegou um maço de cigarros e acendeu um. — Não precisam mais se preocupar comigo, cavalheiros. Todas as minhas dúvidas foram respondidas, toda a paixão, gasta. Vai dar certo, agora eu sei. A única questão é como.

— Sei de uma coisa — disse Hal Stone. — A visita dela à mesquita não nos ajudará muito. Coisa de família. Não concordam?

— Infelizmente sim. É um tipo de visita de Estado ao imã, e meu tio e Hussein certamente irão também.

— Roper estava certo — disse Dillon. — Tudo se resume a reconhecer a oportunidade e aproveitá-la.

— Como assim? — perguntou Hal Stone.

— Eu e Billy não estávamos aqui, mas vocês dois estavam. Tudo que tinham a fazer era atirar nos dois rapazes. Billy?

Billy serviu Bushmills para Dillon e lhe entregou.

— Acho que ele está certo, amigos. — Ele se virou para Caspar. — É por isso que viemos com você. Para sermos piores do que os bandidos. Não se engane sobre aqueles rapazes bonzinhos carregando seus fuzis Kalashnikovs. Eles vieram com ela de Bagdá. Certamente, já mataram por aí.

Caspar respirou fundo.

— Como seria?

— Ficamos de olho e torcemos para se aproximarem. Eu e Billy podemos ficar na água com nossas roupas de mergulho. Nossas Walthers com silenciadores funcionam muito bem na água.

— E a mulher com Sara?

— Descemos com ela pela escada da escotilha e a trancamos na cabine. — Ele olhou para o cais. — Pegamos a lancha e estaremos lá em 15 minutos. Avisamos Lacey que estamos a caminho, entramos no carro e seguimos direto para o aeroporto. Se, por um acaso, Hussein aparecer, nós o matamos também.

— Vou à cabine ligar para Lacey e Parry e contar o que aconteceu. Depois, para Ferguson. Depois, cama. Amanhã de manhã nos vemos.

Ferguson estava na cama lendo relatórios sobre defesa e tomando um conhaque para relaxar. Dillon o assustou.

— Você realmente acha que conseguem? — perguntou Ferguson.

— Se eles nos fizerem outra visita como a de hoje, sim. Vou lhe dizer uma coisa: Sara Rashid é uma menina de 13 anos extraordinária.

— Meu querido Dillon, leia Shakespeare, Julieta tinha 13 anos.

— Meu Deus, general. Está certo, então, estamos sãos e salvos. Boa-noite!

De certa forma, o Intermediário ia para a guerra. Ferguson ia atrás de Hussein Rashid. Estava na hora de acertar as contas em todos os lugares: os Salter, tanto Billy quanto Harry. Sabia de tudo que acontecera com Harry Moon e Big Harold, e também sabia que Ruby Moon agora administrava o Dark Man.

Refletiu por um momento. Além do Dark Man, Harry abrira um muito bem-sucedido restaurante sofisticado, do tipo que só atrai as melhores pessoas. Qualquer problema lá atingiria Salter em cheio.

Procurou na agenda e encontrou o número de Chekov.

— Quem é? Estou na cama, acompanhado. Está muito tarde.

— O Intermediário.

Chekov, de repente, estava totalmente acordado. O Intermediário escutou quando ele disse:

— Pegue as suas roupas e saia já daqui ou vou te dar uns tapas.

Em um minuto, estava de volta ao telefone.

— O que posso fazer por você?

— Conhece Harry Salter e seu sobrinho, Billy?

— Quem não conhece? É um velho cretino. Por quê? O que você quer?

— Quero que eles sejam retirados permanentemente de cena. Ele e o pessoal dele causaram muitos problemas para o general Volkov e o presidente.

— Bem, não podemos aceitar isso.

— Não. Acho que é um serviço para Stransky: o Big Ivan. Você conhece aquele restaurante chique de Salter?

— Já estive lá. Harry's Place.

— Destrua. Você sabe o que fazer.

— E?

— Salter começou a vida como um pivete, não fará falta a ninguém. Jogue-o no Tâmisa junto com o sobrinho e os capangas.

— E Dillon?

— O que tem ele?

— Ele e Salter são como irmãos.

— Então deixe que morram como irmãos.

Chekov pegou um táxi para o Dorchester Hotel, onde sabia que encontraria muitos membros da comunidade russa. Muitos eram milionários, alguns, bilionários, e todos bebiam muito. Quando queriam evitar encrenca que envolvesse violência, chamavam Ivan Stransky.

Ele tinha 1,95 metro de altura, sua estrutura era a de um muro de tijolos, o cabelo aparado, e não tinha metade da orelha esquerda, perdida na Chechênia, onde servira no regimento da guarda. Estava de pé no balcão, jaqueta de couro preta apertada nos ombros, um cigarro entre os dedos, e viu Chekov na mesma hora.

Uma garçonete estava passando quando Chekov pediu:

— Uísque escocês, doçura, dois duplos, dos mais baratos.

Ele se sentou no canto, e Ivan Stransky, ao seu lado.

— O que posso fazer por você? — perguntou o grandão.

— O que sabe sobre Harry Salter?

Stransky sorriu sem humor.

— Um gângster poderoso que se tornou legítimo, é o que dizem. Armazéns, cassinos, condomínios de apartamentos. Dizem que vale 400 ou 500 milhões.

— Mas aposto que ele não se esqueceu totalmente dos velhos tempos, não é mesmo?

— Claro que não. Ação é a motivação para um cara como ele. O que o atrai é o jogo. Ele não é bobo, não, e é corajoso e inteligente, já está na hora de alguém matá-lo. Tem um sobrinho, Billy, sua versão mais jovem. E então, o que tem ele?

— Quero que comece fazendo-o passar por maus bocados, como um favor para um intermediário amigo meu. Mais tarde, vamos eliminá-lo, mas vamos pensar nisso primeiro, deixe ele pensar um pouco. Vamos começar com aquele restaurante chique dele, Harry's Place. Muitos ricos vão lá, eles não iam gostar nada se acontecesse alguma coisa com os carros deles, seria muito ruim para os negócios, entende o que estou dizendo?

— Quando quer que aconteça?

— Agora mesmo. Blitz repentina, para que ele saiba que quem fez isso tinha a intenção. Uma caçada serve. Cinco ou seis dos melhores homens.

— Será um prazer.

Chekov terminou o uísque.

— Tome mais um.

— Não, tenho de ir. Preciso falar com algumas pessoas.

— Bom.

Não mencionaram dinheiro. Não era necessário. Stransky saiu, e Chekov chamou a garçonete.

— Mais um uísque duplo, doçura, mas desta vez, quero um mais caro; traga o Highland Special, aquele que custa 800 libras a dose.

Do lado de fora do hotel, no lado esquerdo, limusines particulares estavam esperando, os motoristas, conversando, e a Mercedes de Stransky também estava lá, seu motorista, um jovem chamado Bikov, estava do lado de fora, fumando um cigarro.

— Entre. — Stransky abriu a porta de trás.

— O que houve, chefe? — perguntou Bikov.

— Café Rosa, rápido. Será que Makeev e os rapazes ainda estão lá?

— Claro. Eles estão jogando carteado hoje à noite.

— Vou precisar de cinco ou seis deles.

— Problema?

— Não, para causar problema. Conhece Harry Salter?

— Claro que sim.

— Sabe aquele restaurante dele? Harry's Place. Chekov quer que façamos uma bagunça lá. Vamos ver se Makeev e os rapazes estão interessados.

— Trabalhar para Chekov? Não vai precisar perguntar duas vezes.

Atrás do bar no Dark Moon, Ruby chamou Harry, que estava sentado em um banco. Joe Baxter e Sam Hall estavam apoiados no bar atrás dele.

— O movimento já está fraco, Harry. Podemos ir se quiser. Rita pode fechar tudo. — Ruby voltou ao bar, usando uma discreta blusa branca, saia de veludo preto e sapatos de arrasar.

— Maravilhosa — disse Harry e virou-se para seus funcionários. — Não é?

— Claro, Harry — responderam em uníssono.

— Certo, vamos ver como estão as coisas no Harry's Place. Deixe o Aston, vamos no Shogun. — Ele deixou Ruby passar e a seguiu.

— Estou ansiosa — disse Ruby. — Estava começando a achar que pediria para Hamid me levar.

— Não seja boba, menina, só não tivemos a oportunidade ainda. De qualquer forma, você parece uma princesa. Não é, rapazes?

— Uma rainha, Harry — disse Baxter.

— Não enche o saco — disse Ruby e recostou-se. — Como será que estão as coisas em Hazar?

— Logo saberemos, menina, mas uma coisa é certa: se alguém pode resolver esse caso, são Billy e Dillon. — Ele se inclinou e disse para Baxter: — Estamos prontos?

Baxter abriu uma porta escondida.

— Duas Colt .25, chefe, como o senhor pediu.

— Armas, Harry? — Ruby estava chocada. — Isso é mesmo necessário?

— Tem pessoas engraçadas por aí hoje em dia, querida. Máfia russa, albaneses, gangues de meninos de 14 anos que apontam o canivete assim que olham para você. Conheço uns caras da Máfia italiana, agora eles são os mocinhos.

Sam Hall parou do lado de fora do armazém que Harry transformara no Harry's Place, uma placa de neon acima da porta e uma fila na rua. Dois jovens negros usando ternos guardavam a porta.

— Os gêmeos Harker — disse Harry para Ruby.

Baxter e Hall levaram o Shogun até o estacionamento, e Salter e Ruby caminharam ao lado da fila. Encontraram cinco jovens de jaqueta de couro preta empurrando e assustando as pessoas à sua frente.

— São russos, Harry — disse Ruby. — Eu costumava servir muitos desses no velho pub.

De fato, eles eram Makeev e quatro de seus amigos, que tinham sido contratados por Stransky.

— Aqui, é melhor vocês pararem — disse Harry.

Eles zombaram em bom *cockney*, o sotaque do subúrbio londrino.

— Quem diabos é você, pai dela?

Harry ajudou Ruby a subir os degraus, onde um dos gêmeos Harker se desculpou.

— Desculpe, chefe, mesmo, mas tenho más notícias. Ivan Stransky e um outro cara vieram aqui mais cedo, antes desses aparecerem.

Baxter e Hall chegaram correndo e se posicionaram ao lado dos Harkers, formando uma barreira.

— Não deixe que entrem — disse Harry. — Vamos ver o que Stransky quer.

Estendeu a mão. Baxter colocou uma Colt .25 e Harry pegou o braço de Ruby quando Fernando, o maître, apareceu, se desculpando.

— Não precisa — disse Harry. — Esta é a Sra. Moon. Leve-nos para a minha mesa. — Acrescentou para Baxter e Hall: — Vocês vêm conosco.

O lugar era muito bonito, em estilo art déco, com um bar, mesas pequenas e íntimas, uma pista de dança e um trio tocando músicas de Cole Porter. A mesa de Harry era um reservado com espelhos atrás, e Baxter e Hall ficaram um de cada lado.

Um garçom vestindo colete branco com botões de metal que respondera ao aceno de Harry trouxe um conhaque grande e uma cerveja de gengibre para ele, e champanhe para Ruby.

— Achei que deveria tomar champanhe na primeira visita.

— Está ótimo — disse ela. — O que é isso?

— Conhaque e cerveja de gengibre. Chamam Pescoço de Cavalo.

— Nem imagino por quê.

— Isso não interessa, Ruby... É uma coisa britânica. Somos engraçados assim. Aqui, a você. Está linda.

Ele tomou o drinque em um gole só e acenou para o garçom, depois cruzou os braços quando Stransky, com Bikov atrás, desceu as escadas do bar e atravessou a pista de dança, na direção deles.

— Que lugar legal você tem, Harry — disse Stransky.

— Sr. Salter, ao seu dispor. O que posso fazer por você e pela princesa aqui?

Bikov colocou a mão no bolso, contraiu o rosto, mas Sam Hall se aproximou e colocou a mão no mesmo bolso.

— Deus, alguém tem uma das grandes aqui. — Tirou uma Smith & Wesson Bankers Special e a colocou sobre a mesa, na frente de Harry.

— Um pouco antiquada — disse Harry. — Um pouco rude trazer este tipo de coisa para cá. Tem damas presentes.

Stransky olhou em volta.

— Damas? Não vejo nenhuma dama. — Sorriu para Ruby. — Claro, não estou contando essa puta aqui.

— Ela tem mais classe do que você terá um dia, seu porco nojento.

Stransky parou de sorrir.

— Vai se arrepender do que disse, Salter, e quando não estiver mais aqui — ele riu alto e deu um tapinha no rosto de Ruby —, veremos.

— Para fora — disse Harry.

— Excelente ideia. Vamos, Bikov. — E eles saíram.

— O que acha, chefe? — perguntou Baxter.

— Eles estão prestes a fazer alguma coisa que não presta lá fora, junto com aquela gangue que trouxeram. — Ele suspirou. — Estou ficando velho demais para isso. Vamos sair e ver o que eles estão armando. Você fica, Ruby, querida.

— Não fico mesmo.

— Tudo bem, então, mas fique na porta. Seja uma boa menina. Eu disse para Billy que cuidaria de você.

— Que mentiroso você é, Harry Salter. — Ela deu o braço para ele e todos saíram. — Ouvi uma história sobre você patrulhar as ruas uns dois anos atrás, quando os gêmeos Franconi faziam arruaça em meia Londres. Dizem que um especialista do IRA colocou uma bomba no seu Jaguar.

— Deus estava do meu lado — disse ele, feliz. — O rapaz armou o relógio errado e ela explodiu antes de eu e Billy chegarmos.

— E é verdade que os Franconi estão cimentados na North Circular Road?

— Ruby, querida, você acha que eu faria uma coisa assim?

Do lado de fora, não havia mais fila e tudo estava em silêncio, apenas se escutava o trio tocando "Night and Day".

— O que está havendo? — perguntou Harry aos Harker.

— Os punks russos deram o fora, pelo que vi, e Stransky e o motorista foram pegar o carro dele.

Mas Harry não acreditou e foi até o estacionamento com Baxter e Hall. De repente, os russos apareceram, três deles com bastões de beisebol, batendo nas laterais dos carros, quebrando janelas, amassando para-choques.

Harry não hesitou, pegou a Colt no bolso e a enfiou embaixo do bastão de Makeev, encostando a arma na patela direita do russo, e puxou o gatilho. Os outros, chocados, dispersaram, e Baxter pegou o bastão que Makeev deixara cair. Balançou de um lado para o outro, fraturando o rosto de um e depois um braço de outro.

Os gêmeos Harker chegaram correndo, Ruby atrás deles, e Harry atirou para cima.

Os russos congelaram. Makeev estava se retorcendo no chão, gritando. Harry puxou o russo que estava mais próximo.

— Em que carro vocês vieram? — O homem apontou para uma van branca. — Coloque-o lá dentro, ou melhor, todos vocês entrem, e deixem-no no St. Mary's. É claro que não dirão nada porque eu não estava aqui, estava? Eu estava em outro lugar. Muitas pessoas me viram. Quem mandou vocês fazerem isso? — perguntou para o motorista. — É melhor me dizer, não quero usar isso contra você.

— Stransky disse que era para Max Chekov.

— Mesmo? — perguntou Harry. — A oligarquia? Interessante. Muito obrigado.

A van se afastou, e Stransky, sentado em seu carro ali perto, disse para Bikov:

— É melhor a gente ir.

— Vou ligar o carro — disse Bikov.

O pessoal de Harry foi na direção deles na mesma hora, e o próprio bateu na janela do carona.

— Abra a janela ou quebro em cima de você.

Stransky obedeceu.

— Agora, olhe, Harry.

— Achei que soubesse que só os meus amigos me chamam de Harry. O que fiz para Chekov para deixá-lo irritado?

— Ele estava fazendo um favor para um amigo, só sei disso. Um tal de intermediário mandou que eu acabasse com você. — Mas não disse a Harry que isso não era tudo que Chekov planejava fazer.

— Bizarro — disse Harry. — Mas eu gosto. Hoje em dia, Londres é o destino preferido de todo mundo, a capital do mundo, até dos gângsteres. Acho que preciso manter a minha reputação de gângster *britânico.*

Ele se debruçou na janela do carro, colocou a arma no joelho esquerdo de Stransky e apertou o gatilho. Não conseguiu entender o que Stransky disse, pois foi em russo, mas o homem uivou como um lobisomem.

— Vão, desapareçam daqui — disse Harry, e Bikov afundou o pé.

Baxter e Hall aplaudiram enquanto ele dava o braço para Ruby.

— Meu Deus, você é um homem mau — disse ela. — Não sabia disso.

— Bem, vamos entrar. Champanhe para todos!

Na manhã seguinte, Chekov estava saindo do chuveiro de seu suntuoso apartamento em Park Lane, quando a campainha tocou. Chekov xingou, já que a empregada ainda não tinha chegado e já eram 9 horas. Foi até a janela, enrolando-se na toalha. O apartamento era dúplex, e quando ele olhou para baixo, viu uma motocicleta parada na calçada e um homem em pé, usando roupa de couro preta, um capacete e um colete amarelo com o símbolo da Express Delivery. Ele carregava uma caixa de papelão enquanto esperava. Chekov pegou um roupão, desceu e abriu a porta.

Não dava para ver o rosto por trás do capacete.

— Sr. Max Chekov?

— Sou eu. O que temos aqui? — Ele pegou a caixa com as duas mãos.

— Flores — disse o homem. — Lírios. — Ele empurrou a caixa e sacou um fuzil, mirou no joelho esquerdo de Chekov e puxou o gatilho.

Chekov caiu para trás. O homem disse:

— Tenha um bom dia — desceu a escada, subiu na motocicleta e foi embora.

7

Estava tudo calmo no aeroporto às 6 horas da manhã, enquanto Lacey e Parry trabalhavam no Gulfstream, a capota do motor de bombordo ainda fechada. Algum tipo de falcão passou voando, mergulhou em uma moita, pegando alguma criatura do outro lado da pista, e Said apareceu em um Land Rover.

— Já consertaram?

— Quase — respondeu Lacey. — Começamos cedo, enquanto ainda está fresco.

— Entendo. Vou até a cidade agora pelo mesmo motivo.

— As coisas parecem calmas.

— Como sempre, é como um necrotério. Lá pelas 11 horas, vai chegar um velho Dakota vindo do Kuwait, e hoje tem um voo da British Airways. Está marcado para as 3 horas da tarde.

— Que emoção.

— Nem tanto. Já vi os números. Setenta e três pessoas. Nem vale a pena me preocupar. Vejo vocês mais tarde. Preciso estar de volta para receber o Dakota.

— Devo estar pronto para o voo de teste mais tarde.

— Sem problemas. Não tem tráfico nenhum, pode ir.

Ele se afastou e Parry disse:

— Que legal da parte dele.

— Não conte com isso. Agora vamos ver se já abriram para o café da manhã.

Por volta das 7 horas, Caspar e Billy foram no bote inflável até o cais em que o carro estava estacionado. Billy ficou ao volante e dirigiu a pequena distância até o posto e encheu o tanque. Quando voltou, Caspar entregou a ele três malas. Billy estava com a sua roupa de mergulho verde, os olhos escondidos atrás dos óculos escuros. Caspar continuou usando seu disfarce completo, com o pano sobre o rosto. O porto estava pouco movimentado.

— Vai fazer calor mais tarde — disse Billy.

— Você está certo.

Entraram no bote, Billy ligou o motor e se afastaram do cais.

— Como está se sentindo?

— Como eu deveria me sentir?

— Droga, Caspar, você é o pai dela.

— Eu sei, mas em uma situação como esta, percebo que ainda sou muçulmano, e como dizemos: "Inshallah", seja o que Deus quiser.

— Talvez sim. — Billy acelerou até a velocidade máxima e fez uma longa curva até o *Sultan*. — Talvez não.

No veleiro, Hal Stone estava sentado em uma cadeira dobrável, uma xícara de café na mesa ao seu lado, um enorme binóculo cobrindo os olhos, olhando na direção da casa na encosta.

— Alguns jardineiros trabalhando. Já tem atividade na água, vários barcos pesqueiros. Principalmente daquele lado, barcos e esquis. Aquela praia lá os atrai.

Billy pegou o binóculo e olhou.

— Estou vendo. — Devolveu o binóculo. — Onde está Dillon?

— Na cozinha, preparando ovos com bacon.

— Isso é ótimo — disse Billy, e desceu pela escada da escotilha.

Dillon estava mexendo os ovos. Assim como Billy, ele estava usando apenas sua roupa de mergulho.

— Deixei as armas na mesa. É melhor dar uma olhada.

— E a mulher? — perguntou Billy.

— Ela vai morrer de medo se tudo der certo para nós. Providenciei algumas coisas que devem cuidar do caso.

Billy foi verificar as armas. Sobre a mesa havia duas Walther PPK, com silenciadores Carswell já encaixados. Mexeu nas duas com habilidade, e havia ainda duas metralhadoras Uzi ao lado. Mais algumas algemas de plástico e um rolo de fita adesiva.

Dillon apareceu.

— O café está pronto.

Billy se virou, foi para a cozinha, pegou uma bandeja carregada, e Dillon trouxe a outra. Tudo estava calmo e em ordem, os sons do tráfego vindo da água. Encontraram os outros à mesa.

— O que vai acontecer agora? — perguntou Billy enquanto comia.

— Terminamos de comer, depois devemos parecer ocupados, no caso de alguém estar observando. Espalhamos o equipamento de mergulho, coisas assim.

— As metralhadoras na mesa — disse Hal Stone —, acho que eu e Caspar não vamos precisar delas.

— É uma boa arma, sempre gostei dela — disse Dillon. — Se você solta, para automaticamente.

— Eu me lembro bem — disse o professor. — Mas faz muito tempo. E você, Caspar?

— Tenho muito pouca experiência com qualquer arma de fogo — disse Rashid. — Então, se as coisas correrem de acordo com o plano, a mulher com Sara será algemada, arrastada para baixo e trancada na cabine?

— Melhor que uma bala, que seria o que ela ganharia de outras pessoas. Vão encontrá-la quando vierem procurar Sara e os outros.

— Muitos lugares para procurar — disse Hal Stone.

— Acho que as mulheres da casa já devem estar sabendo da visita de ontem. — Dillon deu de ombros. — Hussein Rashid é um tipo especial de homem. Todos os sentidos dele foram aguçados para que se parecesse com um animal selvagem. Ele vai descobrir o que aconteceu rapidinho. É por isso que precisamos agir tão rápido quanto.

Todos ficaram em silêncio. Billy foi até a mesa lateral, pegou uma garrafa de Bushmills, serviu e entregou para Dillon.

— Ah, se eu não odiasse álcool... Mas estando aqui, olhando para vocês... — Dillon brindou e esvaziou o copo, depois se levantou. — Vamos parecer ocupados, Billy.

— Estou com você.

Caspar encheu a bandeja.

— Vou me livrar disso.

— É melhor trazerem as armas com vocês — disse Hal Stone.

Dillon pegou o binóculo e mirou na casa na encosta.

Eles não sabiam, mas ninguém na casa, exceto Sara, queria ir a South Port naquela manhã. Sentado à mesa na varanda e lendo um jornal árabe, Hussein tomava um café depois do desjejum. Tinham acabado de chamar seu tio.

Sara, junto com Jasmine, estava em uma varanda mais alta, olhando para ele. Hamid e Hassim atrás delas, fumando e conversando.

Sara virou-se para eles.

— Vocês sabem se ele vai a South Port esta manhã?

— Bem, não está parecendo — respondeu Hamid. — Ele não disse nada.

Ela tentou ficar calma.

— Que pena. Gostaria de ir vê-los mergulhando de novo.

— Acho que não.

Neste momento, uma notícia inesperada trouxe o alívio. Jemal apareceu na varanda mais alta, se debruçou e gritou para Hussein:

— Precisamos sair imediatamente. Recebi um recado de South Port. Problemas com o carregamento do *Kandara*.

Hussein se levantou e começou a subir as escadas.

— O que houve? — perguntou.

— O trem estava vindo de Bacu com o último carregamento quando um dos vagões descarrilou.

— Foi grave?

— Pode significar um atraso de dias na saída do *Kandara*.

— Isso seria péssimo. Nossos amigos no Iraque precisam daquelas armas para o grande ataque em Basra no mês que vem.

— Precisamos ir imediatamente. Para ver se algo pode ser feito.

— Claro. — Hussein virou-se para Sara e os rapazes. — Escutaram isso. Problemas sérios. Precisamos sair. Comporte-se, Sara.

— Posso sair de barco?

— Pode, mas só até o porto, Hamid. — Ele pegou o braço do tio e ajudou-o a subir os degraus até a porta da sala, onde sumiram de vista.

— Então... vamos para o barco. — Hamid olhou pelo binóculo para o *Sultan*. — Eles estão no deque, o beduíno e o professor, e, pelo que parece, os dois mergulhadores estão se preparando para descer.

— Vamos lá dar uma olhada. — Agora que o momento chegava, Sara estava muito nervosa, o coração disparado. Na verdade, estava um pouco enjoada, mas tentou se controlar. — Venha, Jasmine, vamos. — Ela pegou um guarda-sol que uma das mulheres deixara em um banco e desceu até o barco amarrado no pequeno cais.

Hamid ajudou-a a entrar, depois Jasmine. Hassim sentou-se na proa, a AK sobre os joelhos, e Hamid desamarrou a corda, entrou e se sentou na popa.

Sara abriu o guarda-sol, Jasmine sorriu, e Hamid apertou o botão para ligar o enorme motor.

No *Sultan*, Hal Stone disse:

— Eles estão vindo. Sara é a que está com um guarda-sol. A acompanhante é a mesma de ontem. Os rapazes também são os mesmos. O que vamos fazer?

Dillon e Billy já tinham discutido. Subiram da plataforma de mergulho. Dillon abriu o zíper da roupa de mergulho e colocou uma Walther ali dentro. Billy fez a mesma coisa.

— Caspar, fique na plataforma de mergulho para pegar a corda do barco deles. Eu e Billy vamos mergulhar do outro lado quando eles se aproximarem mais, daremos a volta nadando por baixo da água e cuidaremos dos rapazes. Hal, fique preparado para qualquer coisa.

— Deus que me perdoe — disse Caspar, desesperado —, mas isso é assassinato.

— Você quer a sua filha de volta, não quer? — disse Dillon, de forma grosseira. — Então, controle-se. Vamos Billy. — Foram para o outro lado da cabine.

O som do motor do barco estava bem alto, então desligou. A voz de Sara ecoou:

— Bom-dia, professor. Aqui estamos novamente.

Dillon e Billy desceram 1 metro e pouco sob a água e deram a volta na proa nadando na direção da plataforma de mergulho e do barco ao lado. Dillon apontou para a popa e subiu, e Billy seguiu para a proa. Hassim estava debruçado.

— É tão cristalina que dá para ver o navio — disse ele, e a mão de Billy segurando a Walther com silenciador emergiu.

O primeiro tiro atingiu o rapaz na garganta; o segundo, entre os olhos, fazendo-o cair em cima de Jasmine, que o empurrou com um grito, lançando-o na água.

Hamid foi rápido, mas não o suficiente, já que sua AK estava jogada no banco ao lado. Ao perceber que estava perdido, foi para a popa quando Dillon apareceu, jogando-se em cima dele, que não teve alternativa senão puxar o gatilho várias vezes.

Jasmine gritou de novo. Hal Stone ajoelhou-se ao lado de Caspar e puxou-a para cima.

— Ah, meu Deus. — Havia horror na voz de Sara.

Caspar tirou o pano de cima de seu rosto, revelando-o.

— Sara, sou eu.

Dillon e Billy saíram da água. Hamid subiu e começou a flutuar, mas não havia nenhum sinal de Hassim.

— Pai, é *você*.

— Viemos pegar você, querida. — Ele desceu para ficar ao lado dela no barco. — Daqui a pouco, estaremos em um avião nosso voltando para Londres. Sua mãe está esperando você.

Seu olhar estava vazio quando Hal Stone apareceu e subiu no barco.

— Jasmine? — perguntou ela. — Cadê ela?

— Sã e salva na cabine lá embaixo, doçura — disse Billy.

Dillon assentiu.

— Quando Hussein vier atrás de você, vai encontrar Jasmine.

Ele apertou o botão para ligar o barco e seguiram para o cais.

— Mas não vai encontrar Hamid nem Hassim — disse ela lentamente. —· Era mesmo necessário?

— Infelizmente, era, querida. — Hal Stone pegou uma garrafa, colocou dois comprimidos na palma da mão e ofereceu a ela. — Isso vai ajudá-la a se acalmar, Sara.

Ela se virou para o pai.

— Pai?

— Pode pegar, querida.

Ela obedeceu. Passou um braço em volta do pai e se aninhou nele, e pouco depois chegaram ao cais e desembarcaram.

Conforme se afastavam no carro, Billy ao volante, Dillon ligou para Lacey.

— Estamos a caminho. Chegaremos em menos de 15 minutos.

— Não poderia ser melhor. Said ainda não voltou, e eu tenho permissão para fazer um voo de teste. Venha direto para o hangar. Parry estará do lado de fora para mostrar qual. Embarcaremos dentro do hangar. Devo avisar Ferguson?

— Não, sou supersticioso. Farei isso quando tudo estiver certo e estivermos a caminho de Londres.

Era tão estranho que algo que fora tão difícil e doloroso terminasse de forma tão simples. Minutos depois, estavam carregando as malas para dentro do avião e embarcando no Gulfstream. Parry fechou a porta, entrou e foi se sentar ao lado de Lacey.

Um contato rápido com um árabe que falava inglês e sabia do voo, e eles estavam decolando. Lacey subiu 50 mil pés, depois virou-se para Parry:

— Conseguimos de novo, camarada. Assuma, vou lá atrás ver como as coisas estão.

Tão alto no incrível azul daquele céu, Parry sentiu uma enorme tranquilidade. Sorriu ao virar a bombordo e olhar na direção do Egito distante e do Mediterrâneo.

Caspar Rashid tirara a túnica e envolvera a filha com ela. Sara estava muito sonolenta agora que os comprimidos estavam fazendo efeito. Em determinado momento, aninhada nos braços do pai, ela disse:

— E Hussein? Quando ele souber que não estou mais lá, vai ficar com muita raiva. Hamid e Hassim eram homens dele. É uma questão de honra.

— Ele não pode fazer nada — disse Caspar. — Não agora.

— Algumas pessoas diriam que ele pode fazer qualquer coisa. Ele é o Martelo de Deus e matou 27 soldados. Ele tem um amigo, o Intermediário, para ajudá-lo. — E então ela dormiu.

Eles se olharam.

— Temos de admitir que o tal Hussein tem um placar e tanto — disse Hal Stone.

— Ainda mais para um cara que estava estudando para ser médico antes da guerra — acrescentou Dillon.

Hal Stone franziu a testa.

— Quem é esse Intermediário?

— Um homem misterioso associado a Osama bin Laden — disse Caspar. — A primeira vez que me procuraram, foi por intermédio dele. Uma voz em um celular por satélite, do tipo que você esperaria escutar em uma mesa formada de acadêmicos de Oxford.

— Vou avisar Ferguson das novidades. — Dillon foi se sentar no outro lado da cabine com seu Codex Four.

Dizer que Ferguson ficou contentíssimo é subestimar. Quis saber de todos os detalhes.

— Vamos, conte-me tudo, Dillon. A mãe da menina vai ficar em êxtase, Greta e Roper também.

Então, Dillon contou, não se esquecendo de nada.

— Foi difícil para Sara, principalmente assistindo à morte dos rapazes, mas não tinha outro jeito.

— Concordo. Vai ser um choque e tanto para Hussein Rashid.

— Podemos dizer que sim. Não se esqueça de colocar o rosto dele estampado em todos os jornais do Reino Unido.

— E em todas as delegacias. Quando Blake Johnson acabar com ele, os Estados Unidos também não serão uma opção. Acho que as chances dele no Iraque não serão muito boas. A menina disse alguma coisa especial sobre ele?

— Ela tomou um calmante, estava um pouco confusa. É óbvio que ela acha que Hussein é peso-pesado, e mencionou o amigo dele, o Intermediário, depois pegou no sono.

— O Intermediário de novo, o que significa Osama. Roper vai adorar essa conexão. Então, 10 ou 11 horas. Vejo vocês em Farley.

— Alguma coisa aconteceu enquanto estávamos fora?

— Não muita, só que a Máfia russa tentou pregar uma peça em Harry ontem à noite.

— Meu Deus. O que aconteceu?

Ferguson contou tudo.

— O velho cão ainda está vivo. Naturalmente, ele passou tudo para Roper e sua equipe de inteligência e, acredite ou não, o nome do Intermediário também apareceu. Assim como o do nosso velho amigo Chekov.

— Talvez devamos fazer alguma coisa a respeito.

— Já foi feito. Harry mandou um homem do Express Delivery entregar flores para ele.

— Nossa.

— Nossa, mesmo. Vou desligar agora para espalhar a boa notícia.

E foi o que ele fez. Contou primeiro para Greta, pois, como de costume, Molly estava em uma cirurgia.

— Gostaria que você a pegasse e trouxesse para cá. Eles devem chegar por volta da meia-noite. Ela vai querer ver a filha.

— Deixe comigo.

Ferguson foi até a sala de computadores e encontrou Roper.

— Acho que merecemos um drinque juntos.

— Concordo. — Roper serviu copos bem cheios de uísque. — À equipe... Sucesso mais uma vez.

— E Harry não se saiu mal ontem à noite. Foi um golpe e tanto, não só na Máfia russa em Londres como no Intermediário. Aquele cretino está metido em tudo.

— O problema é que todos sabemos disso mas não sabemos quem ele é. Ninguém parece saber.

— Bem, eu diria que está mais do que na hora de descobrirmos.

— A propósito, acho que você vai aprovar isso. Olhe para a tela. — A foto que aparecia era de Hussein Rashid, uma boa foto dele segurando seus óculos escuros. Na seguinte, os óculos estavam no rosto. Embaixo estava escrito: *Hussein Rashid, conhecido por ser aliado de Osama bin Laden.*

Havia mais texto ao lado, do tipo que subeditores adorariam publicar, ainda mais sobre a atração de Rashid por matar soldados. Sem mencionar os eventos recentes.

— O que vai fazer com isso?

— Vai estar na maioria dos jornais amanhã de manhã, nas delegacias e na televisão.

— Bem, vamos torcer para a publicidade matar qualquer esperança de Hussein Rashid aparecer na Inglaterra. Por mim, ele pode voltar para a guerra no Iraque e se explodir. Bom trabalho, Roper. Vou para meu escritório.

Estava tudo quieto, apenas os sons fracos do espaço cibernético, o chiado da estática. Roper serviu um uísque e ficou ali sentado olhando para o homem na tela.

— Seu cretino — disse ele. — Você provavelmente já está a caminho. Bem, estou esperando. — Levantou o copo e bebeu o uísque em apenas um gole.

Na mansão em Kafkar, demorou até alguém perceber que alguma coisa estava errada. O primeiro a se preocupar foi Khazid, quando viu que o grupo que saíra de barco ainda não tinha voltado para o almoço ao meio-dia. Quando examinou o *Sultan* pelo binóculo, não havia nenhum sinal de ninguém e sequer atividade.

Na mesma hora, ligou para o celular de Hamid. Sem sinal. Bem preocupado agora, pendurou sua AK-47 no ombro, desceu até o cais, pegou um dos jet skis e foi na direção do *Sultan*. Havia um barco pesqueiro a alguns metros de lá, dois pescadores debruçados na lateral do barco, puxando alguma coisa da água.

Quando chegou perto, viu que era um corpo. Mais perto ainda, desligou o jet ski. Foi então que o corpo se virou na corrente e ele viu, horrorizado, que era Hamid.

Ligou para a polícia, não que eles tivessem uma reputação de eficiência. Levou vinte minutos para a lancha chegar porque a caminho do cais encontraram o corpo de Hassim e pararam para tirá-lo da água. Os dois policiais eram pessoas simples, então Khazid, que, apesar de muito jovem, tinha as habilidades afiadas nos campos de batalha de Bagdá, assumiu o controle. Mandando que o seguissem, ele se aproximou do *Sultan* no jet ski. Quando a polícia chegou, já vasculhara o barco deserto, resgatara Jasmine da cabine e ficara sabendo de todo o horror. Não apenas que Sara fora sequestrada, mas que o beduíno de túnica no barco era o pai dela. A essa altura, ele telefonou para Hussein Rashid pelo celular.

Hussein estava perto do trilho da ferrovia, supervisionando a recuperação do vagão descarrilado. Chocado com a barbaridade que estava escutando, teve dificuldade em entender, mas os fatos eram claros: dois corpos e nada de Sara. Ele se controlou.

— Vamos desligar. Quero fazer outra ligação. Retorno assim que possível.

Ele telefonou para o aeroporto e pediu para falar com o controlador. Foi Said quem atendeu.

— Hussein Rashid. Houve alguma decolagem hoje?

— Teve, ainda estou tentando descobrir o que aconteceu. Passei a manhã na cidade. Um Gulfstream de Pesquisa Oceânica das Nações Unidas estava aqui há uns dois dias. Estavam com alguns problemas no motor. Perguntaram se podiam fazer um voo de teste, e como eu estava indo para a cidade, dei permissão. Eles ainda não voltaram. Estou preocupado. Onde eles poderiam estar?

— Provavelmente, sobrevoando o Chifre da África agora — disse Hussein e foi procurar seu tio.

O velho ficou tão chocado que precisou de uma consulta com seu médico, que já o estava esperando quando chegaram em casa. Empregados precisaram carregá-lo até o quarto no andar superior, e o Dr. Aziz o acompanhou. Acenou para que saíssem e examinou o coração do velho homem. Hussein ficou esperando a notícia ruim.

Aziz se virou, o rosto sério.

— Não é nada bom. O estado de saúde dele estava precário, provavelmente pior do que se achava. — Ele abriu a bolsa, tirou uma ampola e encheu-a. — Segure o braço dele. Hussein obedeceu e Aziz aplicou a injeção.

O velho gemeu. Os olhos vazios vasculharam o quarto e pararam em Hussein.

— Por que você confiou nela?

— Porque ela me deu sua palavra — disse Hussein, desolado.

— Eles não conseguiriam ter feito isso, a não ser que ela quisesse. O pai dela, sob os nossos narizes!

— Os homens de Bagdá: Dillon e Billy, deve ser o trabalho deles.

— Mas o pai dela, o desertor, o amaldiçoado que virou as costas para Alá! Que todos os demônios do inferno estejam à sua espera, Caspar Rashid. — Ele balançou a cabeça. — O fato de ele carregar o nosso nome é uma vergonha sem igual. — Começou a chorar.

Aziz, que fora fazer uma ligação, voltou. Dirigiu-se a Hussein:

— Pedi uma ambulância.

— Acha que é grave assim?

— Vamos colocar desta forma: que bom que a Rashid Shipping investiu no desenvolvimento do nosso hospital nos últimos anos. Temos o equipamento para, pelo menos, dar a ele a chance de lutar. — Passou o braço em volta dos ombros de Hussein. — Também é bom que o médico e as enfermeiras sejam indianos. Assim não haverá nenhum muçulmano estúpido para dificultar as coisas.

— Acho que basta de muçulmanos estúpidos por hoje — disse Hussein. — Dois soldados para enterrar, homens que serviram comigo. — Balançou a cabeça. — Por que ela me traiu?

— É assim que você vê as coisas?

— Ela estava acorrentada, eu a soltei. Quando um cão chamado Ali ben Levi levantou a mão para ela, eu o matei. Mas mais que isso. Eu juro, sobre o Corão, que seria um verdadeiro marido, em pensamento e em ação, quando ela tivesse idade. E poucas horas antes da morte do avô, ele colocou o bem-estar dela em minhas mãos ao confiá-la a mim para a viagem a Hazar. Eu jurei pela minha honra que a protegeria sempre.

— Meu amigo, você tem certeza de que não foi apenas o seu orgulho que foi ferido?

— Orgulho? — Hussein deu de ombros. — O que tudo isso tem a ver com um sentimento tão superficial?

A sirene do lado de fora anunciou a chegada da ambulância. Aziz saiu para encontrar os quatro carregadores de macacões verdes do hospital que carregavam uma maca, seguidos de duas enfermeiras usando sáris. Minutos depois, o velho estava na maca, recebendo medicamentos por via intravenosa, os equipos de soro mantidos bem no alto enquanto ele era levantado.

— Vou com vocês — disse Hussein.

— Eu preferia que você esperasse até mais tarde.

Todos desceram as escadas, acompanhados das mulheres da casa aos prantos, os empregados visivelmente tristes no térreo. Hussein desceu e se juntou a eles.

— Rezem por ele, rezem muito. Agora vão fazer seus trabalhos.

Khazid estava de pé junto a uma janela, sua AK pendurada no ombro esquerdo. Parecia triste. Saíram para a varanda. Hussein pegou um maço de cigarros norte-americanos, deu um a ele e um isqueiro. Khazid disse:

— A expressão de Hamid. Acho que foi uma surpresa.

— Bem, deve ter sido. Vamos, irmão, já viu morte o suficiente para reconhecer quando ela se aproxima. Nada de choque.

— Pode deixar.

— Bem, você falou com Said no terminal. O que ele tinha a dizer?

— O Gulfstream, como sabe, era das Nações Unidas. Chegou dois dias atrás, com dois pilotos, o professor Hal Stone, aquele arqueólogo que trabalha no veleiro no porto, e três homens. Um era seu primo Caspar Rashid, os outros dois foram identificados como mergulhadores. O mais interessante: os pilotos já tinham estado aqui no ano passado.

— E Hal Stone?

— Parece que sim. Ele veio várias vezes. Eles discutiram o assunto e concluíram que os pilotos e a insígnia na aeronave eram das Nações Unidas com certeza.

— Não acredito nisso nem por um segundo. Vou lhe contar o que acho. Dillon e Salter foram para Bagdá, sabemos o que aconteceu lá. Então eles voltaram para Londres, provavelmente sabendo que nosso destino era Hazar.

— E aí?

— Você participou de muitas façanhas minhas no passado para saber que o ingrediente principal é a surpresa. Que surpresa poderia ser maior do que eles tentarem tirar Sara de nós pouco depois de chegarmos? Quem poderia esperar isso?

— Verdade, mas ainda tem mistérios nessa história. Deve ter havido algum tipo de comunicação entre eles e Sara.

— Possivelmente, mas nunca saberemos se ninguém nos contar. Agora, seja um bom soldado. Vá ao hospital e faça a vigília por mim.

— E você?

— Você acha que essa história termina aqui? — Hussein balançou a cabeça. — Não se eu puder evitar. Vá e deixe-me falar com o único homem no mundo que pode me ajudar.

O Intermediário estava inconformado. Volkov já lhe informara sobre o destino de Max Chekov e que alguns dos melhores médicos de Londres estavam tentando salvar a sua perna.

— Que diabos está acontecendo? — Volkov queria saber. — Isso pode ter um efeito enorme nos nossos planos futuros.

— Nem precisa dizer — disse o Intermediário. — Mas isso confirma o que eu já desconfiava. Salter e seus homens são cruéis. Junto com Dillon e Billy Salter, são uma verdadeira ameaça.

— Então sugiro que faça alguma coisa a respeito — disse Volkov. — Certamente, o presidente Putin não vai ficar nem um pouco satisfeito com essas novas notícias. — E a conversa acabou.

O Intermediário ficou sentado, refletindo. Precisava de uma morte importante. Certamente, seria ótimo ver Harry Salter morto, ou Ferguson, esse realmente seria significativo. Mas, para isso, precisava de Hussein mais que nunca. Até Putin ficaria impressionado se Ferguson saísse do caminho. Pegou o telefone e ligou para Hussein, no que recebeu a chocante notícia sobre Sara.

Enquanto Hussein falava, o Intermediário ficou ali sentado, tentando assimilar tudo, parte dele não querendo acreditar no que acontecera. Quando acabou, ele disse:

— O que você quer fazer?

— Você já queria mesmo que eu fosse para a Inglaterra cuidar de Ferguson. Isso seria muito adequado. E não apenas por vingança. Eu me recuso a deixar Sara, onde quer que ela esteja. Fiz uma promessa, um juramento sagrado ao avô dela. Minha intenção é cumpri-la.

— E é o que você deve fazer. Vou providenciar as coisas. A rede de espiões e informantes do Exército de Deus vai lhe dar todo o apoio necessário no Reino Unido. Eu tinha pensado em mandar o professor Dreq Khan a Hazar. Vou ligar para mandá-lo voltar a Londres e começar a trabalhar. Ele lhe será muito útil.

— Como devo ir?

— Vá de avião até Paris. Depois, o Eurotúnel. Você trouxe sua bolsa especial de viagem, a preta?

— Claro.

— Use o passaporte britânico. Hugh Darcy. Gosto dele. E use blazer. Vai parecer um cavalheiro inglês voltando de férias. O passaporte vai ajudar. Vou providenciar com Khan tudo que acontecerá com você depois que chegar a Londres. Quando vem?

— Amanhã, se eu puder, mas vai depender da saúde do meu tio. Esse problema foi um golpe para ele.

— Vou ficar esperando notícias.

Eles desligaram, e o Intermediário ligou para o professor Khan, em Bruxelas, encontrando-o no hotel, prestes a sair para jantar. Rapidamente, contou a ele o que acontecera em Hazar.

— Meu Deus! — disse Khan. — Não acredito que Caspar conseguiu resgatar a filha.

— Com a ajuda de homens cruéis de quem você deve se lembrar muito bem. Agora não há mais motivo para você ir a Hazar. Deve voltar para Londres.

— Mas Ferguson vai mover céus e terras para colocar as mãos em mim.

— Ferguson não tem nada contra você, sabe disso. Ele não pode tocá-lo. Você vai sair do hotel de manhã e pegar o primeiro voo para Londres. Está claro? O próprio Osama tem interesse nesse caso.

O que era suficiente.

— Claro. Farei como diz.

— E aguarde mais instruções.

No Gulfstream, tudo correu bem. Depois de dormir por cinco ou seis horas, Sara acordara, comera alguma coisa e conversara bastante com o pai e Hal Stone, e depois respondeu a uma leve sondagem feita por Dillon e Billy.

Ela parecia muito calma. Em parte, era sua natureza; mas Dillon desconfiava que estivesse negando o que acontecera mais cedo.

Pensando a respeito, as circunstâncias foram extraordinárias. O sequestro, a transferência para uma zona de guerra, a violência diária em Bagdá. Tudo de ruim que parecia improvável a perseguiu: o afeto aparentemente genuíno do avô, mas, mesmo assim, as algemas nos tornozelos, e então o ato final em Hazar; o assassinato de Ali ben Levi quando ele colocou as mãos nela; a repentina descoberta de que Hussein era o Martelo de Deus, essa figura árabe fantasiosa dos jornais e da televisão; os eventos que se desenvolveram com o *Sultan* e as mortes chocantes de Hamid e Hassim tão próximas a ela que deixaram manchas de sangue em sua roupa. Para um adulto lidar com tudo que acontecera com ela nos últimos meses desde o sequestro, seria quase impossível; para uma menina, pouco mais que uma criança para a maioria das pessoas, que esperança poderia haver?

Ela pegou no sono de novo, e Dillon, ao virar sua poltrona para pegar um Bushmills, topou com Hal Stone o observando.

— O que acha? — perguntou o professor. — Como ela vai conseguir superar o que aconteceu?

O pai também estava cochilando, abraçado a ela, e Dillon fitou os dois de novo.

— Tem a mãe, uma mulher formidável, mas eu não sei. — Ele balançou a cabeça. — Ela tem muita coisa que superar.

— Hussein Rashid, para começar.

— Ah, ele, acima de tudo — disse Dillon.

Hal Stone assentiu.

— Pelo menos, agora alguns milhares de quilômetros os separam, e é muito pouco provável que ela precise vê-lo de novo um dia.

— Vamos torcer para que não — disse Dillon.

A voz de Lacey anunciou no alto-falante:

— Farley Field a 15 minutos. Hora local, meia-noite, isso quer dizer que estamos começando um novo dia e, se estiver escutando, Sara, que Deus a abençoe e seja bem-vinda.

Ela se endireitou ao lado do pai, um pouco confusa, enquanto o avião aterrissava. O que aconteceu depois foi uma estranha confusão em que tudo aconteceu em câmera lenta: o Gulfstream aterrissando, Parry abrindo a porta, pessoas do lado de fora, a chuva caindo, então desceu as escadas na frente de seu pai, e sua mãe, gritando seu nome, abraçou-a com força.

Todos foram levados para o esconderijo em Holland Park. Sentada ao lado de Sara, abraçada a ela, Molly Rashid disse:

— E agora?

— Vocês devem tentar voltar a viver normalmente de novo. Pelo menos, não precisam mais temer esse homem. Cuidamos disso. Aqui está a primeira edição do *The Times*.

No canto esquerdo da primeira página estava a foto de Hussein sem óculos. O texto dizia: "Famoso aliado de Osama bin Laden."

— Mas este é Hussein — disse Sara, com uma expressão de pânico.

— Você não precisa se preocupar com mais nada — disse Ferguson. — Com essa foto em todos os jornais, ele não vai ousar vir para a Inglaterra.

— Hussein Rashid, Martelo de Deus. — A voz de Sara foi quase inaudível, e ela enterrou o rosto na mãe.

A milhares de quilômetros dali, no hospital de Hazar, Hussein e Khazid estavam fumando em uma varanda, a porta de vidro atrás deles aberta para o corredor. Duas enfermeiras estavam sentadas a uma mesa do outro lado, tomando chá, prontas para qualquer coisa. Uma porta se abriu, Aziz saiu, e eles viram rapidamente Jemal com todos aqueles tubos e cabos, mais duas enfermeiras na sua cabeceira.

— Como ele está? — perguntou Hussein.

— Só posso dizer — disse Aziz — que estamos nas mãos de Deus.

Naquele momento, um alarme feio e assustador soou. Aziz correu de volta para o quarto, sendo seguido pelas duas enfermeiras no corredor. Em poucos segundos, a equipe inteira estava em ação, enquanto Hussein e Khazid observavam da porta. Não que nada disso tenha feito alguma diferença.

— Hora da morte...

— Irrelevante. — Hussein continuou olhando para seu tio, então abaixou-se e beijou sua testa.

— Veja, meu amigo — disse ele para o Dr. Aziz. — Eles mataram Hassid e Hassim para pegar Sara, e agora mataram meu tio. Não podemos admitir isso, podemos, Khazid? — Cobriu o rosto do tio com o lençol mais próximo, virou-se e saiu.

8

Hussein teve a seu favor o fato de sua religião exigir um tempo pequeno de velório, independente de quão importante era a pessoa. Precisava agir agora, precisava continuar com sua missão, precisava canalizar a raiva que sentia.

O corpo foi levado para a casa e ficou exposto no salão de entrada. As pessoas que providenciaram tudo trabalharam a noite inteira. O próprio imã veio supervisionar, abençoando Hussein, claro, e não apenas por suas proezas na guerra. Afinal, ele não era apenas o dono da Rashid Shipping, mas o patriarca do clã, dono de enorme riqueza, e sua importância ficava clara na forma como era respeitado.

— Então, o que fará a respeito de Sara? — perguntou o imã.

— O que Alá quiser.

— Você ainda não perdeu as esperanças?

— Claro que não. Influências cruéis estão agindo.

— Qual a sua intenção? Voltar para a zona de guerra?

— Veremos. — Hussein estava seguindo seu próprio conselho. — Primeiro, vamos enterrar meu tio.

O imã foi embora, Hussein foi para a varanda e acendeu um cigarro. Khazid, que estava escutando, o seguiu.

— O seu desejo é segui-los até a Inglaterra, não é?

Hussein sorriu.

— Por que eu faria isso?

— Porque seria a coisa mais imprudente a se fazer. Posso ir com você?

— Por que iria querer fazer isso?

— Porque somos amigos que já foram ao inferno juntos. Porque sei que esta pode ser uma missão de um homem só, mas você também precisa de alguém em quem possa confiar.

— E você acha que deve ser essa pessoa?

— Já fui antes. Como planeja ir?

— Paris. De trem para Londres.

— Tenho passaportes francês e inglês, duas excelentes falsificações. E falo francês. O seu disfarce?

— Hugh Darcy, o que os ingleses chamam de almofadinha. Usei esse passaporte da última vez que fui a Londres e encontrei uma gravata de regimento na minha pasta. Foi uma brincadeira do Intermediário. Os ingleses ainda não conseguem deixar de bater continência para um cavalheiro.

— O próprio neto da rainha serviu em um regimento desse tipo no Afeganistão — disse Khazid.

— Está bem, então, meu amigo, pode ir comigo até Paris. Não vou prometer mais nada. Agora vá se deitar. Já vai amanhecer e temos três corpos para enterrar.

— Uma coisa na qual somos bons, à qual nos acostumamos.

— Vá, irmão, boa-noite.

Khazid saiu, e Hussein ficou ali pensando, depois foi até o salão de entrada onde tinham acabado de exibir seu tio. Deu ordens. Nenhuma mulher chorando. Neste ponto, apenas empregados homens. Os membros da família poderiam vir de manhã, mas agora, não.

Estava inquieto, incerto e, então, fez algo fora do comum. Foi até o pequeno escritório do tio, onde havia um armário de bebidas para convidados que não eram muçulmanos. Abriu as portas laqueadas e examinou o que tinha dentro, finalmente escolheu uma garrafa gelada de champanhe Dom Perignon que encontrou no frigobar. Sentiu um nervosismo estranho ao pegar a taça e ir para a varanda. Ali, tirou a rolha.

É claro que era errado, sabia disso, mas a noite estava escura e tinha dois camaradas e o tio para enterrar. Alá era misericordioso, Alá entenderia. Levantou a taça a Hassim e Hamid, então tomou todo o champanhe e jogou a garrafa da varanda.

— Tenham uma boa morte, meus amigos, e olhem por mim na Inglaterra — pediu ele.

Roper viu reportagens na televisão e no rádio locais sobre a morte de Jemal Rashid de ataque cardíaco. A televisão mostrou a cobertura do cortejo até a mesquita, Hussein à frente. Roper gravou e contou para Ferguson, que tomava o café da manhã no Cavendish Place.

— Ele não vai gostar disso — falou Ferguson. — Vai nos culpar. O velho morreu como resultado direto da nossa operação.

— Exatamente.

— A que horas Doyle deixou os Rashid em Hampstead?

— Por volta das 3 horas da manhã. Temos de avisá-los.

— Eu sei. Droga... Deixa que eu faço isso.

Na casa da Gulf Road, Caspar Rashid não fora para a cama com a esposa. Ela colocara Sara para dormir. Mas ele não conseguiu, e quando o *Daily Telegraph* foi entregue em sua porta, encontrou a foto de Hussein no canto da primeira página, assim como no *The Times*. E, então, o telefone tocou. Era Ferguson.

— Notícias não muito boas. — Ele contou a Caspar sobre a morte do velho tio.

Caspar Rashid ficou sentado, absorvendo.

— Meu Deus! — disse ele. — Isso não acaba nunca?

Esperando no aeroporto de Paris, Dreq Khan comprou um exemplar do *The Times* e quase teve um ataque do coração. Examinou os outros jornais da banca e encontrou Hussein em todos. Ligou para o Intermediário na mesma hora.

— Já viu os jornais de Londres?

— Já.

— Isso deve mudar tudo. É óbvio que Hussein Rashid não pode ir para Londres. Na verdade, fico me perguntando para onde ele pode ir.

— Isso não muda nada. Suas ordens continuam valendo: vá para Londres e espere notícias minhas. Ainda acredita no poder de Osama?

— Claro.

— Agora, pegue o seu voo. — Ele desligou o telefone e hesitou. Não, Hussein deve estar ocupado com o funeral. Resolveu esperar até mais tarde.

Algo estranho aconteceu no cemitério em Hazar. De repente, começou a chover, uma verdadeira tempestade tropical que impediu toda a pompa característica dos funerais. Hassim e

Hamid foram enrolados na bandeira verde do islã, como era próprio para soldados, e Jemal em algo mais apropriado, e a chuva caiu, lavando a morte, e Hussein e Khazid se revezaram com a pá, cavando, e se despediram, cada um do seu jeito. Então, voltaram à casa para Hussein receber as condolências. Finalmente, por volta de 3 horas da tarde, ficaram em paz.

Sentado na varanda, tomando café com Khazid, o telefone de Hussein tocou. Era o Intermediário.

— Desconfiei que fosse estar ocupado com o funeral, então não tentei ligar mais cedo.

— O que houve?

— Problemas. Ferguson obviamente usou seu poder em determinados setores. Seu rosto está em todos os jornais britânicos como aliado de Osama bin Laden, e possivelmente na Grã-Bretanha.

— Que cretino esperto, esse Ferguson. Isso é para tornar impossível a minha ida a Londres. Mas não vai me impedir.

— Se tentarmos colocar novos planos em ação, será difícil e muito inconveniente, para não dizer caro.

— Não me fale de despesas. Sei que Osama tem muitos fundos. E eu sou um homem rico, agora que meu tio morreu. Vou para a Inglaterra com ou sem você, e vou levar Khazid comigo.

— Certo, certo. Vou começar a trabalhar nisso.

— Espero que entenda que não posso esperar.

— Eu sei. Vamos levá-lo para a Argélia. De lá, existem muitas formas de levá-lo para outros lugares. Aguente firme. Volto a entrar em contato.

Em Holland Park, Roper estava sentado diante dos computadores, mostrando a gravação do funeral em Hazar para Greta.

— O que Ferguson disse? — ela queria saber.

— Nada demais.

— Nada mesmo?

— Nada. Ele foi para o Ministério da Defesa e vai passar o resto do dia lá. Pegue o uísque para mim.

— Você é pior do que os russos com vodca.

— Bebemos por motivos diferentes. O que acha?

— Sobre Hussein? Ele certamente está derrotado. Nunca pensaria em vir à Inglaterra, se ele colocar o pé em uma rua de Bagdá, será um homem morto.

— Você acha? — Ele acendeu um cigarro. — Estou pensando... Depois do caso de Hannah Bernstein no ano passado, quando Igor Levin deu o fora nos seus chefes russos e se mandou para a boa e velha Dublin com seus dois sargentos, ele me ligou e deixou seu número comigo.

— Algum tipo de desafio?

— De certa forma. Nós não conseguiríamos rastreá-lo legalmente em Dublin. Falei com ele em uma ocasião estranha, tarde da noite, indignado.

— Você nunca me contou.

— Achei que Ferguson não fosse gostar. O que quero dizer é: contei a ele sobre nossos problemas atuais com os russos e ele me deu sua opinião. Ele sabe bastante sobre o que vem acontecendo, sobre o Intermediário e tudo o mais.

— Ele sabe quem é o Intermediário?

— Eu já disse... ninguém sabe.

— Ele sabe de Chekov?

— Eu não contei... mas acho que deveria.

— Bem, não se intimide por minha causa. — E foi se servir de vodca.

Levin estava sentado no canto do Kelly's Bar, esperando Chomsky, quando seu celular tocou.

— Sou eu — disse Roper.

— Conte-me o que aconteceu em Bagdá. Conseguiram alguma coisa?

— Vou fazer um rápido resumo. — Quando terminou, acrescentou: — O que acha?

— Acho que está encrencado, meu amigo. Ele vai estar na porta de alguém antes que percebam. É bom saber que Dillon e Billy ainda sabem bem o que fazem.

— Sendo mais direto, Harry também. Greta está aqui do meu lado. Fale com ela.

— Oi, doçura — disse ele. — Então, está falando comigo?

— Eu não sabia que podia, seu cretino.

— Você ainda me ama?

— Naturalmente.

— Então, que história é essa do Harry?

Ela contou, e ele achou muito divertido.

— Chekov de muletas. É demais para a Máfia de Moscou em Londres. Chomsky acabou de chegar. Manda lembranças.

Roper colocara a ligação no viva voz.

— Dillon e Billy não estão aqui. Foram ao Dark Man encontrar Harry. Ele colocou Ruby Moon como gerente do bar. Lembra dela?

— Como poderia me esquecer? Agora, tenho algo interessante para lhe contar. Lembra do meu amigo Popov? Ele agora trabalha para Michael Flynn em uma firma chamada Scamrock Security.

— Eu sei, ele era chefe de comando do IRA anos atrás. Peso-pesado. Aonde quer chegar?

— Parece que esse Intermediário, o misterioso homem que fala por Osama, está muito envolvido com Michael Flynn, que, ao que parece, está no negócio de mercenários.

— Eu poderia lhe falar um pouco sobre o mercenarismo.

— Mas não o Intermediário, que está envolvido com Volkov. Não sei o que vai acontecer em Drumore, na Belov Internacional, mas eles vão precisar de uma equipe decente para manter nossos soldados afastados.

— A equipe decente seria formada por ex-membros do IRA.

— Acho que você vai chegar à conclusão de que Flynn está por trás desse trabalho.

— Interessante.

— E, por acaso, sei que Volkov conseguiu o emprego para Popov na Scamrock, e, como dissemos, Volkov significa o Intermediário, e o Intermediário significa Osama.

— Popov lhe disse que foi Volkov quem conseguiu o emprego para ele?

Foi a voz de Chomsky que escutaram pelo viva voz.

— Não, o cretino não sabia. Grampeei o telefone de Igor, Roper. Eu mesmo vou acertar as coisas com Popov.

— Não seja estúpido, Chomsky — cortou Greta. — Espere para ver até onde ele está envolvido antes de agir.

— Desculpe, major — disse Chomsky. — Está certa.

— Claro que está — disse Levin. — Cuidem-se, amigos. E mantenham contato.

Roper desligou.

— Bem, temos de admitir que isso foi interessante.

— Verdade, muito interessante — disse Ferguson da porta. — As coisas que acontecem quando alguém não está presente.

— Meu Deus — disse Roper.

— Bem, poderia ser. — Charles Ferguson sorriu. — Mas sempre quis colocar as mãos em Levin, como você bem sabe. Ele é bom demais para estar aposentado.

— Bem, você está certo. Por mim, preciso de uma pausa. Se o sargento Doyle estiver disponível, vou pedir para me levar ao Dark Man.

— Vou com você — disse Greta.

— Tudo bem, você me convenceu.

Doyle telefonou avisando, e quando chegaram ao pub, estavam todos esperando. Sentaram-se em volta de duas mesas redondas, Ruby supervisionando as coisas, Baxter e Hall formando o muro de costume.

— Meu Deus, você se deu muito bem na confusão do estacionamento — disse Ferguson. — Para você, Harry, é estar de volta à velha forma.

— Ele nunca deixou de estar em forma — disse Billy. — Foi exatamente como nos velhos tempos.

— É, fui um garoto muito travesso — disse Harry. — Vamos tomar um drinque. Meu amor, champanhe para todos. — Parecia que ele ia dar um tapa na bunda de Ruby, mas se segurou a tempo.

Ela sorriu.

— Bom menino, Harry. — E saiu para pegar champanhe.

Roper acendeu um cigarro e Greta disse:

— O que vai fazer quando proibirem o cigarro?

Roper deu de ombros.

— Na hora, eu resolvo. A propósito, general, uma notícia do Heathrow que deve interessá-lo: o professor Dreq Khan está de volta. Chegou de Bruxelas hoje.

— Interessante.

— O cretino é intocável — disse Dillon.

— E ele sabe disso — acrescentou Roper.

— Faz com que me pergunte por que voltou — disse Greta.

— Se isso quer dizer que deve haver um motivo, então certamente existe — disse Roper quando Ruby chegava com o champanhe em um carrinho.

O professor Khan saiu de um Audi e entrou na loja de Ali Hassim, em Delamere Road. O próprio Ali estava atrás do balcão com uma jovem de avental, um *niqab* cobrindo o rosto todo, menos os olhos.

— Professor — disse ele em árabe. — Que surpresa. — Ele fez sinal para a moça. — Venha — disse para Khan e acompanhou-o até uma pequena sala nos fundos. Sentaram-se um em frente ao outro a uma mesa.

— Achei que iria para Hazar — disse Ali.

— Verdade, mas as notícias de Hazar são péssimas.

— Ouvi boatos. É isso mesmo?

— É.

— Então, a menina Rashid está de volta à casa em Gulf Road.

— O pai, com a ajuda de demônios vindos do inferno, a sequestraram de Hazar. Ela tinha ido para lá com a prima e o futuro marido, Hussein Rashid.

— O Martelo de Deus em pessoa. Que seu nome seja louvado.

— Que assim seja. Eles deixaram Bagdá, onde o avô dela morreu em sua Mercedes, uma bomba plantada pelos cães sunitas.

— Malditos — disse Ali. — O que aconteceu em Hazar?
Khan contou tudo que sabia.

— E agora? — questionou Ali. — Hussein Rashid é o
que é: um grande homem, mas não são apenas as fotos nos
jornais. Um dos meus empregados precisou ir à delegacia
de Hampstead, e havia duas fotos em um grande quadro
da seção dos Mais Procurados. Ele não poderia vir para a
Inglaterra agora.

— É o que parece. — Khan se levantou. — Preciso ir.

Ali o acompanhou até a porta da rua e ficou parado ao lado
do Audi. Khan disse:

— Não teve nenhuma notícia de Abu?

Na verdade, sabia perfeitamente bem que Abu estava morto,
por um tiro de Greta Novikova, segundo Jamal lhe contara, mas
não achara importante dizer a Ali Hassim. Havia considerações
mais importantes e jurara segredo a Jamal.

Ali Hassim demonstrou muita calma ao responder.

— Acho que o mataram. É a única explicação. Se estivesse
vivo, já teria dado um jeito de nos avisar.

— Que vocês dois se encontrem no Paraíso. Entrarei em
contato.

Enquanto ele entrava no Audi, Ali disse:

— As coisas não estão indo bem, não é?

— Ora. É apenas um contratempo sem importância. Man-
tenha-se fiel a Alá e a Osama.

— Sempre. — Ali fechou a porta e Khan foi embora.

Pouco tempo depois, houve uma emergência no hospital e
Molly Rashid foi chamada. Em uma tentativa de voltar à vida
normal, os três tinham combinado ir ao cinema juntos, mas

a criança em questão no hospital só tinha 7 anos, válvulas no coração, e Molly era realmente muito boa nisso.

Então ela foi, e quando Caspar sugeriu que fossem apenas os dois ao cinema, Sara disse que preferia não ir. Ele tentou conversar com ela enquanto comiam uma salada que Molly deixara para o jantar, mas não obteve resposta.

Mais tarde, na sala de estar principal, perto da lareira, ele tentou mais uma vez puxar conversa, mas não conseguiu. Quando tentou discutir o futuro, o resultado foi desastroso. Sua menção cheia de hesitação à escola recebeu uma resposta totalmente negativa. Ela realmente despertou.

— Realmente acha que seria apropriado, pai? Uniforme, lindos tacos de hóquei?

— Olhe, amor, você precisa ir à escola. A lei exige.

— A lei! — Havia uma chama em seus olhos. — O que é a lei? Durante meses, tudo que eu vi foram pessoas morrendo, quase todo dia. Sua mãe morreu junto com outras 72 pessoas em um bombardeio em um mercado no centro de Bagdá, seu pai, por uma bomba sunita.

— Eu sei, querida. — Ele tentou pegar a mão dela. Ela puxou. — Você diz sunita como se os odiasse.

— Por que não? Na vila, incluindo os empregados, éramos mais de quarenta pessoas, porque aqueles que perderam suas casas levaram as famílias. As pessoas viviam em tendas espalhadas pelo terreno, e toda semana, sem falta, alguém morria. Eram sempre três ou quatro. Uma semana foi a pior: dez em outro bombardeio no mercado. — Ela deu de ombros. — E os mortos eram substituídos por mais refugiados. Era um ciclo. Nunca parava. Não havia tempo para a escola. Acho que nunca mais vou ter tempo para a escola de novo.

— Não fale assim.

— Acho que vou para a cama — disse ela.

— Tem certeza de que está bem? — perguntou ele.

— Ah, sim, você tem de olhar o lado bom. — Ela conseguiu sorrir. — Acabei de pensar em alguma coisa boa. Na escola, farei meu Nível A daqui a alguns anos. Agora pense, eu poderia fazer Árabe Avançado agora e ganhar um A. Boa-noite.

Ele ficou sentado pensando, e o mais terrível era que, apesar de toda sua cultura, seus títulos, dos livros que escrevera, não havia nada que pudesse fazer.

Ficou parado no vestíbulo um tempo, então subiu as escadas e foi até o quarto dela na ponta dos pés. Escutou-a claramente chorando.

Quando desceu, ele nunca tinha se sentido tão impotente na vida.

Hussein, frustrado e furioso, alugou um avião particular de uma empresa do Kuwait, um Citation X, uma aeronave com dois motores que precisava de dois pilotos. Os donos da empresa eram bons muçulmanos, então não foi apenas uma questão de dinheiro quando perceberam quem era ele. A reputação da aeronave era a de ser o avião comercial mais rápido do mundo desde a aposentadoria do Concorde. O voo estava marcado para o dia seguinte, mas, como todos no mundo do Intermediário, não tinha como entrar em contato com ele e só podia esperar.

Finalmente, recebeu uma ligação e atendeu, furioso.

— Que diabos está acontecendo? Já aluguei um avião particular para amanhã de manhã.

— Ótimo. Já tenho um destino para você.

— Qual?

— Argélia, como eu tinha dito. Você, claro, fez seu treinamento de combate nos campos de lá. Assim como Dillon, trinta anos atrás, quando tinha 19 e acabara de entrar para o IRA. Conhece uma área chamada Khufra, no litoral?

— Não, fiquei no deserto, 480 km a oeste. Tem uma péssima reputação. Por que iríamos para lá?

— De certa forma, é um recado meu para o major Roper de que estou de olho nele. O pessoal de Ferguson passou maus bocados lá no ano passado. A polícia argelina ainda está atrás deles por causa de vários assassinatos. De qualquer forma, é um lugar ruim, centenas de quilômetros de pântanos, enseadas, muitos barcos e antro de contrabando e tráfico de drogas. Tem uma pista de decolagem, hangares antigos e uma torre de controle básica.

— E para onde vamos de lá?

— O major Hakim Mahmoud da polícia secreta argelina vai encontrar você. Aceitar propina é normal para ele.

— Então, ele não tem nenhum objetivo moral em nada que faz?

— Só dinheiro, Hussein.

— Não tenho nada contra ladrões, mas ele deve ser um ladrão honesto. Não tenho tempo de descobrir isso por conta própria.

— Bem, minha experiência com ele foi satisfatória.

Hussein pensou um pouco.

— Mais uma coisa, essa história de só você poder entrar em contato tem de acabar. Eu preciso ter como entrar em contato com você se as coisas derem errado.

— Não. Não negocio a minha privacidade, nem mesmo com você. Sempre foi assim, e assim continuará sendo.

— Então, eu mesmo tomarei as minhas providências.

— Não vai conseguir.

— Olhe, vamos discutir isso. Com o meu rosto estampado em todos os jornais, não tenho muita esperança de conseguir chegar à Inglaterra pela França em alguma companhia aérea ou ferroviária conhecida. Você deve ter algum plano para a parte final da viagem.

— Tenho, um pequeno barco escondido no escuro saindo de um porto chamado St. Denis, na Bretanha. Tem um homem chamado George Roman, inglês, era da marinha. Ele é especializado em clientes que pagam caro e precisam entrar na Inglaterra pelo caminho mais difícil.

— Ele vai carregar armas?

— Suponho que só pistolas, mas toda a artilharia pesada terão de conseguir na Inglaterra. Está tudo arranjado lá. Um homem chamado Darcus Wellington. Ele é ator há anos, ainda aparece em alguns filmes antigos em preto e branco na televisão, mas passou alguns anos na prisão por ser homossexual. Foi a derrocada dele, depois veio o crime. Também tem habilidade com maquiagem, o que lhe será muito útil. Espero que ele consiga criar um disfarce para você.

— Excelente. Agora, como vamos de Khufra, na Argélia, para St. Denis, na Bretanha?

— Mahmoud está resolvendo isso. Os planos dele são colocá-los como passageiros em um pequeno avião com contrabando para a França. Vocês ficarão em um aeroporto particular onde haverá um carro. Podem ir dirigindo até St. Denis. Se Roper verificar os voos de Hazar, quando vir um Citation X, vai desconfiar que é para você. Se ele conseguir rastrear até a Argélia, o avião vai simplesmente decolar de novo.

— E nos deixará anônimos?

— Exatamente, então não precisa se preocupar.

— Espero que não. — A voz de Hussein mostrava relutância.

— É isso, então. Pode baixar todas essas informações no seu laptop.

— Claro. Mais alguma coisa?

— Sim, a sua bolsa de viagem especial, a preta que levou de Bagdá.

— O que tem ela?

— Quando abrir, vai encontrar escondido no fundo, no canto direito, um broche de ouro esmaltado. Muito bonito. Ele abre e tem um botão dentro. Se apertar, eu ligarei para você. Você é o único que tem tal dispositivo.

— Seu cretino.

— Já me chamaram assim outras vezes. — O Intermediário desligou.

Argélia
—
França

9

O Citation chegou na hora marcada, com dois pilotos chamados Selim e Ahmadi, que foram até a casa depois de chegarem e se sentaram na varanda para tomar café com Hussein e Khazid.

— Vocês sabem quem eu sou? — perguntou Hussein.

— Sabemos — respondeu Selim. — Estamos aqui para servi-lo. É uma honra. Conhece o avião?

— Não, mas já ouvi maravilhas a respeito. Eu também sou piloto.

— Excelente. — Ansioso para agradar, Selim acrescentou: — Se quiser pode experimentar os controles. Posso lhe dizer que é uma experiência e tanto pilotar esse avião.

— Tenho certeza que sim, mas não temos tempo para diversão. O seu trabalho é nos levar ao nosso destino, deixar-nos lá e sumir. Entendido?

Ahmadi, que era mais jovem, pareceu decepcionado, mas Selim se manteve profissional.

— E qual é o destino?

— Argélia. — Hussein abriu uma pasta sobre a mesa. — Todos os detalhes estão aqui. Vou deixá-los trabalhar no plano de voo. — Ele saiu, Khazid o seguiu.

Foram para o escritório, sentaram-se em lados opostos da mesa, e Hussein abriu uma gaveta, de onde tirou duas Walthers com silenciadores e entregou uma. Duas Colt .25 também foram tiradas da gaveta, e ambos começaram a carregá-las.

— Disse que não me prometeria nada além de Paris — disse Khazid.

— Disse.

— Agora meu futuro parece inevitável. — Hussein abrira o laptop e discutira tudo com ele.

— É o que parece. Algum problema?

— De forma alguma. Tenho orgulho em servir. — Khazid acabou de carregar uma das Colts. — Mas eu estava pensando mais à frente na Inglaterra e na artilharia pesada.

— Já lhe passei todos os detalhes. Esse tal de Darcus Wellington vai cuidar de tudo que precisarmos.

— Darcus Wellington... que nome ridículo. Eu me pergunto como uma pessoa assim pôde se envolver com alguém como o Intermediário.

— Ah, não sei. De certa forma, acho que para ele é como atuar em um de seus filmes, só que, desta vez, é de verdade.

— Com tiros de verdade. — Khazid enfiou o pente na Walther. — E agora?

— Acabe de arrumar suas coisas. Leve pouca coisa. Vou dar uma palavra com os pilotos. Partimos daqui a uma hora. Está bom para você?

— Certamente. — Eles saíram para o salão de entrada. — Aqui vamos nós. Mais uma vez para a zona de guerra — disse Khazid. — Por que nós?

Hussein colocou o braço sobre seu ombro.

— Porque Alá ordenou, irmãozinho. Mas, para ser honesto, não consigo mais ver a religião da forma como via. Não me traz mais nenhum consolo.

— E sobre a guerra? Por que participamos dela?

— Porque é a nossa natureza.

— Só isso?

— Acho que sim. Agora vamos nos preparar.

Em seus computadores, Roper conseguiu inserir um rastreador para monitorar o movimento aéreo de Hazar, o que não era difícil, já que havia tão pouco tráfego. O sargento Doyle estava lhe servindo sanduíche de bacon com chá quando o sinal soou.

— Chame Dillon para mim — disse ele.

— Ele está na sala de jantar com a major.

Doyle saiu e Roper verificou uma série de imagens na tela Dillon e Greta apareceram.

— Qual é a novidade? — perguntou Dillon.

— Um Citation X, alugado para a Rashid Shipping, saiu do Kuwait e pousou em Hazar três horas atrás. Decolou com um plano de voo para Khufra, na Argélia.

— Não naquele inferno. Por que diabos ele iria para lá?

— Vejam bem. Se ele quer ir para algum lugar, podem apostar que o Intermediário organizou tudo. Alugar o Citation foi uma forma de Hussein dizer: "Sou eu. O que vocês vão fazer?" Porque ele e o Intermediário provavelmente sabem que estamos monitorando.

— Mas por que Khufra? — perguntou Greta. — Lembram do que passamos lá no último ano?

— O Intermediário sabe disso e sabe que eu o estou monitorando, então é a forma de ele zombar de mim. Sei que vocês entendem esse tipo de coisa. Khufra é um berço de contrabando e tráfico de drogas, por água e por ar, e é o lugar perfeito para Hussein desaparecer. Aposto que o Citation vai deixá-lo lá.

— E depois? — perguntou Greta.

— Por água, seria conveniente ir para a Espanha. Quem sabe?

— Uma coisa é certa — disse ela. — Ele não pode vir para a Inglaterra, não com seu rosto estampado em todos os lugares.

— Bem, ele não vai ficar na Argélia, não tem motivo. A França é outra possibilidade.

— Na verdade, a foto saiu em alguns jornais da Europa continental também — disse Roper. Apertou algumas teclas e a página quatro do *Le Monde* da véspera apareceu, com a foto de Hussein. — Aqui está, página quatro, mas é o suficiente.

— Então, qual será o próximo passo dele?

— Acho que vai ficar na dele — disse Greta.

— Não — discordou Dillon. — Só tenho certeza de uma coisa. Alugar o Citation, exibi-lo com uma viagem para a Argélia, isso tem de ter uma razão. Ele tem um objetivo, que mais cedo ou mais tarde, vai se tornar claro. Só temos de esperar.

Na cozinha da casa em Hamptead, Caspar e Molly conversavam sobre Sara. Podiam ver que ela estava sentada em um banco na varanda lendo um livro.

— Ela está fingindo — disse Caspar. — Dá para perceber.

— Você falou sobre escola com ela de novo? — perguntou Molly.

— Pelo amor de Deus, é muito cedo para isso. De qualquer forma, ela vai precisar de uma escola nova, rostos novos, outro ambiente, talvez um colégio interno.

— Independente do que for, precisamos encarar a situação.

— Molly pegou o bule de café e se serviu de mais uma xícara.

— Precisamos encontrar um tratamento apropriado.

— Você está falando da nossa filha como se ela fosse uma paciente — disse Caspar. — Mas acho que é isso que médicos fazem. Pessoalmente, acho que temos de tomar uma decisão.

— O que você quer dizer com isso?

— Vamos dizer a ela que decidimos que ela não precisa voltar para a antiga escola e não precisa voltar para nenhum colégio nos próximos seis meses. Vamos deixá-la vegetar, encontrar o equilíbrio.

Por trás da esposa, através da janela, Caspar viu que Sara não estava mais no banco. Estava no vestíbulo, mas ele não sabia.

— Não acho uma boa ideia — disse Molly. — Para ser franca, tive uma longa conversa por telefone esta manhã com a Dra. Janet Hardcastle. Ela ficou muito interessada no caso e se ofereceu para cuidar dela.

Apesar de a mulher em questão ser uma das psiquiatras mais respeitadas do país, Caspar não ficou impressionado.

— Droga, Molly, psiquiatras agora? Que tal um pouco de amor e carinho? Precisamos parar de tentar compreendê-la até que ela mesma se compreenda, porque ela é capaz disso. Ela é uma menina muito inteligente.

Sara apareceu na porta.

— Tudo bem. Não me importo de fazer joguinho de palavras com a Dra. Hardcastle, mas ainda não vou voltar para a escola. Preciso descansar agora. Vou para o meu quarto.

Ela deixou o livro que estava lendo de lado e saiu. Caspar pegou, olhou para a esposa e mostrou a ela sem dar nenhuma palavra. Era o Corão em árabe.

Roper gostara de sua conversa com Igor Levin, o antigo super-homem da inteligência russa. Levin também tinha medalhas de todas aquelas guerras suspeitas do Kremlin, lutara no Afeganistão e chegara perto o suficiente de um general checheno para cortar sua garganta. Levin fez com que Roper se lembrasse de um suposto adido comercial trabalhando como chefe local do Serviço de Inteligência Externa da Rússia em Londres, coronel Boris Luzhkov. Então, por um capricho, telefonou para o número particular de Luzhkov na Embaixada da Federação Russa, que ficava em Kensington Gardens.

Luzhkov atendeu na mesma hora em russo, e Roper, que falava um russo decente, disse em inglês:

— Para com isso, Boris.

— Quem é? — perguntou Boris.

— Roper.

— Meu Deus... a que devo a honra?

— Nada especial. Eu estava falando com Igor Levin em Dublin e me lembrei de você.

Como todas as tentativas de Luzhkov de entrar em contato com Levin tinham sido recusadas, ficou intrigado.

— Como está Igor?

— Curtindo a vida. Quanto aos companheiros dele, Chomsky trabalha em uma firma de advocacia, e Popov, em uma firma de segurança. Mas já deve saber disso.

— Devo?

— O que quero dizer é que aquela tentativa fútil de acabar com Blake Johnson deve ter ensinado uma lição a vocês, russos. Então, que história absurda foi essa com Stransky e seus capangas no Harry's Place? E Chekov? Estou chocado. A propósito, conseguiram salvar a perna dele?

— Meu querido Giles, não vou comentar isso.

— Tenho certeza que não, e que história é essa de Giles? Como descobriu? É um segredo muito bem guardado!

— Como todo bom espião, tenho minhas fontes. Posso fazer um comentário? Tem pessoas que acham que Boris Luzhkov já era, que não está mais na sua melhor forma, se é que um dia esteve. Mas Ivan Stransky tem um cérebro do tamanho de uma ervilha, e o do Chekov está no meio das pernas. Para qualquer um com metade de um cérebro, o tamanho do império e da conta bancária de Harry Salter devia ter servido de aviso.

— Eu nunca caio nas suas simulações, Boris. De qualquer forma, a Belov Internacional vai ter um novo CEO? Porque o que está lá agora não consegue fazer muito mais do que ficar em Drumore Place, sentado em uma cadeira de rodas na varanda, com um guarda-chuva sobre a cabeça. Mas ele ficaria bem nos fins de semana. Só chove cinco dias por semana na Irlanda.

Luzhkov finalmente conseguiu parar de rir.

— Deus, você me faz rir.

— Então, quem vai comandar o show? Pode me dizer.

— Claro. Eles conseguiram salvar a perna de Chekov, mas vai demorar muito para ele se recuperar totalmente. E posso lhe dizer, até porque você descobriria sozinho, que o general Volkov vai assumir o controle por enquanto.

— Surpresa, surpresa, o braço direito do presidente.

— Exatamente. Mais alguma coisa?

— Sim. Sobre o amigo de Volkov, o Intermediário.

A voz de Luzhkov passou a um tom mais cauteloso.

— Sim?

— Você viu as fotos de Hussein Rashid nos jornais?

— Não dava para não ver.

— Soube da história completa sobre outra Rashid: a menina de 13 anos sequestrada por fanáticos do Exército de Deus para o avô no Iraque? Hussein é quem deve se casar com ela quando esta tiver idade.

— Escutei algo a respeito.

— Bem, Hussein levou a menina para Hazar, e Dillon, Billy e o pai da menina foram atrás, tiraram-na de lá bem debaixo do nariz dele e voltaram para a velha e boa Inglaterra, deixando dois dos melhores homens dele mortos.

— Meu Deus. Deixe-me colocar a minha supostamente burra mente para funcionar. Essas fotos nos jornais são para manter Hussein longe da Inglaterra?

— Mais ou menos isso, por enquanto, e para fazer com que a família se sinta segura.

— Não tenho tanta certeza de que vai funcionar.

— Por que não?

— Por que ele é o Martelo de Deus. E não vai querer decepcionar os seus fãs.

— Concordo com você — disse Roper.

— Se importaria se eu contasse tudo isso a Volkov?

— Foi por isso que eu lhe contei. — Neste momento, Greta entrou. — Greta manda lembranças. Ela está ótima.

— Meu Deus, como sinto saudades dessa garota. Uma beleza.

Roper desligou e Greta perguntou:

— Quem era?

— Luzhkov. — Roper sorriu. — Eu estava me sentindo sozinho.

O Citation cruzou a Arábia Saudita, o Egito, o norte da Líbia, seguindo a costa a toda velocidade a mais de 50 mil pés de altura durante a maior parte do tempo. Selim convidou Hussein para assumir os controles quando sobrevoavam a Líbia, e, mudando de ideia, Hussein fez isso, deleitando-se.

Mais tarde, conforme se aproximavam do destino, Selim veio consultar Hussein:

— Estou preocupado com o combustível. Oran fica a pouco mais de 300 km de Khufra. Acho que deveríamos parar e reabastecer.

Hussein pensou a respeito. Aviões particulares como o Citation só eram usados pelos ricos e sempre recebiam tratamento preferencial. Provavelmente, não haveria perigo.

— Tudo bem.

Então, pararam em Oran. Ele usou o passaporte britânico, e Khazid, um francês com o nome Henri Duval. Saíram para esticar as pernas. Ahmadi levou os passaportes ao gabinete, mas foi dispensado.

— Tão simples — disse Khazid.

— Verdade, mas não devemos achar que já está tudo certo — respondeu Hussein. — Talvez daqui a pouco todos estejam em cima de nós.

— Seja como Alá quiser.

— Talvez, mas e se realmente estiver nas nossas mãos?

— Sou um homem simples, meu amigo. Aceito o que sei e faço o que me mandam.

— E prefiro que continue assim. — Hussein voltou para o avião com Khazid atrás, depois decolaram de novo para um céu noturno, subindo a mais de 10 mil pés. Pouco depois, viram os pântanos de Khufra espalhados pelo deserto abaixo, os riachos seguindo para o mar. Aqui e ali um veleiro, as velas se enchendo ao vento. Às vezes, uma lancha, e um navio cargueiro.

Desceram para mil pés e Selim viu a pista de decolagem à esquerda, a torre de controle e dois hangares, mas estranhamente não conseguiu contato com a torre. Selim deu mais uma volta, sobrevoando a cidade e o porto. Havia um cais de um lado, com um velho hidroavião Eagle amarrado.

— Um Eagle anfíbio — disse Selim. — É possível baixar as rodas embaixo das boias e taxiar na água até a areia. Já é velho, mas robusto. Foram construídos para voar em lugares como o Canadá.

Ele diminuiu a velocidade e era como se estivessem ali parados, suspensos.

— Estranho, ainda não recebemos nenhuma resposta da torre — comentou Hussein, todos os sentidos alertas. — Preste atenção no que vamos fazer. Aterrisse, vá até o final da pista, vire e fique pronto para a decolagem. Nós vamos sair. Ahmadi fecha a porta, e nós esperamos. Se as pessoas certas estiverem aqui, virão até nós. Se houver algum problema, abro fogo e vocês dão o fora.

Selim protestou imediatamente.

— Não podemos abandonar vocês. Seria uma vergonha para nós.

— É uma ordem, meu amigo. Essa é a nossa especialidade. — Hussein passou o braço em volta de Khazid. — Somos muito bons nisso.

— Então, devo obedecê-lo, apesar do desgosto — disse Selim.

Circularam a pista, mas nada se moveu. Era estranho, os dois hangares com as portas abertas, mas nenhum sinal de vida, e estava escurecendo mais a cada minuto.

— Vamos descer — disse Hussein. — Pegue as duas bolsas.

— Que bom que estamos viajando com pouca bagagem. — Khazid sorriu.

— O meu lema é: precisa de um terno, compre um terno. Aqui vamos nós de novo, meu irmão.

O Citation aterrissou sem avisar e deslizou pela pista. Virou na extremidade, os bambus em volta tremulando com a corrente de ar gerada pelo avião. Ahmadi virou a maçaneta, empurrando a porta, fazendo a escada cair. Khazid desceu, agachado sob o vento. Hussein veio atrás, virou-se para olhar para Ahmadi, e escutou o ruído de duas Land Rovers saindo de um dos hangares a toda velocidade e entrando na pista.

— Feche! — gritou Hussein, e Ahmadi obedeceu, fechando a porta. Hussein pegou a sua Walther, atirando para cima. Selim ligou os motores e seguiu pela pista, forçando as Land Rovers a desviarem para as laterais. O Citation decolou, levantando no ar no final da pista.

Khazid estava se preparando para atirar. Hussein mandou:

— Para o bambuzal, agora. Fique com o celular à mão. Vou afastá-los. — Ele mirou com cuidado e atirou no pneu dianteiro do carro que vinha na frente, a Land Rover se desgovernou violentamente, jogando o homem que estava no carona para fora. Os outros desviaram e seguiram, quatro homens usando uma espécie de uniforme de polícia cáqui.

Hussein atirou de novo, dessa vez na segunda Land Rover, estilhaçando o para-brisa. Virou-se e mergulhou no bambuzal, e na mesma hora se embolou com um cabo enferrujado escondido nos pequenos arbustos. Precipitou-se e viu que estava cercado, chutes e socos por todos os lados. Alguém o puxou, colocando-o de pé, e encontrou a sua Walther, mas não a Colt. Deixara na sua bolsa de viagem com Khazid.

Um capitão de barba e acima do peso parecia estar no comando. Um dos homens lhe entregou a Walther.

— Bela arma. Obrigado pelo presente.

— Ah, um cliente satisfeito. Você está aqui para falar com o major Hakim Mahmoud da polícia secreta argelina?

— Se ele puder me receber.

— Ah, sim. Você deve ser um homem importante. Aquele avião é maravilhoso. — Um dos homens saiu do bambuzal. — Algum sinal do outro?

— Não, ele sumiu, capitão.

— Deixe para lá. — Os três homens da outra Land Rover estavam trocando o pneu. — Estarei no escritório, mas se apressem, quero voltar para o forte. Dizem que vai chover. — Virou-se para Hussein. — Sou o capitão Ali. Tenho certeza de que vamos nos dar bem. — Deu um tapinha no rosto dele. — Você é um bonito jovem. Hussein entrou na Land Rover entre dois policiais e eles partiram.

Atrás deles, bem escondido entre os bambus, Khazid escutara tudo e os observara partir, deixando os três homens trocando o pneu atingido. Um deles era sargento, o que fora jogado para fora do carro. Khazid pegou sua Walther, abriu sua bolsa de viagem e pegou o silenciador Carswell. Rapidamente encaixou-o no lugar enquanto os homens acabavam de trocar o pneu.

— Bom — disse o sargento. — Vamos.

Khazid colocou as bolsas no chão e saiu do bambuzal, com a Walther na mão. Assoviou, todos se viraram, e ele deu um tiro entre os olhos do sargento. Os outros dois ficaram totalmente chocados.

— O capitão disse que iria para o escritório. Onde fica?

— Embaixo da torre de controle — disse um homem.

— Excelente. E o forte que ele mencionou?

O segundo homem tremia de medo, então o mesmo respondeu de novo.

— O antigo forte da Legião Estrangeira fica a quase um quilômetro, seguindo a estrada, à esquerda.

— Obrigado.

Khazid matou os dois, não por ser cruel, mas porque não tinha escolha se quisesse resgatar seu amigo inteiro. Colocou as bolsas no banco do carona, parando apenas para puxar a capota de lona da Land Rover para ter uma espécie de cobertura. Atravessou a pista de decolagem na direção da torre de controle, sem pressa, mas quando chegou, a outra Land Rover não estava mais lá.

Já estava escuro, não precisava ser cauteloso. A porta estava destrancada, ele abriu e encontrou um interruptor. Era uma recepção. Foi para trás do balcão, abriu a porta que ficava ali e acendeu a luz.

O homem atrás da mesa estava sentado em uma cadeira giratória e, pelo seu estado, passara maus bocados, as mãos estavam algemadas para trás. Seu final fora uma bala na cabeça. Presumivelmente, ele era o major Hakim Mahmoud. Khazid olhou em volta. Havia uma grande lanterna sobre a mesa, que acendeu quando ele experimentou. Deixou-a ligada, apagou a luz e saiu para a Land Rover. Agora, o forte.

Estava frio, surpreendentemente frio, e Hussein tremia enquanto os três policiais o arrancavam da Land Rover. Havia um forte, podia ver. A bandeira verde e branca da Argélia, com o arco e a estrela vermelhos, reluzia sob a luz das muralhas acima, e havia dois braseiros acesos, um de cada lado do portão pelo qual passaram, um sentinela com um fuzil ao lado de cada braseiro.

Pararam no pé de uma escadaria que levava ao topo da muralha e puxaram Hussein para fora. O capitão Ali estava sentado em um banco de pedra, bebendo uísque. Obviamente, ele era esse tipo de muçulmano. Hussein só sentia desprezo por ele. O homem era como uma doença que se quer erradicar.

— O major Hakim Mahmoud era um homem mau, muito mau. Ele negociava com traficantes de drogas, com tudo que há de pior, sempre atrás de dinheiro. Então, se você tinha negócios com ele, deve ser muito perigoso e muito rico.

— Não exatamente.

— Quero saber quem é você e quem são seus companheiros.

— É contra as regras.

— Regras? Então, você quer jogar? Deve estar achando que agora precisa se preparar para aguentar tortura física, não é? Bem, não é necessário. Antigamente, os legionários estrangeiros eram treinados aqui, homens fortes que precisavam de controle, mas os franceses são um povo muito prático. Eles tinham o poço ali perto das ameias. Muito desconfortável.

— Tenho certeza.

— Quero dizer... ratos. Ou você gosta deles ou não gosta.

— Criaturas muito inteligentes, os ratos — disse Hussein.

Em cima do poço havia um sarilho com corda em volta e uma manivela para rodar.

— Um de vocês, traga luz para ele ver o que o espera. — Outro policial já estava segurando uma túnica.

Fizeram Hussein colocar o pé em uma espécie de estribo e o abaixaram. Era frio e úmido, e seus pés alcançaram o fundo, com uns 60 centímetros de água. Estava chovendo e escorria água pelas paredes do poço. Jogaram a túnica para ele, que a vestiu. Escutou um ruído. Tinham puxado a corda um pouco para cima de novo.

Sentou em uma prateleira de pedra, acendeu a luz e encontrou dois ratos, os olhos brilhando. Pareciam curiosamente simpáticos.

— Agora comportem-se — disse em árabe.

A chuva aumentou, e ele balançou a cabeça.

— Khazid, onde está você? — disse baixinho.

Khazid dirigiu pela estrada embaixo de chuva forte, grato pela capota de lona. Podia ver o forte à frente, a bandeira frouxamente presa. Não havia guarita, apenas uma alcova de pedra antiga, uma sentinela sentada fumando um cigarro, a outra em pé ao lado dele. Olharam para Khazid com curiosidade. O que estava de pé deu um passo à frente.

— Quem é você? O que quer?

— Polícia secreta. Onde posso encontrar o capitão Ali e o prisioneiro que ele acabou de pegar no aeroporto?

O policial levantou um pouco o fuzil.

— Polícia secreta? Eu não o conheço.

A Walther com o silenciador estava no banco ao seu lado. Khazid a pegou e deu um tiro entre os olhos do policial. O outro gritou e levantou.

— Fique quieto — disse Khazid. — Não quero matar você. — O homem estava assustado e largou o fuzil. — Então, me diga.

— Ele colocou o prisioneiro no poço. Fica nas ameias. Não sei onde está o capitão. Deve estar no forte.

Khazid saiu e deixou a Land Rover onde estava.

— Este lugar, o poço — disse ele ao sentinela. — Leve-me lá.

O homem obedeceu, subindo as escadas para as ameias. Não havia nem sinal do capitão Ali, mas havia luzes no alojamento e risos. O poço ficava evidente por causa do sarilho.

— Você está inteiro, irmão? — perguntou Khazid.

— Tirando os ratos me mordiscando, estou bem — respondeu Hussein. — Senti sua falta, irmão.

— Tenho certeza que sim. — Khazid assentiu para a sentinela. — Abaixe o estribo.

O homem fez força na velha manivela, a corda abaixou e Hussein disse:

— Está bom. — E falou para os ratos: — Adeus, meus aminguinhos. — O estribo rangeu de novo, o homem puxando todo o peso, e Hussein surgiu.

— Estou fedendo como um porco velho.

— Mas está inteiro, que é mais do que eu posso falar do major Hakim Mahmoud.

— Que ele descanse em paz. Lembre-se de avisar ao Intermediário.

— Ele já deve saber.

Uma porta bateu. No momento seguinte, escutaram passos do outro lado das ameias e o capitão Ali surgiu, parecendo um tanto impróprio, um guarda-chuva sobre a cabeça. Estava murmurando para si e olhando para baixo, mas não por muito tempo.

— Você — disse ele estupidamente.

— Sim, eu. — Hussein apalpou-lhe os bolsos e encontrou sua Walther.

Por mais estranho que pareça, o gordo Ali não demonstrou medo, embora pudesse ser o efeito da garrafa de uísque na sua mão esquerda.

— Sabia que você era alguém especial, só pelo avião. Se vai me matar, pelo menos me diga quem você é.

—· Meu nome é Hussein Rashid. Sou conhecido em Bagdá.

— Alá misericordioso, você é conhecido em todo o mundo árabe.

— Eu deveria matá-lo, mas fui treinado em campos argelinos.

— O que, de certa forma, nos torna irmãos — disse Ali, ansioso.

— Tudo menos isso. Você desce. Os ratos estão esperando.

— Obrigado. Você é um grande homem.

Ali colocou o pé no estribo. O sentinela precisou de toda a sua força para controlar o peso, e Khazid precisou ajudar.

A voz de Ali ecoou:

— Vejo o que quis dizer. Não sei o que vai fazer, mas vá em paz, meu amigo.

— Vamos dar o fora daqui — disse Hussein para Khazid. Assentiu para a sentinela assustada. — Traga-o com você.

Eles foram até a Land Rover. A sentinela estava aterrorizada, esperando morrer a qualquer momento.

— Para onde fica a cidade? — perguntou Hussein. A sentinela apontou. — Muitas mortes para uma só noite. Saia correndo — disse Hussein, e o homem saiu em disparada.

— Eu diria que estamos em apuros — disse Khazid. — Precisamos sair rápido daqui, temos um longo caminho pela frente até a Bretanha.

Hussein entrou ao lado dele.

— Tive uma ideia. Que tal irmos voando?

Khazid ligou o carro.

— Mas não temos um avião.

— Quem disse que não? — Ele se afastou rapidamente.

Havia uma placa em um prédio no final do cais que dizia *CAN-AIR*, seja lá o que isso quisesse dizer, mas não havia nenhuma luz acesa em nenhuma das janelas abaixo dela e tudo estava calmo. Aqui e ali havia alguma luz em alguma embarcação atracada no cais, e às vezes escutavam-se risos fracos vindos de cafés na teia de ruas estreitas, mas eles não ligaram para nada disso.

Khazid estava com a lanterna que pegara na torre de controle, e eles a usaram para examinar os tanques. Eram tão antiquados que ainda havia uma vara para medir o quanto tinha de combustível. Marcava dois terços cheio.

— Nada mau — disse Hussein.

— Você ainda não me disse para onde estamos indo.

— Ilhas Baleares. Maiorca, a maior, seria ideal. O aeroporto de Palma opera voos internacionais, dezenas por dia, e está sempre cheio de turistas. Tem voo para praticamente todos os lugares.

— Você está dizendo que vamos nos arriscar em um voo direto para a Inglaterra?

— Não, isso seria demais, mas tem muitos voos que saem de Maiorca para a França, cheios de turistas voltando para casa. É um plano diferente.

Do outro lado do porto, uma viatura entrou no cais, e dois policiais saíram. No momento seguinte, outra se aproximou e estacionou atrás.

— Você acha que isso pode significar problemas? — perguntou Khazid. — Talvez o capitão esteja nos procurando. Deixamos muitos mortos para trás.

— Não tenho a menor intenção de esperar para descobrir. Entre.

Abriu a porta, Khazid puxou a corda e se juntou a ele. Apertaram os cintos, e Hussein ligou o motor e deixou o avião sair flutuando. Começou a taxiar no escuro em direção à bem iluminada entrada do porto. Foi até o píer, depois, só escuridão.

Khazid estava olhando para fora e viu um dos carros de polícia dando a volta.

— Acho que conseguimos chamar a atenção deles.

— Bem, seja lá o que for que eles queiram, chegaram tarde demais. — Hussein converteu para a forma de voo e aumentou a potência. Puxou o manche na hora exata e o Eagle subiu sem nenhum esforço sobre a escuridão do oceano. Aqui e ali viam luzes de barcos.

— Quanto tempo até Maiorca? — perguntou Khazid.

— Vou devagar. É melhor usar menos combustível se não quisermos pedir demais desta lata velha. Além disso, eu gosto. Talvez três horas e meia, algo em torno disso. Então, veremos o estado do avião em Palma. Estou com um bom pressentimento. Tudo deu certo. Podia ter sido muito pior. — Subiu a 5 mil pés e colocou o avião no automático. — Deus, estou fedendo. — Olhou para o terno imundo. — Não sei o que Armani acharia disto.

— Não foi você quem disse: "Precisa de um terno, compre um terno"? Você vai ficar bem no aeroporto.

— Vou, Palma é sofisticada o suficiente. Espero que o aeroporto seja cheio de lojas. Abra a minha bolsa para mim. No canto inferior direito tem um broche. — Khazid encontrou. Hussein abriu a tampa e achou o botão.

— Nosso único meio de contato com o Intermediário. — Apertou o botão e guardou o broche no bolso.

A velocidade da resposta foi impressionante, e o Intermediário escutou em silêncio o relato de Hussein.

— Uma pena a morte do major Mahmoud. Um aliado valioso.

— Logo colocaremos alguém no lugar dele.

— Então, e agora?

— Quando chegarmos lá, vamos estacionar o hidroavião. Cheque os voos para nós e me ligue depois.

Meia hora depois, o Intermediário retornou.

— Tem muitos destinos franceses, incluindo vários voos básicos e baratos para aeroportos rústicos. O tipo de voo em que colocam você para dentro e não servem nem uma xícara de café, mas não se importam com quem você é. Um dos destinos é Rennes, que fica a menos de 80 km de trem de St. Malo, na costa da Bretanha. St. Denis fica a apenas 20 km de St. Malo. Seria a melhor alternativa. A reserva é por sua conta. — E desligou.

— Não existe ninguém mais insolente do que esse cara — disse Khazid. — Com seu suposto mundo perfeito mostrando sinais de desmoronar, a arrogância dele é incrível.

— Não ligue para isso. — Hussein voltou a pilotar o avião no manual. — Tente dormir. Vou pilotar um pouco. — Pegou o controle, recostou e começou a curtir.

Às 4 horas, a meia-lua jogando sua fraca luz sobre tudo, eles chegaram do oceano a 500 pés, ficando paralelos à costa, procurando o lugar certo. Foi Khazid quem finalmente encontrou, uma pequena enseada em forma de arco abaixo de um cabo íngreme na extremidade norte da ilha. Havia muitas vilas luxuosas no litoral e um único cais, nenhum barco atracado.

— Acho que vão pensar que é um avião particular pertencente a algum homem rico da região.

— Tem razão.

Hussein aterrissou no mar à frente da enseada e taxiou, diminuiu a potência do motor até ser apenas um leve ruído. Costearam e desligou o motor, deixando que as pequenas ondas levassem o avião até o cais, então abriu a porta e saiu, seguido por Khazid com a corda na mão. Este amarrou, pegou as duas bolsas, entregando uma a Hussein. Havia vários degraus e um caminho à frente.

O caminho os levou a um bosque de pinheiros no topo da colina, em seguida a um extenso vinhedo. Havia vilas aqui e ali, chalés, mas era uma paisagem pouco povoada.

— Vamos tirar o casaco — disse Hussein. — Tente se adequar, parecer casual.

O céu estava cor-de-rosa, depois, dourado; e o sol nasceu; finalmente, viram pessoas a distância. Tudo era incrivelmente lindo. Pegando a estrada principal, chegaram à primeira aldeia, que já estava despertando.

— Bem? — disse Khazid. — E agora?

— Não sei. — Naquele momento, encontraram uma pousada no final da aldeia com um agradável jardim e uma jovem varrendo a varanda.

Ela sorriu e disse bom-dia em espanhol, e Hussein respondeu em inglês. Khazid repetiu, colocando um pouco de sotaque francês.

— Bom-dia, *mademoiselle*. Não estou vendo nenhum sinal de ônibus.

— Só ao meio-dia. Estão com algum problema?

Ele disse calmamente:

— O nosso problema é que chamamos um táxi que não apareceu, já tentei telefonar, mas ninguém atende.

— E nosso voo é ao meio-dia — acrescentou Hussein.

— Entendo. Então, vocês precisam chegar a Palma?

— O mais rápido possível.

— Por acaso, meu garçom, Juan, vai para a cidade de caminhonete fazer compras depois do café da manhã. Tenho certeza de que poderiam acertar com ele. Vou falar com ele. Aceitam café e pãezinhos enquanto esperam?

Ela saiu, e eles se sentaram a uma mesinha.

— Temos outro problema — disse Hussein. — O avião que não pegamos, aquele que leva drogas de Khufra para a França, ia nos deixar lá ilegalmente, ou seja, que poderíamos ter levado as nossas armas.

— Então, nada de armas — disse Khazid.

— Nem vamos pegá-las com George Roman. Darcus Wellington nos dará tudo de que precisarmos, foi o que o Intermediário disse.

— Está certo. Vamos nos livrar delas. — Khazid colocou as duas Walther e a Colt .25 no bolso. — Meu coração fica apertado, mas se precisa ser feito... — Ele deu de ombros. — Vou procurar um esgoto.

Ele entrou no vinhedo ao lado do jardim e desapareceu. A moça voltou com o café, pães e geleia. Ela franziu o nariz.

— O que aconteceu com você?

— Eu estava tentando consertar o carro e caí em uma vala ao lado.

— Se quiser usar o banheiro, sinta-se à vontade. É a porta ao lado do bar. Tem um chuveiro.

Então ele entrou, cumprimentou um rapaz, que supôs ser Juan, limpando o balcão. No banheiro, olhou-se no espelho, uma triste imagem, tirou as roupas, tomou uma chuveirada, enxugou-se com vigor e ficou com uma aparência melhor, embora suas roupas permanecessem horrorosas. Quando voltou, Khazid estava flertando abertamente com a moça e tomando o vinho tinto que ela trouxera.

— Vamos, *mon ami* — disse ele. — Tome uma taça. Faz bem para o coração. — E Hussein, sabendo o que ele estava tentando fazer, tomou o vinho com determinação.

Juan apareceu, todos se despediram, e eles entraram na carroceria aberta da caminhonete, encostados na cabine do motorista, indo embora.

— Boa moça — disse Khazid. — Pense. Dois criminosos como nós, e ela nem desconfiou.

— Melhor para ela, muito melhor. — Hussein recostou-se e fechou os olhos sob o sol da manhã.

No aeroporto, eles deram 50 dólares a Juan, depois foram procurar uma loja de roupas masculinas. Hussein ficou com sua bolsa, mas deixou com Khazid seu passaporte inglês, na esperança de conseguir passagens para ambos. Ninguém sabia melhor que ele como a segurança podia ficar descuidada, principalmente quando havia muita gente.

Na loja, o dono e seu assistente, que obviamente era seu namorado, ficaram horrorizados quando ele contou do acidente e o vestiram dos pés à cabeça. Cueca, meias de seda, camisas azul e branca, um caro Armani canela e sapatos da mesma cor. Examinou-se no espelho. Sim, estava bom. Viu um *trenchcoat* cáqui e também o comprou, e estava pagando quando Khazid voltou.

— Nossa, você está elegante — disse ele.

— Elogio é a última coisa de que preciso. E as passagens?

— Fácil. A moça era francesa, e falo francês muito bem. Duas passagens na fila E, saindo para Rennes, às 11h30. Somos turistas voltando para casa.

— Bom. Esconda esses passaportes extras no compartimento especial de nossas bolsas. Vamos comprar uma mala para guardá-las, assim podem ir conosco. Vou falar com o Intermediário.

Foi o que ele fez, chamando-o pelo botão de emergência, sentado em um canto do saguão do aeroporto.

— Tivemos de nos desfazer de nossas armas, um problema inesperado.

— Não posso fazer nada a respeito, mas ficarão bem quando chegarem à Inglaterra. Darcus Wellington será uma surpresa.

— Vai confirmar com George Roman que estamos a caminho?

— Já cuidei de tudo.

O Intermediário desligou, e Hussein disse para Khazid:

— Acho que precisamos agora de uma refeição decente.

— Não poderia estar mais de acordo. — Foram na direção dos restaurantes.

IRLANDA

LONDRES

10

Foi no dia anterior, 24 horas antes de Hussein e Khazid chegarem a Maiorca, que Roper surpreendeu Luzhkov com sua conversa direta. Era óbvio que Luzhkov não podia falar com o Intermediário, mas Volkov era um outro assunto. Luzhkov telefonou para ele na sua linha de segurança no Kremlin.

— Tenho uma novidade para você, muito interessante.

— Bem, para variar.

— Conversei com Roper de Holland Park.

— Mesmo? Meu Deus. Conte-me tudo.

Não podia ser tudo, já que, a essa altura do jogo, Hussein já enterrara o tio e dois amigos. Reconhecidamente, a foto que Roper plantou nos jornais britânicos acabara de aparecer, mas o Intermediário não mencionara a Volkov a determinação de Hussein em viajar para a Inglaterra.

— O que você acha? — disse Luzhkov. — Roper é louco?

— Não, tudo que ele faz tem um propósito — respondeu Volkov. — Então ele lhe disse que Greta está trabalhando para Charles Ferguson. De qualquer forma, já desconfiávamos. Ele falou de Levin em Dublin. Sabemos muito bem que Levin está lá, e os sargentos também. Essa história dos Rashid, a garota em Hazar, é muito interessante, mas não me surpreende nem um pouco que Dillon e aquele desgraçado do Salter estivessem envolvidos. Pessoalmente, a ideia de que Hussein irá para a Inglaterra a qualquer custo só confirma que seria uma estupidez. Na minha opinião, qualquer esperança de usar os serviços dele para resolver algum de nossos problemas é perda de tempo. Mas ainda temos de dar um jeito em Ferguson. Essa aliança profana com Dillon e Salter, e todas as conexões criminosas dele são inaceitáveis.

— E eles até confundiram a Máfia russa em Londres. — Luzhkov riu. — Agora que Chekov está fora de cena por um tempo, o que pretende fazer?

— Não tenho certeza, mas alguma coisa tem de ser feita, e logo.

— Precisa ser algo que as pessoas notem — disse Luzhkov. — A violência física pode ser antiquada, mas Stransky e Chekov certamente entenderam o recado.

— Muitas pessoas, e não apenas do nosso círculo, mas em todo o submundo do crime, entenderam o recado de que Harry Salter está de volta.

— Se é que ele algum dia saiu.

— Ele está sendo muito esperto, Boris, e até a polícia, mesmo relutante, aprova. Ele só faz essas coisas com os maus, os que não são populares.

— Como os russos em Londres — disse Luzhkov. — Oligarquias bilionárias e soldados de infantaria na Máfia. Por que os londrinos comuns se importariam?

— Eu adoraria derrubar Salter — disse Volkov.

— Você não conseguiria nem chegar perto dele, assim como não conseguiria chegar perto de Ferguson.

— Eu não sei — disse Volkov. — Sempre acreditei que quando queremos atirar em alguém, sempre é possível. Olhe o idiota que atirou no presidente Reagan.

— "Querida, eu esqueci de me abaixar", foi o que ele disse à esposa.

— Ele tinha muito senso de humor.

— Para um homem que tinha a intenção de acabar com o comunismo e com a União Soviética.

— Obrigado por me lembrar. Agora, deixe-me lembrá-lo de que quando Igor Levin recebeu a missão de acabar com aquele general checheno, ele chegou perto o suficiente para cortar a garganta dele no hotel que usavam como quartel-general.

— É, Levin era um verdadeiro artista.

— É claro que Roper só ligou para você para que me contasse tudo. Fico me perguntando por quê.

— Jogar lenha na fogueira, talvez.

Com isso, eles desligaram.

Luzhkov ficou imaginando para quem o general estaria telefonando agora, e, de fato, Volkov já estava ligando para Igor Levin. Eram 11 horas de uma manhã muito chuvosa em Dublin. Levin estava em seu apartamento, com uma vista incrível do rio Liffey obscurecida pela cortina cinza de chuva.

Levin atendeu, já sabendo que uma ligação para seu telefone codificado significava alguém importante, e ficou surpreso ao ver que era Volkov do outro lado da linha, levando em conta que tinham se falado havia tão pouco tempo.

— General, que surpresa. O que posso fazer pelo senhor?

— Não vou fazer rodeios. Quando falei com você de Paris naquele dia, disse que queria que voltasse. E também que tinha conversado com o presidente Putin e que ele me pedira para lhe dizer que a Rússia precisa de você, e ele também.

Levin caiu na gargalhada.

— Vá direto ao ponto. Quem querem que morra? — Riu de novo. — Tem muitos matadores em Dublin. Querem que eu encontre um?

Volkov ficou furioso e frustrado.

— Seu judeu ingrato — gritou ele.

— Só metade judeu, graças à minha mãe, que Deus a tenha. E devo lembrar-lhe que meu pai, na sua época, foi um coronel muito condecorado do Exército Vermelho. — Não estava furioso com a calúnia. — Ei, general, já servi a Rússia muito bem.

Do outro lado, Volkov respirou fundo duas vezes e abaixou o tom de voz.

— Meu querido Levin, perdoe-me pelo que eu disse. Quanto ao seu pai, ele realmente era um grande homem. E você acabou de me dar uma ideia. Desculpe.

Ele desligou e, na mesma hora, telefonou para Michael Flynn, da Scamrock Security, que estava bem longe do Liffey, sentado à sua mesa, ditando para sua secretária Mary O'Toole, a jovem com quem Popov estava saindo nos últimos tempos.

— Sr. Flynn, aqui é Volkov. Precisamos conversar.

— Certamente. É importante?

— Vital, para nós dois.

— Só um momento — disse Flynn. — Mary, pode tirar seu intervalo agora. Chamo depois.

— Claro, Sr. Flynn.

O que se seguiu não foi uma infelicidade para Flynn. Ele dera a Mary o tipo de atenção que um homem de 50 e poucos anos pode muito bem dar a uma mulher de 20 e tantos. Mas, como de costume, o romance não durou, deixando Mary, como sempre acontece com as garotas nesses casos, magoada, principalmente porque era de uma família feniana* e sentia orgulho por sua associação com um pilar do IRA original. Como especialista em segurança, Flynn tinha vários dispositivos de gravação espalhados pela sala, alguns operados da sala da secretária, do lado de fora. Mary só começara a usar esses dispositivos recentemente. E foi o que fez agora.

— Drumore Place e o complexo da Belov Internacional. Ainda está interessado em fazer a segurança lá? — perguntou Volkov.

— Por Deus, claro.

— Então são seus. Vou providenciar um contrato oficial para a sua firma. Você ficará responsável por toda a segurança da casa e do complexo. Soube do infortúnio de Max Chekov em Londres?

— Notícias ruins correm rápido. Sabemos como lidar com esse tipo de coisa em Dublin. Uma vergonha.

— Estou assumindo o comando. Francamente, será que você não seria quem eu estou procurando para assumir todo o controle de segurança da Belov Internacional?

---

*Fenianismo — movimento revolucionário irlandês, criado em 1861 para acabar com o domínio inglês sobre a Irlanda. (*N. da T.*)

Flynn não podia acreditar.

— Por Deus, sou o homem, general.

— Você conseguiria recrutar antigos camaradas da sua época no IRA?

— Está dizendo que quer mercenários?

— Dê o nome que quiser. Homens acostumados com armas e que não hesitam em usá-las. Não vamos fazer rodeios. Sabe exatamente o que quero, e eu sei o que você era. Digamos que eu tenha um serviço para você em Londres. Conseguiria contratar pessoal apropriado?

— Para fazer o quê?

— Tem um general, Charles Ferguson, chefe de uma unidade especial de inteligência, que tem sido uma pedra no meu sapato. Sei que você conhece alguns dos aliados dele, como Sean Dillon e Harry e Billy Salter.

— Conheço Ferguson há quase trinta anos. Dillon também, embora fosse diferente naquela época. Um bom camarada, mas se ele cruzar meu caminho agora, atiraria nele sem pensar. Aonde o senhor quer chegar com tudo isso?

— Aceitaria o trabalho para cuidar de Ferguson e Harry Salter, que foi o responsável pelo que aconteceu com Chekov? — perguntou Volkov.

— Claro. Acredite em mim, tem velhos companheiros do IRA em Londres que ainda estão na ativa, bomba ou bala. A área irlandesa, Kilburn, nunca desaparece. O senhor quer pessoal trabalhando na cidade ou em algum jornal? Posso providenciar tudo. Os muçulmanos acham que inventaram isso, mas na verdade eles só descobriram. Para quando quer o serviço?

— Esta noite seria bom.

— Meu Deus.

— Mas não é extremamente necessário. Mas tem uma coisa que você pode fazer assim que possível. Matar alguém em Dublin. Ele é um ex-agente meu, chamado Igor Levin. Popov, que trabalha com você, era sargento dele. Devo avisá-lo de que é altamente perigoso.

-- Comemos homens perigosos no café da manhã.

— Depois resolveremos os termos de todos os serviços.

— Levin vai ser meu presente para o senhor, general, hoje mesmo.

— Não esperava nada menos que isso. Vamos fazer coisas ótimas juntos.

Flynn não se sentia tão excitado havia anos. Falou pelo interfone com Popov e o chamou. Mary observou o russo passar por ela, o rosto vermelho, e continuou escutando.

— Vou assumir toda a segurança da Belov Internacional. Então você vai trabalhar para o general Volkov de novo. Ele está no comando agora. Max Chekov sofreu um infeliz acidente.

— Isso é maravilhoso... quero dizer, o general. Posso ajudar de alguma forma?

— Pode ajudar agora mesmo. Esse seu amigo, Igor Levin?

— Ah, sim, trabalhamos juntos na inteligência russa.

— Eu gostaria de trocar umas palavrinhas com ele. É um assunto confidencial. Talvez consiga que ele faça uns trabalhinhos para mim.

— Não sei, não. Devo avisá-lo que ele é muito rico. Bem difícil.

— Bem, sabe o que a Máfia diz: vou fazer uma oferta que ele não poderá recusar.

Popov concordou com relutância.

— O que devo fazer?

— Diga que eu gostaria de ter um encontro de negócios com ele. Leve-o ao Riley's Bar na Crown Street, perto do rio. Vai estar fechado, mas é só bater, estarei esperando. Deixe-o lá e suma. Diga que estará no café no final da rua. Ligue para ele agora. Use seu celular. Vejo você mais tarde. Tenho coisas a fazer. — Depois que Popov saiu, falou baixinho no seu celular: — É você, Riley? Vou mandar alguém aí. Cuide dele. O pessoal de sempre vai pegar o corpo.

Sozinho na sala do computador, Flynn ligou para o Green Tinker, um bom pub feniano em Kilburn, na Irish Lane, gerenciado por Jimmy Nolan e seu primo, Patrick Kelly, ambos camaradas dos velhos tempos em que cumpriu pena na Maze. Bateu um papo de negócios com Jimmy, que ficou muito entusiasmado.

— Ah, eu conheço o cretino do Ferguson desde os tempos em Belfast. Dillon também, mas não faço a menor ideia do que ele está fazendo envolvido com sujeitos como Ferguson. Salter é um gângster comum. Deve ter começado roubando lojas de bebidas ainda garoto, depois progrediu colocando uma arma no bolso e achou que era gente grande. Pessoas assim são criminosas, Michael, não são como nós.

— Estou lhe mandando fotos e algumas informações por e-mail. Já foi. Ligue para mim quando tiver alguma coisa. Tem muito dinheiro nisso. Cem mil libras, dou a minha palavra. Não estrague tudo, Jimmy.

Levin recebeu a ligação de Mary O'Toole que mudou tudo, antes de Popov chegar ao seu apartamento. Ela estava determinada a fazer o que era certo. Era verdade que Flynn a usara, mas não era só isso. Sendo de uma feroz família irlandesa, com o pai morto por paraquedistas ingleses com um tiro quando ela tinha apenas 7 anos, tinha orgulho de sua ligação com o IRA, e Flynn, por quem tinha adoração quando era chefe de comando, a decepcionara demais. Então, ligou para Igor Levin, que já vira uma ou duas vezes quando estava com Popov, contou a ele o que tinha acontecido e do que se lembrava.

Levin não ficou apenas grato, acreditou nela. Na mesma hora, ligou para Chomsky, que estava em seu carro no centro da cidade, e lhe contou tudo.

— Você vai? É uma emboscada, isso é óbvio. E essas coisas que ela lhe contou sobre Dillon, os Salter, Ferguson, é negócio sério — disse Chomsky.

— Como nós que servimos no Afeganistão e na Chechênia sabemos, sargento, não é ótimo? Estou parado há tempo demais. — A campainha da porta tocou. — Deve ser Popov — disse Levin.

— Estou de carro a apenas cinco minutos daí. Vou estragar a festa.

Levin abriu a porta, demonstrou surpresa em ver Popov e escutou sua história com um interesse fingido.

— O que será que ele quer? Talvez seja algum trabalho na firma.

— Eu disse a ele que achava que você não se interessaria — disse Popov. — Você sabe, não com o seu dinheiro.

— Entre. Deixe-me acabar de me vestir. — Levin acompanhou-o até a sala de estar. — Sirva-se de um drinque.

Foi para o quarto, pegou uma gravata e um blazer de lã, depois foi até sua escrivaninha em frente a uma janela em forma de arco com vista para o rio, abriu uma gaveta, apalpou o fundo e pegou uma Walther, depois outra, ambas com silenciadores. Colocou uma em cada bolso e voltou para a sala de estar quando a campainha tocou de novo, e abriu a porta para Chomsky que estava ali com sua capa de chuva. Levin enfiou uma das Walther no bolso de Chomsky.

— Oi, cara. Por pouco, não nos pega em casa. Eu e Popov temos uma reunião com um sujeito chamado Riley, no Riley's Bar, na Crown Street.

— Eu estava passando — disse Chomsky —, então pensei em subir para ver se você tinha algum compromisso para o almoço. Por que não vamos todos?

Popov pareceu perturbado.

— Não sei.

— Ah, vamos, vai ser legal — disse Levin. — Podemos falar sobre os velhos tempos depois que eu terminar com Flynn. — Pegou o braço dele e saíram. Entraram no carro e Chomsky arrancou. — Estamos achando que talvez eu receba uma oferta de trabalho. Serviço na área de segurança — disse Levin.

Eles já estavam perto, entraram em um labirinto de ruas com prédios que pareciam antigos armazéns, até chegarem à Crown Street. Chomsky estacionou atrás de um caminhão. Não teve muita escolha.

— O café deve ficar do outro lado — disse Levin.

— Devo esperar lá — protestou Popov.

— Mas sentiríamos sua falta — disse Levin. — E já estamos aqui.

Havia uma porta de madeira com a pintura descascando, persianas nas janelas, um beco sem saída para um dos lados. Chomsky disse:

— Deem licença. — E desapareceu no beco.

— Vamos, abra a porta — disse Levin.

— Está trancada — disse Popov, em pânico.

— Não, não está. — Levin virou a maçaneta, abriu a porta e empurrou Popov para dentro.

Seguindo pelo beco, Chomsky encontrou uma porta, abriu e se viu em uma cozinha com uma mesa, cadeiras e outra porta. Empurrou-a com cuidado. Mais à frente, ao pé de um lance de escadas, havia um homem usando macacão azul, uma pistola com silenciador à mão e olhando para uma cortina verde do outro lado. Uma voz ecoou e ele atirou duas vezes. Popov passou pela cortina e caiu de cara no chão.

Chomsky deu um tiro no ombro esquerdo do sujeito, fazendo-o virar, depois atirou no coração, e ele caiu. Sacudiu duas vezes e parou.

Levin foi checar Popov.

— Parece que nosso velho amigo está morto.

— Não é meu velho amigo. Esse cretino teve o que merecia. O que faremos agora?

— Infelizmente, tiroteios são comuns em Dublin hoje em dia. As pessoas acham que é o antigo pessoal do IRA que não consegue perder o costume. Esses são apenas mais dois. Vamos embora.

Estava chovendo muito. Entraram no carro e Chomsky arrancou.

— E agora?

— Vamos voltar para a minha casa para pegar algumas coisas e deixar as armas.

— Por quê?

Bem, não podemos levá-las para Londres. Quer dizer, o pessoal da segurança não gosta dessas coisas hoje em dia, mesmo quando se viaja em aviões particulares.

— É isso que vamos fazer?

— Eu diria que sim. Tem um aeroclube que conheço em Killane, aviões executivos para milionários como eu. Vamos parar na sua casa também. Não se esqueça do passaporte. — E ele recostou-se.

Roper recebeu a ligação de Killane às 13h30. Estava em uma reunião com Ferguson, Dillon, Billy e Greta. Doyle e Henderson estavam encostados na parede.

Ferguson acabara de dizer:

— Certo, pessoal, quis reunir todos para discutirmos a atual situação.

O telefone tocou e Roper atendeu no viva voz.

— Roper, sou eu, Levin. Podemos conversar?

— Se não se importar de a empresa inteira escutar. Está todo mundo aqui.

— Por mim, tudo bem. Na verdade, é muito conveniente. Volkov tentou acabar comigo com a ajuda de Michael Flynn.

— Acabar com você como? — perguntou Ferguson.

— Ah, me mandando para um caixão. Vocês se interessariam em saber que Michael Flynn vai assumir toda a segurança da Belov Internacional?

— Claro que sim — respondeu Ferguson. — Conte mais.

Foi o que Levin fez. Tudo que Mary O'Toole lhe contara, a traição de Popov, o tiroteio no Riley's Bar.

Dillon interrompeu:

— Então tem dois corpos lá. Isso é problema?

— Não. Parece que na conversa de Flynn com Riley, ele dissera que o pessoal de costume ia pegar meu corpo. Agora eles vão encontrar dois. Sempre achei que Popov ia acabar mal.

— Judas maldito — disse Dillon. — Por que você acha que Mary O'Toole lhe contou tudo isso?

— Isso é interessante. Ela disse que para um homem que fora chefe no comando do IRA ele era uma vergonha. Depois, lembrei que uma vez Popov me disse que o pai dela era do IRA, foi morto por paraquedistas ingleses no Ulster.

— Deus me livre, esse tipo de mulher feniana pode ser pior que uma presbiteriana. Garanta a segurança dela. Deve essa a ela.

— Pode deixar.

— Então, onde está agora? — perguntou Roper.

— Em um aeroclube em Killane, perto de Dublin. Sob as atuais circunstâncias, eu e Chomsky resolvemos aparecer.

— Você está querendo dizer o que eu estou pensando? — foi Greta quem interrompeu.

— Greta, meu amor, estou entediado. Dublin é uma cidade charmosa, umas das melhores cidades do mundo, mas a minha vida é só ócio e diversão.

— Pelo que acabou de nos dizer, acho isso pouco provável — disse Ferguson. — Mas se o que está tentando dizer é que você e o sargento Chomsky estão procurando emprego, nós os recebemos de braços abertos.

— Tem certeza, general?

— Perdoo todos os seus pecados. Vão pegar um voo em Killane?

— Isso mesmo.

— Tragam seus passaportes britânicos. Sei que têm vários, mas eu prefiro esses, e peça ao piloto para mandar os detalhes do voo que ele será bem-vindo em Farley Field.

— General, nos vemos em breve.

Michael Flynn ainda não sabia da morte de Riley e ainda não tinha voltado para a Scamrock Security. Mary O'Toole vestiu seu casaco, pegou a bolsa e foi para a porta, quando o telefone de sua mesa tocou. Ela atendeu.

— Mary O'Toole? É Levin.

— Eu estava indo embora. Flynn ainda não voltou.

— Acredito que esteja indo embora para sempre. Você salvou a minha vida, Srta. O'Toole, mas até que possa se livrar de qualquer prova do seu envolvimento, precisa ficar em segurança.

— Deixei minha carta de demissão sobre a mesa dele. Para ser sincera, acho que ele vai ficar feliz de se ver livre de mim. Tivemos um caso, ele terminou, mas não foi por isso que fiz o que fiz. Quando pensei no meu pai e no que ele defendia, e em Flynn e seus esquemas e podridão, tive de lhe contar.

— Responda rápido: você mora sozinha?

— Moro. Aluguei um apartamento a 15 minutos daqui.

— Tem passaporte?

— Claro que tenho.

— Você fez o maior favor da minha vida, e preciso pagar essa dívida. Estou em Killane, vinte minutos depois dos limites da cidade, no aeroclube. Eu e Chomsky vamos para a Inglaterra em um avião particular. Acho melhor você se afastar das coisas por um tempo. Seria muito bem-vinda se viesse conosco. Londres é uma cidade grande. Fácil para você se perder.

— Está falando sério?

— Claro que sim. Tem dinheiro para o táxi?

— Claro que tenho. Tem um ponto em frente ao escritório, vou pedir para o motorista me levar em casa e esperar.

Levin desligou o celular e, de pé no balcão do pequeno bar, Chomsky pediu duas doses de vodca. Levantou o copo.

— A uma garota legal chamada Mary O'Toole, que fez a coisa certa.

— Graças a Deus — disse Levin.

Eles foram até a entrada e encontraram Magee, o comandante, embaixo de uma marquise, protegendo-se da chuva, fumando um cigarro e conversando com um piloto mais jovem chamado Murphy. Pararam de conversar.

— Já decidiram? — perguntou Magee.

— Três passageiros. Destino: Farley Field, em Kent, perto de Londres. Está tudo combinado. Estão nos aguardando.

— Não conheço esse. Verifique na tela, Murphy.

O piloto voltou pouco depois.

— Localizei, é classificado como restrito.

— Você mandou os nossos nomes? — perguntou Chomsky, o eficiente sargento assumindo o comando. — Olhe de novo. Vou com você. — E estava lá na tela. Capitão Igor Levin e sargento Ivan Chomsky.

— Meu Deus — disse Magee. — Vocês devem ter influência para conseguir um lugar desses. Acho que eu mesmo vou pilotar. Você pode vir comigo — disse ele para Murphy. — Umas duas noites em Londres nos farão bem. Vamos no King Air. — Ele se virou para Levin. — Turbopropulsor, mas quase tão rápido quanto um jato, e os assentos são maiores. E o outro passageiro?

— Uma mulher. Logo estará aqui.

— Ela está na lista confidencial?

— Obrigado por me lembrar. Vocês estão?

— Como nós dois servimos na Real Força Aérea, espero que sim.

Roper atendeu na mesma hora. Levin disse:

— Decidi levar a garota, Mary O'Toole, para tirá-la daqui rápido no caso de ter algum problema com Flynn, então darei uma carona a ela. Tudo bem?

— Claro. Eu estava falando com Harry. Ele disse que realmente fica lhe devendo essa. Se você não tivesse ligado contando a história, ele provavelmente receberia uma visita de Jimmy Nolan e Patrick Kelly, talvez com uma bomba, mas certamente com armas.

— É, mas eu não saberia de nada se não fosse a garota. Se ele quiser fazer um favor a alguém, pode ajudá-la a conseguir um emprego.

— Faz sentido. Nos vemos em Holland Park.

— Está dizendo que não posso mais ficar em Dorchester?

— Encare isso como um interrogatório. De qualquer forma, o esconderijo está mais parecendo um hotel nesses dias.

Pouco depois, Mary chegou de táxi. Carregava apenas uma pequena mala e uma bolsa. Estava entusiasmada.

— Estou levando pouca bagagem.

— Algum sinal de Flynn? — perguntou Levin.

— Não até a hora que saí.

— Entregue seu passaporte para Ivan. Ele vai transferir seus dados.

Ela saiu com Chomsky, deixando a mala perto da porta. Murphy a pegou.

— Essas mulheres. Poderia haver uma bomba aqui. Elas nunca aprendem.

— Não aprendem mesmo — disse Levin com ironia. Pegou a mala de Mary com o piloto e foi se juntar aos outros.

Magee estava terminando com uns documentos, e de repente estavam todos reunidos.

— Muito bem, pessoal, sigam Murphy. Já estou indo.

Eles saíram para a pista de decolagem, e o King Air aguardava lá na chuva. Murphy pegou dois guarda-chuvas grandes, e todos caminharam juntos até o avião. Levin estava sorrindo, e Chomsky também estava quando olhou para ele. O que fora ficara para trás. À frente, estava um novo capítulo e isso podia significar qualquer coisa.

Os dois coletores de Michael Flynn, como gostava de se referir a eles, chamaram-no no Riley's Bar, onde deu de cara com os corpos de Riley e Popov, e não conseguia acreditar no que via. Riley era uma lendária criatura do mal. Matara muitas vezes, tanto homens como mulheres, disponível para quem quer que pudesse pagá-lo; um açougueiro, que o IRA permitiu que sobrevivesse nos tempos difíceis, pois era muito útil. Sua mera presença aterrorizava as pessoas, e aqui estava ele com duas balas. Os coletores eram do mesmo nível de Riley.

— Não posso acreditar, Sr. Flynn. Riley assassinado. Nunca achei que veria esse dia chegar.

Flynn não descreveria a morte de Riley dessa forma.

— Ele finalmente morreu, só isso. Coloque-o no plástico.

— E o outro? Os documentos dele estão aqui. Nome engraçado. — Um deles entregou a carteira vazia de Popov.

— Já disse para deixar o dinheiro — disse Flynn. — Mas nada de cartão de crédito nem identidade. Sumam com isso.

O homem entregou a ele.

— Sorte nós termos outro plástico na van.

— Onde vão jogá-los?

— Não vai querer saber, Sr. Flynn.

— É verdade. — Tirou um envelope gordo do bolso, cheio de euros.

— Devia ser apenas um, Sr. Flynn. Riley foi extra.

— Então pagarei extra da próxima vez. Agora, vamos com isso. — E saiu.

Pegou seu carro e foi embora. Que azar o de Popov, mas só Deus sabia o que tinha acontecido com Levin. Mandaria investigar. Estava irritado consigo mesmo por sua primeira tentativa de agradar Volkov ter fracassado, mas não precisava contar nada ao russo por enquanto.

Por volta das 14h30, Bert Fahy, atrás do balcão, e outros dois homens mais velhos estavam no Green Tinker, um pequeno bar. Nolan e Kelly tinham feito várias ligações, o que resultou em dois carros parando do lado de fora e quatro homens entrando no bar, um atrás do outro.

Todos eram de Kilburn, a área irlandesa há mais de 150 anos, motivo pelo qual seus habitantes eram conhecidos como irlandeses de Londres e homens maus. Maus e bárbaros, quando se tratava de Danny Delaney e Sol Flanagan. Tinham a mesma idade, 25 anos, usavam ternos largos e chamativos, em estilo italiano, e o cabelo era um pouco comprido demais. Em ambos os casos, drogas eram prioridade, e os dois tinham um olhar perigoso, selvagem e uma história de muitos assaltos a mão armada.

James Burke e Tim Cohan eram muito diferentes, membros do IRA desde a juventude, veteranos da longa luta que os irlandeses sempre chamaram de Encrenca. Ambos tinham 40 e poucos anos, eram fortes, tinham rostos calmos que não revelavam nada. Era a primeira vez que se encontravam como um grupo, e havia um desdém na forma como os mais velhos olhavam para os mais novos. Uma coisa era certa: os dias de domínio do IRA sobre Londres tinham acabado, não havia como disfarçar isso com papo furado.

— Jimmy Nolan me disse que colocaria vocês nessa. Burke e Cohan. — Danny Delaney disse. E riu, aquele tipo de riso nervoso de alguém que está envolvido em alguma coisa. — Parecem coveiros.

— Ouvi falar que vocês estavam com o bando que roubou aquela agência de viagens muçulmana na Trenchard Street, na outra semana. Esses paquistaneses malditos guardam muito dinheiro. — Flanagan comentou.

— Fiquei sabendo que foram 20 mil. — Acrescentou Delaney.

Os dois homens mais velhos não disseram nem uma palavra, e Bert Fahy falou quando os fregueses deixaram suas cervejas e saíram.

— O que vai ser, cavalheiros?

— Bushmills para todo mundo — disse Delaney. — Se vamos falar de negócios, gosto de ficar com a mente limpa. — Distraidamente, colocou uma carreira de cocaína sobre o balcão do bar, assobiando feliz, e a cheirou, depois tomou o Bushmills que Fahy servira.

— Esse é do bom mesmo, cara. Anda, experimenta.

Flanagan cheirou, também tomando seu uísque depois.

— Isso é demais, cara. Vamos repetir a dose.

Burke apenas o fitou, obviamente desaprovando.

— Fiquei sabendo que acaba com o interior do nariz.

— Só se você viciar — observou Cohan.

Delaney estava realmente alto.

— A agência de viagens. Faz com que me lembre daquela loja de paquistaneses que roubamos na outra semana, em Bayswater. Um cretino barbado. Não queria abrir o cofre. Tinha uma garota com uma daquelas coisas cobrindo o rosto, só mostrando os olhos. Arranquei o véu. Muito bonita. Quero dizer, teria dado uma rapidinha se tivesse tempo. — Tirou uma pistola do bolso, com silenciador. — Coloquei-a em cima do balcão e atirei na bochecha direita dela. Ela nem gritou.

— Foi um choque, entendem? — disse Flanagan.

— Mas depois disso ele abriu o cofre rapidinho — disse Delaney. — Mas só havia 800 libras. Já devia ter levado o resto para o banco. Eu teria dado um jeito nele também, mas tinha de fugir.

Burke virou-se para Cohan.

— Os bons tempos realmente ficaram para trás, Tim, se foi a isso que chegamos.

— É o que parece.

— Você não saberia se divertir mesmo se quisesse — disse Delaney.

— E você não saberia lidar com um assunto sério se desse de cara com um.

Delaney riu de novo.

— Último da velha brigada, uma espécie de Exército do Papai do IRA.

Burke o agarrou pelo colarinho.

— Não zombe do IRA, garoto. Cumpri pena na própria Maze. Em cinco minutos, você estaria de joelhos implorando no chuveiro. E eu também tenho uma dessas.

Pegou do bolso uma pistola com silenciador e mostrou. Delaney se soltou, mais alterado que nunca.

— Mas não é tão grande quanto a minha.

A porta do escritório abriu e Nolan apareceu.

— Parem com isso. Entrem.

Kelly estava sentado do outro lado da mesa. Na parede atrás, estava o material que Flynn lhe mandara por e-mail. Várias fotos com informações logo abaixo.

Ferguson, Harry Salter, Billy, Dillon e Roper na cadeira de rodas. Não havia nada sobre Greta Novikova, mas os capangas de Harry, Joe Baxter e Sam Hall, também estavam ali.

— Não me parecem nada de mais — disse Flanagan.

— Concordo — Delaney assentiu.

— Reconheço esse cretino, Ferguson — disse Burke. — Anos atrás, ele era coronel em Derry quando eles acabaram com a gente.

— Agora é general. Ele é o principal alvo. E posso lhes dizer uma coisa, rapazes, tem muita grana nisso para todos nós. Têm a minha palavra.

— Quanto? — perguntou Cohan.

— Cem mil, e meu cliente cumpre o que diz, podem acreditar.

— Mas temos de fazer o serviço antes de ver a cor do dinheiro? — Delaney franziu a testa.

Kelly, que estava em silêncio até agora, disse:

— Nós também. Vamos falar abertamente. Detesto perda de tempo. Se os termos não forem satisfatórios, a porta é a serventia da casa.

— Não precisa ser grosso — disse Delaney. — Nós também podemos ir. Nada mais para fazer no momento.

— Então, do que estamos falando? — perguntou Cohan.

— Os principais alvos são Charles Ferguson e Harry Salter. Muita gente vai ficar aliviada se vocês conseguirem matar este último. Os outros são capangas, pessoal de apoio, mas temos de acabar com Salter e Ferguson de qualquer jeito.

— Alguma sugestão? — perguntou Burke.

— Uma bala na cabeça é tão bom quanto qualquer outra coisa. — Cohan assentiu. — Eu não hesitaria em dar um tiro nas costas de Ferguson se o encontrasse na rua em uma noite chuvosa. — Olhou para as fotos de novo. — Deus nos proteja, Sean Dillon em pessoa. O Homem Pequeno, como alguns o chamavam.

— Parece qualquer um para mim — disse Delaney.

— Agente especial do Movimento por vinte anos. Matou mais homens do que você pode imaginar, garoto.

— Ele nunca foi pego nem pela polícia nem pelo Exército — acrescentou Cohan.

— Você o conhecia, então? — perguntou Delaney.

— Só sua reputação.

Nolan interrompeu.

— Algum de vocês já foi ao Dark Man, o pub de Salter em Wapping? — Ninguém tinha ido. — Tudo bem, então. Hoje é sexta à noite, deve estar cheio. Vão até lá, se misturem, sintam o lugar, a área. Fica em Cable Wharf. O pub foi a primeira coisa que Salter abriu. Depois, cresceu para a loja ao lado. Parece que ele transformou um velho armazém em um luxuoso prédio de apartamentos. Ele até tem um barco que fica ancorado no cais.

— Mais alguma coisa? — perguntou Cohan.

— Passem pela casa de Ferguson em Cavendish Place para dar uma olhada, e a de Dillon em Stable Mews. Dá para ir a pé de Cavendish Place. Observem o lugar, mas com muito cuidado. Nós falaremos de novo.

— Então, qual é o objetivo? — perguntou Delaney, impaciente.

— Usando um termo militar, conhecer o campo da morte, seu burro, e saber do que estamos falando.

— Todas essas pessoas no quadro se encontram no Dark Man com frequência. Aposto que a maioria vai estar lá hoje — comentou Nolan.

— E nós também — disse Kelly. — Quero todos lá. Agora, podem ir.

— Graças a Deus — disse Delaney. — Vamos, Sol. — E Flanagan o seguiu.

— Nós vamos realmente trabalhar com aqueles dois? — perguntou Cohan. — Até onde descemos, trabalhar com a escória.

— Eles matam sem pensar — disse Nolan.

— É a única coisa a favor deles.

— E precisam estar drogados até a raiz dos cabelos para fazer isso — acrescentou Burke.

Cohan balançou a cabeça.

— Delaney não. Ele tem a natureza má, nasceu assim. — Enquanto saía atrás de Burke, parou na porta. — Deus, depois de todos os dias de glória que tivemos, agora nos resumimos a isto?

— Aqueles dias ficaram para trás — disse Nolan. — E não vão voltar mais.

— Basta de nostalgia — disse Kelly, então abriu uma gaveta em sua mesa, tirou uma pistola com silenciador e três pentes municiados, que entregou a Nolan, depois tirou o mesmo para si. — Vamos dar uma volta, dar uma olhada nas casas de Ferguson e Dillon.

Nolan carregou sua arma, uma Colt automática, enquanto Burke e Cohan observavam.

— Isso soa sensato. Façam como nos filmes.

— Para o inferno com isso. Lembro quando nós *éramos* os filmes. O maior bombardeio visto em Londres desde a Força Aérea Alemã — disse Burke. — Deus, naquela época, a gente precisava andar com a cabeça baixa.

— Havia um bar chamado Grady's na Canal Street. Requício da época vitoriana. Tinha um canal correndo até a Pool of London, com uma ponte passando por cima. Fiquei lá mais de uma vez nos bons tempos quando estava fugindo. — Kelly assentiu para si. — Grady morreu anos atrás, mas um camarada me disse dia desses que a mulher dele, Maggie, continuou com o bar. Ela deve estar com uns 75 anos. — Voltou-se para Nolan. — Vamos ao Grady's, para relembrar os velhos tempos.

— Ótima ideia — disse Nolan. — Vamos ficar um pouco lá antes de ir para o Dark Man.

Kelly virou-se para Burke e Cohan.

— Por que não vêm conosco? Lá pelas 18 horas, para deixarmos o Dark Man aquecer primeiro. Tomamos uns drinques para começar a noite.

— E por que não? — disse Cohan. — Vemos vocês lá. Vamos, Jack.

Nolan pegou um casaco em um prego, assobiando fora do tom. Carregou a Colt, enroscou o silenciador, e Kelly disse:

— Vamos, Jimmy.

Nolan se virou para fitá-lo, os olhos com um brilho selvagem, e de algum lugar bem no fundo de si, falou:

— Que diabos aconteceu com a gente, Patrick?

— É simples, Jimmy. Perdemos a guerra. — Kelly bateu no ombro do primo. — Vamos, velho irmão, fazer o melhor que pudermos.

Eles saíram para o bar, onde Fahy, que ficara ouvindo atrás da porta, de repente estava ocupado limpando os copos atrás da porta.

— Vamos passar o dia fora — disse Nolan.

— Tudo bem, Jimmy. Cuido das coisas por aqui.

Eles saíram, e Fahy, com a expressão séria, serviu um uísque para si e encheu o cachimbo.

11

Um pouco mais cedo, o conselho de guerra de Holland Park analisava a situação.

— A verdadeira ameaça nisso tudo — disse Ferguson — são os russos. Contratando Flynn, Volkov lançou o desafio.

— Então ele deve ter o apoio do presidente — disse Roper. — Tenho certeza de que Putin já devia estar achando que precisava fazer alguma coisa a nosso respeito há algum tempo, general. — Olhou para Harry. — E a respeito de todos que estejam do nosso lado. — Mas, no momento, precisamos nos preocupar com Nolan e Kelly e aquele contrato e o que fazer — comentou.

— Se fôssemos da polícia, não poderíamos tocar neles — disse Ferguson —, porque não fizeram nada, mas tenho um instinto que me diz que encontraremos uma forma de lidar com o problema. Daqui a uma hora, tenho uma reunião com o primeiro-ministro. Venho para cá mais tarde, depois vamos receber nossos amigos de Dublin.

— Confesso que tenho algumas coisas para fazer até lá — disse Harry. — Não podemos deixar ameaças interferirem nos negócios.

— Admiro seu espírito, Harry — disse Ferguson. — Mas acho que podemos deixar as atividades do Green Tinker por conta desses três.

Ele e Harry saíram.

— Onde está Greta? — perguntou Dillon.

— Foi fazer uma visita aos Rashid na Gulf Road, para ver como eles estão se saindo. Hal Stone pegou a estrada esta manhã para Cambridge — disse Roper.

— Meu Deus, choveriam alunos nas aulas dele se soubessem metade das coisas que aquele camarada fez. Você acha que Hussein vem?

— Só o tempo dirá, mas agora vamos cuidar do problema que temos em mãos. Jimmy Nolan e Patrick Kelly, seu primo. Eles são donos do pub Green Tinker em Kilburn. Os dois trabalharam no Movimento, e não apenas no Ulster. Nolan foi preso como suspeito pelo ataque de morteiros ao gabinete de John Major durante a Guerra do Golfo, mas depois descobrimos que tinha sido outra pessoa.

Billy olhou para Dillon.

— E sabemos quem foi.

— Mesmo assim, ele cumpriu sete dos 15 anos da sentença quando tudo terminou; ou seja, ele foi solto de acordo com os termos do acordo de paz. Com Kelly foi quase a mesma coisa. Cidadãos britânicos, nascidos em Londres, herdaram o Green Tinker do pai de Nolan. Cumpriram pena, ambos inocentes.

— Até parece — disse Billy. — Acho que eu e Dillon devemos ir dar uma olhada no pub.

— Fique calmo, Billy.

— Com dois caras que receberam dinheiro para matar meu tio?

— Bem, deixe a Walther em casa.

— Roper, meu amigo, devo lembrá-lo de que como agente do Serviço Secreto de Sua Majestade, tenho porte de arma. Vamos no meu carro, Dillon.

— Foi o que pensei. — Acabara de chegar o Alfa Romeo Spider escarlate de Billy e, obviamente, ele estava todo orgulhoso. — Tudo bem — disse Dillon. — Estou impressionado. Mas, agora, vamos voltar aos negócios. Eu não me lembro desses caras da minha época no IRA, ou seja, não sei nada sobre eles, a não ser o que Roper disse.

— E daí? Só existe uma forma de resolver isso.

— Nas fotos da prisão que Roper mostrou, eles devem ter uns 20 anos, você talvez nem os reconheça hoje.

— Vamos ver.

Eles estacionaram na frente do Green Tinker e entraram no bar. Três homens mais velhos estavam sentados a uma mesa perto da janela, jogando dominó. Um jovem barbado, usando uma camiseta preta de mangas curtas e cheio de músculos estava atrás do balcão, lendo jornal. A porta se abriu e o velho Fahy enchia seu cachimbo. Olhou para eles e seu rosto mostrou uma expressão de horror. O barman levantou o olhar. Usava um tampão preto sobre o olho direito. Pela sua expressão, não ficou impressionado com o que viu.

— Pois não?

— Quero uma garrafa pequena de água mineral — Billy disse para ele.

— E um copo do que tiver de mais forte para mim — disse Dillon. — Bushmills, se tiver.

— E também gostaríamos de falar com Nolan e Kelly — disse Billy.

O homem serviu a dose de uísque e a entregou a Dillon, pegou outro copo para Billy e uma jarra de água que estava atrás do bar.

— Isso serve, senhor?

Billy pegou o copo.

— Por que não? — O homem começou a servir a água no copo, depois subiu, molhando a manga do casaco de Billy.

— Eu não faria isso, Michael — disse o velho Fahy. Mas Billy já estava arrancando o homem de trás do bar e dando-lhe vários socos na cara.

Fahy parou de falar. Billy levantou Michael, puxou o braço esquerdo dele para a frente, atingiu-o com a própria mão direita, como se fosse uma machadinha. Soltou-o em uma cadeira.

— Acho que quebrei seu braço. Agora me digam, Nolan e Kelly? Quem vai falar?

— É melhor entrarem no escritório — disse Fahy. — Entrariam à força de qualquer forma, não é?

Entraram e olharam para as suas fotos na parede e leram o que estava escrito sobre eles.

— O seu está muito bom — disse Dillon. — Mas não diria o mesmo sobre o meu.

— É o histórico de um homem velho, sabe — disse Billy. — Esteve nos lugares, fez coisas.

— Só isso? — Dillon entregou seu copo para Fahy. — O mesmo.

— Bushmills como de costume. Sei muito bem.

Serviu uma dose grande.

— E como você saberia? — perguntou Dillon.

— Porque ele escutou quando você pediu para o babaca ali — disse Billy.

O velho balançou a cabeça.

— Sou de Derry. Eu o vi lá três vezes com Martin Mc-Guiness. Também fui do IRA, mas dez anos preso acabaram comigo, então vim para Kilburn. Lembra de um pub chamado Irish Guard? Fui cozinheiro de lá. Gerry Brady era o dono e me fez um favor me dando um emprego. Eu me lembro bem da primeira vez que você entrou e perguntou por Gerry, mas não disse que era Sean Dillon.

— Bem, eu não diria.

— Mas eu o conhecia. Fevereiro de 1991, época em que atacaram com morteiros o gabinete do primeiro-ministro e o de guerra, na Downing Street.

Dillon sorriu.

— Não vamos falar disso agora. Tome uma dose de Bushmills e nos conte o que sabe sobre isso na parede.

— E o que Nolan e Kelly estão querendo fazer? — disse Billy.

Fahy serviu um Bushmills para si.

— Estou parecendo um informante?

— Você ficaria bem pior de muletas — disse Billy.

— Por você, então, Sr. Dillon. Um homem chamado Flynn, de Dublin, mandou tudo isso por *e-mail* para Jimmy, fotos, texto, informações.

— Você escutou?

— As paredes daqui são muito finas. Resumindo, eles vão ganhar cem mil para fazer o serviço. Foi por isso que colocaram tudo no quadro.

— Aqueles cretinos — disse Billy. — Então, eles pretendem matar todos nós.

— O tal do Ferguson e Harry Salter são os principais alvos, assim eles falaram.

— E como vão fazer isso? — perguntou Dillon.

— Este pub é de Nolan e do primo dele, Patrick.

— Sabemos disso — disse Billy. — Eles pretendem fazer sozinhos ou reuniram mais gente?

— Eles chamaram Danny Delaney e um rato chamado Sol Flanagan. Drogas, bebidas... Eles passam a maior parte do tempo chapados.

— Qual é o jogo deles?

— Assaltos a mão armada, lojas, principalmente muçulmanas. Delaney é louco. Ele realmente odeia os paquistaneses e atira sem hesitar.

— E Flanagan?

— Farinha do mesmo saco.

— E nunca foram presos por nada disso? — perguntou Dillon.

— Ah, já foram pegos sim, foram a julgamento, mas não foram condenados por falta de testemunhas.

— Quem mais? — perguntou Dillon.

— O pessoal de outro naipe. James Burke e Tim Cohan. Irlandeses de Londres, saíram do Ulster ainda meninos para entrarem no IRA. Fizeram muita coisa, até cumpriram pena em Maze. Eles conhecem você, Sr. Dillon, e ficaram consternados ao vê-lo em más companhias.

— De quem eles menos gostam?

— Ferguson. Cohan disse que se o encontrasse em uma noite chuvosa, atiraria nele pelas costas sem pensar.

— Isso não importa — disse Billy. — Onde estão Kelly e Nolan agora?

— Eles saíram há uns quarenta minutos. Armados, e disseram que não vão voltar. O papo deles era sobre preencher o tempo até a noite. Eles iam passar pela casa de Ferguson, ver onde o senhor mora, Sr. Dillon, depois iam para o Dark Man. Falaram também alguma coisa sobre filmes, talvez fiquem matando tempo no cinema até que esteja tarde o suficiente.

— Então os cretinos estão planejando aparecer no pub? — disse Billy.

— Bem, é sexta-feira à noite, então não me diga que não estará cheio. Ele disse que a informação era que vocês tinham o hábito de se reunir no Dark Man à noite. A ideia é ir lá, se familiarizar com o lugar, os arredores. Eles também receberam ordens de observar a casa de Ferguson e a sua, Sr. Dillon. Obviamente, Jimmy e Patrick estão juntos.

— E depois? — perguntou Billy. — Quem vai fazer o quê?

— Jimmy disse que depois de tudo isso que contei, eles se falariam de novo. Ah, tem mais uma coisa. Burke e Cohan, eles são velhos de guerra, mas os dias de glória ficaram no passado.

— E não gostam disso? — perguntou Dillon.

— Eles não se importam com a companhia. Já tiveram orgulho, mas agora não têm mais. — Deu um tapinha no cachimbo. — Mais alguma coisa?

— Você já disse bastante — falou Dillon. — E desconfio que tudo seja verdade. Por quê?

— Sempre o admirei, Sr. Dillon. Um grande homem defendendo a grande Causa. Mas não fiz pelo senhor. Meus motivos foram totalmente egoístas. Seu amigo aqui teria me dado uma surra, e estou velho demais para isso.

— Está mesmo, seu cretino. — Billy virou-se para Dillon.

— Coloque-o no Alfa e leve-o para Holland Park. Tranque-o até que tudo acabe.

— Bom garoto, Billy. — Dillon deu um tapinha no ombro de Fahy. — Está bom para você? Um esconderijo seguro?

— Bem, eu certamente não ficaria seguro aqui. — Saiu para o bar e pegou o casaco atrás do balcão. — Só vou ver como está Michael.

Foi até o salão, que estava vazio. Chamou, mas não teve resposta.

— Talvez ele tenha ido ver aquele braço.

— O problema não é seu — disse Billy. — Agora vamos para o esconderijo. Você vai adorar. É melhor que um hotel.

Dillon ligou para Roper.

— Onde estão Harry e Ferguson?

— Ainda não entraram em contato comigo. O que você descobriu? Devemos nos preocupar?

— Veja o que você acha. — E Dillon contou resumidamente o que tinha acontecido.

Quando terminou, Roper disse:

— Vou fazer uma pesquisa aqui sobre eles, conseguir fotos, informações. Tudo que eu encontrar. Vai ser divertido.

— Então, você é a favor de deixar esses seis sujeitos fazerem a ronda esta noite e não fazermos nada?

— Eu não disse isso. Pelo que seu informante disse, eles não vão fazer nada, só avaliar a situação. O que temos de decidir é o que faremos se as coisas saírem do controle. Vou tentar falar com o general e com Harry. Afinal, eles são os principais alvos. Devo lembrar que o voo de Dublin chega em uma hora. O que faremos?

— Vamos passar em Holland Park, deixar Fahy e seguir para Farley.

— Greta voltou há uma hora. Está tomando um drinque comigo agora. Acho que ela gostaria de ir receber seus compatriotas. Deve ser alguma coisa russa.

Alguns ventos contrários atrasaram um pouco o voo, mas o King Air teve um bom desempenho, e Levin, Mary e Chomsky, quando encontraram uma garrafa de champanhe na geladeira, dividiram entre eles.

— Então, Mary, em que você pensa em trabalhar? — perguntou Chomsky.

— Sei cuidar de mim. Sou formada em administração e informática.

— Bem, no mundo de hoje, você não vai passar fome — comentou Chomsky. Virou-se para Levin. — Não concorda?

Levin assentiu.

— Você só precisa dos contatos certos, e certamente tem. Você não salvou só a minha vida, mas a de Harry Salter, e levando em consideração o império dele, acho que vai encontrar alguma coisa para você.

— Contanto que não se importe em trabalhar com um dos gângsteres mais famosos de Londres — disse Chomsky.

— Isso é ridículo — disse Levin. — Uma garota com a experiência dela vai se adequar perfeitamente bem ao mundo de Harry.

Mas estavam atravessando nuvens, e abaixo estava Londres. Desceram e fizeram um pouso perfeito em Farley Field.

Taxiaram na pista até o prédio do terminal, Magee seguindo as instruções. Desligou os motores. Murphy abriu a porta, e Magee foi atrás, dizendo para Levin:

— Eu estava certo sobre este lugar. Três aviões da Real Força Aérea e dois helicópteros. Vocês realmente são gente importante.

— Mas você nunca vai saber quem — disse Chomsky, divertido, e seguiu Mary pela porta.

A comitiva estava esperando ao lado do terminal, Greta, Dillon e Billy. Greta correu e abraçou Levin primeiro, depois Chomsky.

— Seus cretinos maravilhosos — disse ela, e havia lágrimas em seus olhos. — Nunca achei que fosse ficar tão feliz em revê-los.

— E se não fosse por esta garota, eu nem estaria aqui. Conheça Mary O'Toole — disse Levin.

Billy se aproximou.

— Sou Billy Salter, sobrinho de Harry Salter. Ele certamente demonstrará a sua gratidão.

Dillon pegou a mão dela.

— Sean Dillon.

Ela arregalou os olhos.

— Santa Maria, não achei que um dia eu o conheceria. Escuto falar do senhor desde pequenininha.

— Bem, agora já me conhece, vamos entrar e ir embora.

Billy estava ao volante. Enquanto seguiam, Dillon contou a Levin o que estava acontecendo.

Quando chegaram a Holland Park, viram que Harry e Ferguson tinham chegado. Mary foi apresentada e Harry disse:

— Você vem comigo, querida, para o meu pub, Dark Man. Nossa Ruby pode tomar conta de você até decidir o que quer fazer. Existem muitas oportunidades no meu império pessoal. Só precisamos resolver algumas coisas aqui. — Virou-se para os outros que estavam reunidos na sala de computadores. — Vamos ver de novo, Roper.

Roper preparou uma série de fotos da equipe de Flynn na tela. Conseguira nos arquivos da polícia. As de Cohan e Burke eram bem antigas. Tinham o quê de dignidade daqueles que acreditam lutar por uma causa.

Delaney e Flanagan eram bem diferentes: arrogantes, maliciosos e, na maioria das fotos, estavam sob efeito de alguma coisa: drogas, álcool ou ambos.

— Faça a sua apresentação, major — disse Ferguson para Roper.

— Delaney e Flanagan, atiram quando têm vontade. Conseguiram escapar de uma série de assaltos a mão armada intimidando testemunhas.

— E Cohan e Burke.

— Soldados de infantaria do IRA durante anos, profissionais, e isso quer dizer que são muito bons em matar. Qualquer perfil psicológico mostraria que não gostam de roubar lojas, mas depois dos 50, esses homens não têm muita escolha.

— É um ponto de vista — disse Ferguson —, mas não tenho muita simpatia por eles. Quando se participa de um jogo, é preciso arcar com as consequências quando se perde. Dito isso, pretendo tirar meu colete de titânio de dentro do armário, que me servia bem na última vez que usei. Garantem que impede uma bala de Magnum .45. Recomendo a quem tiver um que o use até que este problema esteja resolvido.

— Concordo — disse Harry. — Vocês é quem sabem, claro, Dillon e Billy. Podem usar Baxter e Hall como soldados.

— E como o capitão Levin e o sargento Chomsky já estão envolvidos nas circunstâncias que levaram a isto, tenho certeza de que estão dispostos a ajudar.

— Sem problemas, general.

— Gostaria que você e Chomsky ficassem aqui por alguns dias para um relatório completo ao major Roper. Depois disso, Harry sugeriu que se mudassem para um armazém reformado em Hangman's Wharf, do qual devem se lembrar de sua última visita.

— Lembro-me bem. — Levin sorriu. — Muito conveniente para o Dark Man.

— Bem, eu não recomendaria que dessem um mergulho no Tâmisa vestidos de novo. Esta não é uma boa época do ano.

E retirou-se de repente. Harry seguiu com Mary e Billy, que disse:

— Vou deixá-la no pub com Ruby e volto mais tarde.

— Tudo bem — disse Dillon, e deixou Levin e Chomsky com o sargento Doyle enquanto voltava à sala de Roper, que estava acompanhado por Greta. Serviu-se de um uísque.

— Você está com algum problema — disse Greta. — Dá para perceber.

— O que seria? — questionou Roper.

— Bert Fahy, o velho que eu trouxe. Ele me vendeu uma boa história e estou pronto para acreditar, mas só até certo ponto. É um pouco conveniente demais. Não comprei o que ele disse que Nolan e Kelly fariam.

— Mesmo? Bem, não podemos deixar assim. — Chamou o sargento Henderson. — Traga nosso novo hóspede, Sr. Fahy.

Em cinco minutos, ele estava ali, e a boa surpresa que tivera no conforto de seu quarto de repente desapareceu quando se viu sob várias luzes olhando para ele.

— Fahy, você mentiu para mim — disse Dillon. — A história de que Nolan e Kelly iam ao cinema antes de nos visitar é inacreditável.

Roper interrompeu.

— O que significa que você está escondendo o que eles planejam fazer.

— Meu Deus, vocês acham que eu mentiria para o Sr. Dillon?

— Tudo bem, não vou perder tempo. Vou pedir uma ordem de prisão na Wormwood Scrubs usando a Lei Antiterrorismo.

Fahy quase defecou ao pensar em ficar preso naquela terrível instituição.

— Não, senhor, tenha pena deste velho homem. A minha memória nem sempre é muito boa.

— Tente de novo.

— Bem, major, tem um bar chamado Grady's perto da Pool of London.

Quando terminou de contar o que sabia, Henderson o levou para seu quarto.

— Isso pode ser verdade — disse Dillon. — Vou lá dar uma olhada. Está ocupada? — perguntou para Greta.

— Só à noite, Molly Rashid tem plantão e me pediu para fazer companhia a Sara. A menina está tendo dificuldade no relacionamento com o pai.

— Talvez seja o contrário. Vamos na sua Mini Cooper. Eu a encontro no estacionamento, e o vejo, mais tarde — gritou para Roper.

Foi direto para sua sala, pegou sua Walther favorita e se juntou a Greta, que já estava sentada atrás do volante.

— Lembro-me de toda esta área de quando eu era menino, andando com meu pai, crescendo em Londres — disse ele, conforme seguiam pelas margens do rio. — Pool of London, as docas, barcos para todos os lados, centenas de guindastes enormes. Não sei se era o maior porto do mundo, mas devia ser

— Mas vocês eram irlandeses — disse ela. — Por que estavam aqui?

— Minha mãe morreu, meu pai fugiu do trabalho no Ulster.

— Ele deu de ombros. — Os irlandeses sempre tiveram uma conexão forte com Londres. Michael Collins era um empregado comum dos correios quando decidiu mudar o curso da história irlandesa.

— Agora tudo parece bem diferente — observou ela.

— Isso é desenvolvimento. Muitos armazéns viraram prédios de apartamentos, como o que Harry tem em Hangman's Wharf, mas ainda há alguns prédios e ruas que não foram tocados.

Ela tinha acabado de entrar na Canal Street de acordo com GPS da Cooper, e logo chegaram. Havia uma parte em decadência, um canal que corria bem rápido para o rio, uma passarela de ferro atravessando-o, e do outro lado, casas gêmeas de trabalhadores, a maioria coberta por tapumes, esperando serem demolidas. Havia um pub na esquina com uma placa que dizia Grady's Bar. A porta estava entreaberta, e uma senhora de cabeça branca, usando um avental sobre um vestido preto comprido, polia a maçaneta de bronze. Na porta havia o quadro de costume com os detalhes da licença do dono do estabelecimento. Dizia Margaret Grady. Ela devia ter uns 75 anos, sua voz era tão fraca que parecia nem estar ali, um leve sotaque irlandês.

— Posso ajudá-los? Só abro às 6 horas da noite.

— Tudo bem — disse Dillon. — Não estamos atrás de um drinque.

— Estamos procurando a Canal Street — acrescentou Greta — Mas acho que encontramos a errada.

— Ah, deve ter um monte na lista telefônica.

— Lugar interessante — disse Dillon.

— Antigamente, era próspero, com todos os navios, mas quando eles foram embora, a vida acabou por aqui. Demoliram quase todas as propriedades. Somos como um oásis. Mais seis meses, e acabou. Funcionamos como pensão há anos.

— Sinto muito — disse Greta. — Tem clientes?

— De vez em quando, mas tem dias que não tem ninguém. Mas me prometeram um lugar para ficar, na casa de um antigo companheiro.

Não havia muito a dizer.

— Não vamos mais incomodá-la. — Dillon sorriu, e ele e Greta voltaram para a ponte, foram até o carro e saíram.

— Para Holland Park o mais rápido que puder.

— Vai segui-los, então? — perguntou ela.

— Não, Greta. Se as coisas derem certo, espero acabar com eles. Alguns ex-membros do IRA que tiveram um final triste, a Scotland Yard vai encerrar o caso com muita satisfação.

— E Volkov vai aprender a lição.

— E o Intermediário, que quer dizer, al-Qaeda e Exército de Deus. Greta, estamos em um mundo além da negociação. No mundo de amanhã que surgiu nos últimos anos, é fogo contra fogo, ou fracasso. Você pode achar estranho isso vir de um ex-combatente do IRA, mas é assim que as coisas são.

— Não acho estranho... Só irônico.

— Ótimo, então continue dirigindo que vou ligar para Roper.

Chegaram em Holland Park pouco depois das cinco. Roper chamara Billy, Levin e Chomsky.

— Tenho esse compromisso com os Rashid — disse Greta para Roper. — Ligo mais tarde.

— Número um — disse Dillon —, não quero você a bordo, Chomsky. Já provou o seu valor em Dublin. Vá para o Dark Man. Talvez precisem de uma arma extra.

— Você é quem manda. — Chomsky deu de ombros.

— Já passou a eles tudo sobre isso? — perguntou Dillon para Roper.

— Certamente.

Dillon encarou Billy e Levin.

— São quatro bons homens, com anos de experiência no IRA, o movimento revolucionário que inventou os movimentos revolucionários. O objetivo é matar os quatro. Para as autoridades, vai parecer algum tipo de rixa entre membros do IRA. Velhas contas sendo acertadas, e eles não ligam a mínima. Vão para o bar na Canal Street. É só irem até o canal, atravessarem uma ponte vitoriana e o pub é praticamente o único prédio de pé em uma área de demolição. Eles não fazem ideia de que estamos atrás deles, e já estará escuro quando chegarem lá.

— E chovendo de novo — disse Billy. — Está armado, Igor?

— Graças ao sargento Henderson. — Pegou uma Walther com silenciador no bolso. — Igual à sua, Dillon.

— Certo, vamos no meu carro — disse Billy, e saiu na frente.

Quando Maggie Grady destrancou e abriu a porta às 6 horas, já estava escuro, mas quando ela acendeu a luz, Nolan e Kelly estavam ali, sorrindo para ela.

— Santa Maria, é você mesmo, Patrick?

— E quem mais? — Ele a beijou no rosto. — Trouxe um amigo: Jimmy Nolan. Pensamos em tomar um drinque com você. Tem dois rapazes trabalhando para mim, prestes a chegar.

O pequeno bar estava limpo e arrumado, uma lareira a carvão acesa, mesas de ferro vitorianas, cadeiras espalhadas pelo salão. Garrafas ficavam encostadas no espelho atrás do bar.

Ela se recuperou logo do choque, até se excedeu tomando um uísque irlandês com eles, só um. No meio da história de Kelly, a porta abriu e Burke e Cohan entraram.

— Finalmente, encontramos vocês, graças a Deus, e é uma bela visão com o fogo e tudo mais. — A bebida correu solta, e até a velha Maggie se sentiu tentada a tomar mais uma.

— Então esta é a boa mulher que cuidou de você quando estava fugindo? — perguntou Burke.

— Uma rainha entre as mulheres — disse Kelly. — Pensão e pub juntos. Os marinheiros chegavam nos navios. Nunca se viu nada igual. De todas as nacionalidades dessa terra de Deus: índios, pretos, indianos. E se você não se vestisse da forma certa, era engolido por eles. — Olhou para o relógio. — Droga, já são 7 horas. Temos de ir. — Ele a abraçou e deu um beijo no rosto. — Deus a abençoe, minha querida. Aqui está um homem que nunca vai esquecê-la.

Eles estavam rindo quando saíram, e ela fechou a porta, cansada e triste. Tomando uma decisão repentina, passou o ferrolho, atravessou o bar, apagou a luz e subiu as escadas devagar, já que era velha e passada agora, essa era a verdade.

Do lado de fora, estava muito escuro na rua decadente, só uma única lâmpada pendurada do outro lado do canal. O grupo atravessou a ponte, enquanto a chuva caía, cintilando sob a luz fraca.

Dillon e Billy subiram os degraus lado a lado, cada um com sua Walther na mão.

— Quem são vocês? — gritou Kelly.

Dillon levantou a mão e atirou entre os olhos de Kelly, o silenciador produzindo apenas um ruído surdo, fazendo-o cair em cima de Nolan, que tentou pegar sua arma empurrando o corpo do primo com força, que caiu nas águas turbulentas do canal e foi carregado rapidamente.

Nolan quase conseguiu pegar a arma, mas Billy foi mais rápido, atirando no ombro esquerdo dele, fazendo-o virar e, então, atirando na espinha dorsal. Nolan caiu sobre o parapeito da ponte e ficou pendurado ali.

Burke abaixou para evitar um tiro de Billy e atirou no seu peito. Atrás, Cohan virou-se para voltar para o pub, mas Igor Levin saiu de trás de uma pilha de tijolos e deu-lhe um tiro na cabeça. Sem ter para onde correr, Burke pulou pelo parapeito e caiu no canal, afundou, voltou à tona e foi levado pela correnteza, mas Levin, correndo rápido, atirou várias vezes, afundando-o na água.

Quando foi se juntar aos outros, Billy e Dillon estavam carregando Cohan para jogá-lo no canal. A corrente levou o corpo para a escuridão.

— Corrente abaixo para o rio e talvez até para o mar — disse Dillon.

Billy tinha aberto sua capa de chuva e estava apalpando dentro da camisa.

— Está bem, Billy? — perguntou Levin.

— Bem, você escutou o que Ferguson disse. Colete de titânio e nylon. Se tiver um, use. — Mostrou um buraco no colete.

— Também estou usando — disse Levin. — O general Volkov me deu um de presente por salvá-lo de um assassino.

— Vamos sair daqui — disse Dillon. — Missão cumprida. Vamos voltar para Holland Park.

Encontraram Roper e Ferguson no esconderijo. Levin serviu uísque do estoque pessoal do major para si e Dillon.

— Todos os quatro? — Ferguson balançou a cabeça. — Notável. Faz com que me lembre do Ulster nos velhos tempos.

— Foi exatamente como o Ulster nos velhos tempos — disse Roper. Você fez o serviço como disse que faria, Sean.

Ferguson virou-se para Levin.

— O que posso dizer de você? Excelente trabalho, de fato. Você nos serviu muito bem.

— Vou providenciar para que o boato certo chegue aos ouvidos de Flynn e Volkov, para que eles entendam o recado — disse Roper. — O Tâmisa é um rio com marés altas e baixas, e corpos não costumam aparecer, é só olhar as estatísticas.

— O que vai acontecer com Delaney e Flanagan? — perguntou Levin.

— Bem, devo admitir que preferia encerrar o assunto — disse Ferguson. — Teremos de ver. Eles devem estar chegando ao Dark Moon agora, a não ser que decidam não ir mais. Billy e Harry, Baxter e Hall e nosso novo amigo Chomsky devem ser totalmente capazes de lidar com eles.

— Eu diria que sim — concordou Dillon.

— Então, vamos lá observar o que vão fazer.

— Por que não? — disse Levin.

— Bem, se todos vocês vão, vou também — anunciou Roper. — Doyle pode pegar a minivan. Sairei em dez minutos.

— Excelente. Vou com você. Nunca o acompanhei naquele dispositivo mecânico. Já observei que tem seu próprio elevador automático.

— Vamos atrás na minha Mini — disse Dillon. — Pode ir na frente.

Ele e Levin saíram correndo embaixo de chuva e entraram na Mini. Enquanto esperavam, Dillon ligou para Billy:

— O que está acontecendo?

— Como eles previram, o pub está fervendo, mas nenhum problema ainda, e até agora ainda não vimos os ratos que estamos procurando.

— Certo, nos vemos daqui a pouco. Roper, Ferguson, Doyle, Levin e eu. Acho que estaremos aí em uns 20 minutos.

Delaney e Flanagan tinham passado duas horas em um estabelecimento chamado Festival, onde tocava música e visitas regulares ao banheiro tinham o único objetivo de consumir drogas. Por volta das 6 horas, eles já estavam alucinados de tanta cocaína, e a quantidade de vodca que tomaram para acompanhar era letal. Ambos se encontravam em um estágio em que viam o mundo com a falsa crença de que eram seus donos e de que tudo era possível.

Estavam em uma Mercedes que tinham roubado mais cedo, antes da visita ao Green Tinker, e Flanagan dirigia totalmente indiferente a todas as outras pessoas na estrada. Arranhou três carros, um atrás do outro, e quase atropelou um policial que levantou a mão para mandar que parasse e precisou pular para salvar a própria vida. Delaney morreu de rir, colocou sua arma com silenciador para fora e atirou em várias vitrines pelo caminho, depois desapareceram entrando em ruelas pobres que levavam ao Tâmisa.

— Aqui é Wapping, cara, sei que é — disse Delaney. — Dark Man, em Cable Wharf. Ah, chegou direitinho, cara. — Ele apontou para o GPS. — Chegamos.

O Dark Man brilhava com todas as suas luzes acesas, a música se espalhava pelo ar noturno, havia carros parados por todo o cais, alguns barcos amarrados e, na ponta, o orgulho de Harry Salter: *Linda Jones*.

Entraram abruptamente no estacionamento ao lado do cais, logo depois do pub.

— Então é aqui — disse Flanagan. — O que faremos? — A chuva aumentou de repente.

— Atirar no pub, cara. — Delaney pegou meia garrafa de vodca do porta-luvas e abriu. — A nós.

Tomou um gole e passou para Flanagan, que fez o mesmo, e neste momento a minivan chegou. Parou, a porta traseira se abriu e Ferguson deu a volta enquanto Roper era colocado na cadeira de rodas. No mesmo instante, chegou a Mini com Dillon e Levin, e parou a uma certa distância.

— Meu Deus — disse Delaney. — O cara ao lado da cadeira de rodas... é Ferguson. — Ele abriu a porta do carona, saiu e atirou com sua arma com silenciador na direção da minivan, mas Ferguson virara para falar com Roper, inclinando-se. Os tiros de Delaney atingiram o veículo, e Ferguson e Roper abaixaram juntos.

Levin saiu apressado da Mini e disparou contra a Mercedes, mas era um tiro difícil com Delaney entrando de volta no carro. Dillon afundou o pé e bateu na traseira do outro carro. Flanagan, em um pânico cego, acelerou na direção do cais, passou pela *Linda Jones* e caiu direto no Tâmisa. Observaram o carro se inclinar até afundar. Esperaram, mas ninguém apareceu.

— É isso — disse Dillon. — Nessas redondezas, a profundidade do rio é de uns 12 metros. Pode abaixar a arma. Vamos ver como estão Ferguson e Roper.

De volta ao Dark Man, Harry, Billy e Chomsky estavam lá, com Doyle abrindo a cadeira de rodas e ajudando Ferguson a se levantar e Roper a se sentar.

— Estamos bem — disse Ferguson. — Quem quer que fosse, não nos acertou. O que aconteceu com eles?

— Estão no fundo do Tâmisa.

— Que pena — disse Ferguson, com sarcasmo.

— Chomsky estava na porta — disse Harry. — Ele viu o tiroteio, mas com os silenciadores, não ouvimos nada lá de dentro, só o barulho dos carros colidindo. Foi o que fez com que alguns saíssem.

Atrás, alguns frequentadores olhavam, com seus copos nas mãos. Ruby saiu ansiosa, Mary ao seu lado, e neste exato momento, não apenas um mas três carros de polícia apareceram, e um jovem sargento da polícia se aproximou.

— Ah, é o senhor, Sr. Salter. Estávamos perseguindo uma Mercedes por metade de Wapping com homens atirando nas vitrines das lojas.

— Repulsivo. Não sei o que vai ser deste mundo — disse Harry. — Bateram no carro dos meus amigos e foram direto para o cais.

— Caindo no Tâmisa — disse Dillon. — Vimos quando afundou, e ninguém subiu.

— Deus — disse o sargento.

— Vamos deixar por conta de vocês e ajudar o major aqui — disse Harry. — Com o passado de guerra dele, é uma vergonha que esteja sujeito a tal tipo de tratamento em sua própria cidade.

Dentro do pub, Baxter e Hall esvaziaram dois reservados. Ruby serviu champanhe com a ajuda de Mary.

— No final das contas, acho que o resultado foi mais do que satisfatório — disse Ferguson.

— Também acho — Harry riu. — Falando em limpar o convés.

— Volkov vai ter muito no que pensar. — Roper assentiu enquanto o sargento da polícia entrava.

— Como posso ajudá-lo, sargento? — perguntou Harry.

— Só vim lhe comunicar. Foi marcada para amanhã uma reconstituição, e uma série de relatos indicam que os homens na Mercedes eram dois elementos de péssima reputação. Eles roubaram o carro, passaram algumas horas no Festival cheirando cocaína e, como eu disse antes, atiraram em metade das lojas de Wapping no caminho. Não sei o que eles queriam. Os nomes são Delaney e Flanagan.

— Nunca ouvi falar na minha vida, sargento. Muitos ratos soltos por aí, atualmente.

O sargento saiu, e todos relaxaram.

— É isso, então, tudo resolvido — disse Billy.

— Exceto pela questão de Hussein Rashid — comentou Ferguson.

Houve uma pausa enquanto todos pensavam a respeito.

— Talvez ele não venha. O que acha, Roper? — perguntou Dillon.

— Você sabe o que eu acho. Agora, se me dão licença, vou voltar para Holland Park, estou todo machucado.

BRETANHA

INGLATERRA

12

O voo econômico para Rennes estava lotado de passageiros e mais parecia um voo de refugiados de alguma zona de guerra. O trem para St. Malo, por outro lado, foi excelente. De lá, pegaram um táxi para St. Denis. Segundo os detalhes que o Intermediário passara para Hussein, Roman morava em um barco, o *Seagull*.

— Isto é o melhor que posso fazer, *monsieur* — disse o motorista do táxi.

Khazid respondeu logo em seu francês fluente.

— Está bem. Nós encontramos. — Pagou a mais para o homem, que se afastou, deixando-os na marina quase vazia.

— Vamos começar a procurar — disse Khazid em árabe.

Baixinho, Hussein disse:

— Nada de árabe, só para prevenir. Prefiro que fale em inglês. O meu francês é péssimo.

— Como preferir.

Havia uma passarela, barcos de todos os tipos atracados dos dois lados, mas parecia que levaria um bom tempo até olharem todos, então Khazid parou e gritou:

— Olá, *Seagull*.

Nada aconteceu por um tempo, e Hussein disse:

— Seu tolo.

Uma jovem saiu da cabine de uma lancha e olhou para eles. Era muito bonita e usava jeans e uma suéter preta. Tinha um quê de cigana.

— O que vocês querem? — perguntou ela em francês.

— Estamos procurando um homem chamado George Roman — respondeu Khazid.

— Ele está no bar do cais. Vou mostrar para vocês.

O inglês e o francês dela tinham um sotaque bem forte. Enquanto atravessavam a passarela para o cais, Khazid perguntou:

— De onde você é?

— Kosovo.

— Então, você esteve na guerra, irmãzinha?

Hussein deu um chute no tornozelo dele, pois se a garota era uma refugiada de Kosovo, o que parecia muito provável, quase com certeza era muçulmana.

— A guerra foi há muito tempo.

— Qual é o seu nome?

— Saida.

O que confirmou a teoria. No final da passarela, ela parou, pegou um maço de Gitanes e um isqueiro do bolso. Colocou um cigarro na boca e Khazid tirou o isqueiro da mão dela.

— Permita-me.

— Obrigada. — Ela pegou o isqueiro de volta, tragou e disse em árabe bem carregado: — Não sei quem vocês são ou o que estão fazendo aqui, mas tomem cuidado com este homem. Ele é da Marinha Real Britânica, mas não presta.

Gentilmente, Hussein perguntou:

— Você é muçulmana?

— E a guerra é uma droga. Alá abençoe Tony Blair por enviar o Exército Britânico e a Real Força Aérea para nos salvar dos sérvios em Kosovo.

— É verdade, ele fez isso — disse Khazid. — Mas e quanto ao Iraque?

— Concordo, mas o mundo está aprendendo a viver com o bom e o mau.

— Que garota sábia — comentou Hussein.

— Meu pai era professor de crianças na mesquita da nossa cidadezinha. Quando os sérvios chegaram, o enforcaram. Enforcaram os meninos também.

Ela contou tudo isso da forma mais direta possível enquanto se aproximavam de um café chamado Belle Aurore. Havia uma varanda com mesas na frente, garçons com paletós brancos, que não estavam particularmente ocupados. O homem que procuravam estava sentado a uma mesa no canto, lendo o *Le Figaro*. Vestia um casaco e boina de marinheiro; devia ter uns 60 anos, com um rosto avermelhado e boca cruel. Pegou um copo e continuou lendo.

— George, esses cavalheiros estão à sua procura — disse Saida.

— Sr. Roman, sou Hugh Darcy — disse Hussein.

Roman olhou-o de cima a baixo.

— É comandante Roman, e não vai dar. Sentem-se.

— Por que não vai dar, comandante?

— Este jornal é de ontem. Sempre recebemos atrasado neste fim de mundo. Um monte de gente daqui sairia correndo e gritando, chamando os guardas se soubessem quem vocês são. Página quatro.

Hussein sentou-se e olhou para a sua foto. Naquele momento, tudo que fora planejado com tanto cuidado virou cinzas.

Saida, lendo por cima dos ombros dele, ficou boquiaberta.

— Você é ele.

— Vamos sair daqui, irmão — disse Khazid.

— Não precisam entrar em pânico — disse Roman. — É só uma questão de ser prático. É claro que o único problema é que não posso entrar em contato com o Intermediário, ele entra em contato comigo. Você consegue falar com ele?

— Consigo — respondeu Hussein.

— Excelente. Este drinque está maravilhoso. Conhaque com cerveja de gengibre. Faz com que eu volte para os meus bons tempos de marinha. Devia experimentar. — Ele riu. — Ah, já estava esquecendo, você não pode.

— Não, mas Hugh Darcy pode.

— É verdade, você está certo. Não parece árabe de forma alguma. — Gritou para o garçom. — Pierre, dois Horses Necks, não, três. — Olhou para Khazid. — Tem que entrar no jogo também, não?

— Se você está dizendo.

— Bom menino. — Roman deu um tapa na bunda de Saida. — Vá fazer as compras e, quando embarcar de novo, tire essa calça jeans horrorosa. Já disse, gosto de saias curtas de algodão, para ter uma vista decente. Nada se compara a isso.

O garçom acabara de trazer os três drinques. Colocou-os em cima da mesa, e a garota pegou um e jogou na cara de Roman. Ele não ficou nem um pouco irritado e lambeu os lábios.

— Delicioso. — Pegou um guardanapo e enxugou o rosto.
— Terei de castigá-la por isso, mas será um prazer fazer isso durante a viagem.

Ela ficou chocada.

— Viagem? Você vai me levar?

— Inglaterra — disse Roman para Hussein. — As pessoas ficam desesperadas para chegar lá, principalmente refugiados sem permissão. Ela tentou uns meses atrás junto com um albanês, mas quando a situação ficou difícil, ele a deixou no porto quando partimos, e ainda estava aqui quando voltei.

— Toda vez que ele faz uma viagem à Inglaterra, promete me levar — reclamou ela. — Vou fazer compras. — Ela parou. — Mas não tenho muito dinheiro. — Deu de ombros e se afastou.

Hussein assentiu para Khazid, que foi atrás dela.

— Você não gosta muito de mim, não é? — disse Roman.

— Se me permite pegar emprestada a fala de Humphrey Bogart: se eu pensasse um pouco mais sobre você, provavelmente não gostaria. — Abriu a sua bolsa, procurou o broche e apertou o botão. — Agora é só esperar.

Khazid alcançou Saida.

— Não se preocupe. Compre o que quiser que eu acerto.

— O seu amigo — disse ela. — Até eu já ouvi falar dele. O Martelo de Deus.

— Um grande homem e um grande soldado — disse Khazid.

— Você também é um soldado em guerra?

— Claro, a situação no Iraque está feia, pode acreditar.

— Vejo na televisão. Os norte-americanos, os britânicos.

— Não, é mais que isso. É uma escuridão, uma doença que atinge todo mundo. Irmãos estão se matando. Algumas semanas, são mais de mil. Mulheres e crianças morrem no fogo cruzado.

— E quando isso vai acabar?

— Talvez nunca. Mas aonde você vai? Àquele supermercado ali?

— Isso mesmo.

— Só um minuto. Já encontro você.

Tinham acabado de passar por uma cutelaria e ele voltou para olhar a vitrine cheia de facas de todos os tipos possíveis. Com seu conhecimento sobre a França, sabia que as autoridades eram mais liberais em relação a certos tipos de armas do que outros países. Entrou e encontrou um homem de cabelo branco atrás do balcão.

— *Monsieur*, o que gostaria de ver?

— Procuro uma faca dobrável, robusta, de preferência, automática.

Quinze minutos depois, saiu, após comprar um canivete automático com cabo de chifre e lâmina afiada de dois gumes com 17 centímetros, que abria rapidamente ao simples toque do seu polegar. Foi para o supermercado e se juntou a Saida.

— Conseguiu o que queria? — perguntou ela.

— Consegui, sim — respondeu. — Nada como estar preparado para tudo na vida, e eu não gosto do comandante. Isso faz de mim um homem mau?

— Muito pelo contrário.

— Que bom, então vamos cuidar para que compre tudo de que precisa.

Desta vez, o Intermediário foi pego de surpresa. Não esperara que um jornal com a foto de Hussein fosse aparecer no pequeno porto, e a reação do comandante foi lastimável. No momento, precisava fechar um preço com Roman se Hussein e Khazid quisessem dar mais um passo rumo à Inglaterra. Era fato que, em um futuro próximo, castigaria o homem por chantageá-lo. A al-Qaeda providenciaria isso. Garantiu a substancial quantia adicional que Roman pediu, a ser transferida para uma conta na Suíça em questão de horas. Quando terminou, insistiu em falar com Hussein.

— Dê uma caminhada. Não quero que essa criatura perceba o que está acontecendo.

— Tudo bem.

— Nossos planos não mudaram. Admito que o outro lado tem tido alguns sucessos. Harry Salter acabou com uma unidade da Máfia russa. Seis IRAs contratados para matar a ele e Ferguson não se saíram melhor. Dois deles, gângsteres de rua, fizeram uma débil tentativa contra Ferguson e Roper, e agora moram no fundo do Tâmisa, esperando que a polícia os tire de lá. Drogados até a raiz dos cabelos, atiraram em metade das lojas de Wapping. — Ele suspirou. — Então, agora, é com você. Boa sorte em sua jornada. Estou confiante de que Darcus será útil, e Dreq Khan. Use-o junto com seu Exército de Deus e a Irmandade em Londres. Mas lembre-se de que esta não é apenas uma jornada pessoal relativa aos Rashid e à menina. Ferguson deve ser um alvo e, se possível, Salter. Os outros *não* são prioritários.

Ele desligou, evitando mais discussão, e Hussein voltou para a mesa. Khazid e Saida tinham voltado para o barco.

— Acho que o seu amigo gostou dela — comentou Roman.

— Podem estar dando uma rapidinha agora. Vamos para o barco ver se os pegamos no flagra.

— Lembra quando disse que se pensasse mais sobre o assunto, eu provavelmente não gostaria de você? Bem, não gosto — disse Hussein.

— Ah, sou um cara legal quando quero ser. Ofereci uma viagem grátis para a garota, a não ser que não concordem.

— Para deixá-la por lá sem documentos e sem dinheiro?

Estavam caminhando em direção ao barco.

— Se ela entrar em qualquer delegacia, é presa e mandada para o departamento de assistência social. Ela vai ficar em um lugar razoável e receber um pagamento substancial para se sustentar, e é muito pouco provável que seja deportada. A Inglaterra agora é assim, há mesquitas em todas as cidades. Não é justo, cara. Tente encontrar uma igreja em Meca ou Medina. E os cristãos iraquianos? Milhares perseguidos até fugirem do país.

Hussein o ignorou.

— Quando partimos?

Roman olhou para o relógio. Eram 5h30.

— Não vejo motivo para não irmos logo. — Pegou meia garrafa de algum vinho e colocou em um copo. — Já verifiquei o tempo. Pode ser que chova e venham ventos fortes, e de manhã terá neblina.

Chegaram ao *Seagull* e pararam.

— Bonito barco — disse Hussein.

— Pode-se dizer que sim. Trinta pés, construído pela Akerboon, 25 nós, navegação automática se quiser, e também tenho um bote inflável com motor. E muita bebida. — Ele riu. — Droga, já estava me esquecendo de você.

— E vai levar a garota?

— Acho que sim. Nosso destino é Peel Strand, na costa de Dorset, bem perto de Portland Bill. Ancoramos longe da praia, levo vocês no bote. Fiz um esboço da sua rota em terra. Tem um chalé perto de um lago no pântano, chamado Folly Way.

Não conheço o cara, e com um nome como Darcus, não ia querer mesmo. Mas chega de papo furado. Vamos embarcar.

Foi o que fizeram.

— Onde está você? — gritou ele para Saida.

— Na cozinha, preparando o jantar. Henri está na cabine.

— Henri, meu capanga. Prepare a comida e deixe pronta. Vamos partir.

Ela saiu da cozinha e ficou no pé da escada que dava para a escotilha.

— Isso me inclui?

— Inclui, embora eu não saiba por que me preocupo. Você nem trocou o jeans ainda. Acho que vou precisar segurar as suas rédeas.

Ela desapareceu na cozinha. Khazid passou por ela e subiu para se juntar a eles na cabine.

— Quando partimos?

— Em meia hora. Podemos nos preparar.

— Qual a distância? — perguntou Hussein.

— Uns 300 quilômetros. — Ele verificou os instrumentos e disse para Hussein: — Defini o curso, que conheço como a palma da mão, mas tenho mapas da marinha de todo o canal, só para prevenir. É claro que podemos passar para navegação automática. — Virou-se para Hussein. — Seria bom se você pudesse assumir o controle um pouco e me encantar. Conhece barcos?

— Não, mas sou piloto qualificado, então sou especialista em navegação, sei definir rotas, ler mapas etc.

— Bem, se você olhar no mapa da marinha, marquei nossa rota até Peel Strand. A linha vermelha.

— Tem alguma aldeia lá?

— Não, a aldeia tem o mesmo nome, mas fica quase 1 quilômetro depois. Nunca fui até lá. Já falei com esse tal de Darcus algumas vezes pelo rádio do barco. O Intermediário passou um trabalho para ele no ano passado, quando começou a fazer isso com frequência. Conheço o passado dele. Para mim, parece uma bicha velha. Seja como for vamos em frente.

Pressionou o botão, o motor despertou e ele gritou para Khazid desamarrar o barco, o que ele fez. Afastaram-se do cais e seguiram lentamente para o mar, a luz começava a ficar fraca. Quando saíram da área do porto, ele acendeu as luzes de navegação e aumentou a velocidade.

— Maravilhoso... um prazer. Nunca deixa de ser. — Pegou uma garrafa de conhaque no bolso do casaco, segurou com uma das mãos, abriu com os dentes e tomou um grande gole. — Desça, divirta-se. Volte depois.

Hussein desceu, observou Saida preparando a comida na cozinha e foi para a sala. Havia uma cabine à popa, com duas camas e um pequeno banheiro com um chuveiro apertado. A cabine da frente também tinha duas camas. Havia uma mesa de centro, e Khazid estava sentado sobre ela com uma taça de vinho na mão.

— Como pode ver, estou desempenhando meu papel e me divertindo. Quer uma taça?

— Não, obrigado, e não porque estou mais religioso. Pelo contrário, a religião significa cada dia menos para mim — disse Hussein.

— Isso é estranho. Ninguém lutou mais pela causa do que você.

— Luto pelo meu país, pelo Iraque, e não pelo islamismo.

— Saida podia ouvir da cozinha, e sem que ele pedisse, ela trouxe um café. — Meus pais morreram em um bombardeio na Guerra do Golfo. Eu não gostava de Saddam, mas também não dei as boas-vindas aos invasores. Para mim, tudo isso é um mistério. — Hussein virou-se para Saida. — E você?

— Religião? — Ela balançou a cabeça. — Não sei. Os sérvios que mataram meu pai e a maioria dos homens da aldeia eram cristãos, mas certamente não eram bons cristãos. Acho que as diferenças entre as religiões que levam à guerra são apenas uma desculpa para matar. Hoje em dia, é tão bárbaro e cruel.

Hussein suspirou.

— Tem razão. Acho que vou tomar uma taça depois de tudo.

Saida foi até o armário, pegou uma garrafa sem fazer comentários e encheu a taça. Khazid esticou a sua para que ela enchesse, e ambos brindaram.

— Ao que estamos bebendo? — perguntou Khazid.

— A nós, meu amigo, já que a única coisa boa que surge na guerra é o companheirismo. — Hussein esvaziou a taça. — Vou subir e ver como estão as coisas.

O barco avançava com dificuldade, as ondas aumentando muito, e a chuva batendo com força na cobertura do barco. As luzes do convés estavam acesas.

— Aí está você — disse Roman. — Experimente o leme.

Ele se afastou para abrir espaço para Hussein, depois tirou a garrafa de conhaque do bolso e tomou outro gole.

— Jersey fica a estibordo; logo ali na frente, as boas e velhas Ilhas Anglo-Normandas. Guernsey fica mais distante, depois Alderney, e ao norte, Portland Bill, costa inglesa e nosso destino. — Deu outro gole. — Droga. Vazia. Vou pegar outra.

Ele saiu, e Hussein sentiu o leme com prazer. Os limpadores de para-brisa estavam ligados, o rádio crepitava, eventualmente ecoava vozes através da estática, dando informações sobre o tempo e, às vezes, movimentos de navios.

Sentia-se relaxado, à vontade, não estava pensando em nada em particular, e então o mar começou a ficar cada vez mais violento, ondas quebrando na proa, e era excitante. Roman voltou. Pegou uma garrafa cheia e abriu.

— É melhor descer e pegar alguma coisa para comer. Peguei um sanduíche.

Hussein desceu e encontrou Khazid e Saida comendo sanduíches de salada com pão ázimo e tomando chá. Juntou-se a eles, percebendo de repente que estava com fome.

— Acho que vou comer outro. Está ótimo. — Khazid tirou o canivete automático do bolso, abriu a lâmina e cravou em um sanduíche.

— Muito bonita. Onde conseguiu? — perguntou Hussein.

— Em uma cutelaria na marina. Estava me sentindo nu. Já fazia um bom tempo que estava desarmado. Assim me sinto melhor. Vou assumir um pouco o leme.

Ele subiu a escada da escotilha, e poucos minutos depois, Roman escorregou e caiu dos últimos três ou quatro degraus. Hussein foi ajudá-lo, mas ele lutou para se soltar, completamente bêbado. Hussein levantou as mãos de forma apaziguadora.

— Saia de perto de mim — disse Roman e sacudiu a garota violentamente. — Vá pegar outro drinque para mim. — Ele se jogou em um banco.

— Nada de bebida. Café, muito café — disse Hussein.

Subiu a escada da escotilha e encontrou Khazid brigando com o leme, o barco sacudindo para todo lado.

— Eu assumo — disse ele. Assim que pegou no leme, houve um grito embaixo, e Saida disse:

— Não aguento mais.

O barco estava virando para todo lado. Estava muito escuro, só espuma branca, o deque molhado e escorregadio, e a garota subiu, Roman logo atrás, tentando agarrá-la.

— Venha... deixe que eu a possua.

— Nunca... nunca mais — disse ela, e tentou se livrar dele, escorregando no deque molhado. Ele escorregou de novo, escutou-se sua gargalhada bêbada de novo, e foi direto para cima dela, jogando-a pela grade. Estranhamente, era a coisa mais chocante que Khazid já vira, apesar da vida violenta que levava. Em um segundo, ela estava ali, no outro, se fora.

Hussein desligou o motor na mesma hora, e o barco balançava de um lado para o outro. Khazid tentou jogar um colete salva-vidas, mas para quem? Só havia as luzes do deque acesas, o resto era escuridão.

Roman, ajoelhado e com as mãos no chão, gritou:

— Vadia idiota.

Khazid chutou-o com força na costela.

— Assassino desgraçado.

Roman conseguiu se levantar, foi tropeçando até a escada da escotilha, Khazid colocou o pé na frente, ele escorregou.

— Vou ligar o motor de novo — disse Hussein para Khazid.

— Para quê? Ela se foi — respondeu Khazid. Caminhou pelo deque até a popa. Escutou Hussein gritar e um movimento atrás de si. Virou-se e viu Roman, balançando como um bêbado, um revólver velho na mão.

— Está vendo isto? — Ele atirou, quase acertando Khazid.

— Seu árabe maldito. Não coloque mais as mãos em mim, entendeu? — Chegou mais perto.

Em um instante, Khazid tirou a mão do bolso, a lâmina do canivete saltou e penetrou embaixo do queixo de Roman até o céu da boca.

— Assim está bom para você? — Virou-o e empurrou-o pela grade. O corpo ficou visível por um momento, depois sumiu. No mesmo instante, Hussein ligou o motor e o *Seagull* seguiu seu caminho.

A cabine era um mundo à parte, a chuva batendo no para-brisa, o tempo realmente estava horrível, e assim estava havia uma hora, desde o momento de loucura que custara duas vidas. Já passava da meia-noite quando Khazid subiu com um bule antigo na mão. O vento uivou quando a porta se abriu e fechou de novo.

Pendurado sobre o leme, Hussein nem se virou.

— Café? — Khazid enchera meia caneca e Hussein conseguiu pegar e tomar.

— Mais?

— Quero sim.

Khazid colocou mais, depois também tomou.

— Bom — disse Khazid. — Muito bom. Eu precisava disto.

— Não tomou uísque?

— Tomei também. Eu estava em estado de choque. Já tinha matado antes, você sabe melhor do que ninguém, mas não dessa forma.

— Não precisa se sentir culpado. Se não tivesse comprado esse canivete em St. Denis, seria você quem teria caído no mar com uma bala na cabeça. A forma como ele tratava a garota era uma afronta a Alá.

— Então, o que vamos fazer?

— Ora, seguir em frente. Não se preocupe. Como eu disse para Roman, posso não entender nada de barcos, mas sou piloto de aviões e sei navegar, ler mapas e definir uma rota bem o suficiente para encontrar Portland Bill e Peel Strand.

— Mesmo com este tempo?

— Já verifiquei a previsão pelo rádio. Quanto mais nos aproximarmos, melhor vai ficar. De manhã, vai ter neblina, mas cuidamos disso na devida hora.

— Mais alguma coisa? Quer mais sanduíche? Saida deixou um monte na geladeira.

— Vou comer quando descer. Na verdade, vou descer agora, preciso entrar em contato com o Intermediário. Você assume aqui por enquanto.

— Pelo amor de Deus — disse o Intermediário —, você não consegue segurar esse rapaz?

— O que ele fez foi totalmente justificado — disse Hussein. — George Roman era um homem asqueroso e o mundo vai ficar muito melhor sem ele, então não preciso me desculpar.

A voz dele não estava apenas inflexível, mas indiferente e calma, o que fez com que o Intermediário precisasse parar para pensar.

— Você consegue lidar com isso?

— Com o barco? Claro. Haverá muita neblina quando nos aproximarmos de Peel Strand. Vou aproveitar a situação para afundar o *Seagull*.

— Isso é necessário?

— Acredito que alguém informaria a Guarda Costeira se visse o barco abandonado. Temos um ótimo bote inflável para chegarmos à praia, sem problemas.

— Tem alguma ideia de quando vão chegar?

— Por volta das 4 horas. Quase ao amanhecer. Roman tinha um mapa da área na cabine. Tem a costa, uma praia, a salina. Wellington mora em um chalé no pântano.

— Bom. Vou entrar em contato com ele e dizer para encontrá-los.

— O que vai dizer? Que houve um acidente?

— Acho que não. Vou dizer que Roman voltou antes de se aproximar muito da praia, pois ficou com medo de encalhar na neblina.

— E o bote?

— Ele me disse que poderia ficar com ele.

— Tenho certeza de que Darcus vai ficar satisfeito. Parece que o botão de pânico tem sido muito útil.

— Parece que sim — disse o Intermediário.

— E o professor Khan? Quando posso entrar em contato com ele?

— Quando achar apropriado. Você decide.

Hussein voltou para a cabine. Khazid parecia mais feliz, as mãos ainda segurando o leme com firmeza.

— Como foi?

Hussein contou a ele o que o Intermediário dissera agora e mais cedo, quando estava no café em St. Denis.

— Então, os Salter se livraram da Máfia russa em Londres e acabaram com seis mercenários do IRA. Isso está começando a ficar sério — comentou Khazid.

— Já lidamos com problemas sérios antes. — Hussein sorriu. — Vou descer e deitar um pouco; me acorde em uma hora. — Ele desceu.

Darcus Wellington, de Folly Way, em Peel Strand, acordou com um bocejo furioso e apalpou até encontrar o telefone na mesa de cabeceira, derrubando uma xícara com um pouco de café frio. Sentou-se na cama bamba e acendeu o abajur.

— Quem é?

A resposta o despertou. Levantou, um camisolão antigo caindo até seus joelhos.

— Seus hóspedes estão chegando — disse o Intermediário. — Uma manhã horrível. Mas acho que seria uma boa ideia se você fosse até a praia por volta das 4h30 dar as boas-vindas. E lembre-se, são pessoas especiais.

— Com o rosto de Hussein estampado em todos os jornais, devem ser mesmo.

— Não comece a reclamar. Entrarei em contato.

Ele desligou e Wellington ficou sentado ali por um momento, respirando fundo. Sua cabeça era careca; seu rosto, murcho, porém mais de 60 anos no show business tinham de deixar a sua marca. Levantou e abriu as cortinas. Embora houvesse sinais de que logo amanheceria, a neblina cobria a janela como se quisesse envolvê-lo.

— Santo Deus.

Foi para o banheiro, ligou o chuveiro, ficou olhando para a água e mudou de ideia. Voltou para o quarto, onde tirou o camisolão e vestiu camisa de brim, calça de veludo marrom e um suéter com colarinho grande. Na sua penteadeira, havia muita maquiagem, e ele se sentou, passando creme no rosto, um pouco de ruge nas bochechas e delineador em volta dos olhos. Inegavelmente, tinha de admitir que dava um ar teatral. Finalmente, pegou a peruca castanha com discretos cachos e colocou sobre a careca. Satisfeito, levantou e atravessou sua charmosa sala de estar até a cozinha.

Como os outros cômodos, tinha telhado de vigas, mas todo o resto era moderno, o tipo de templo de alguém que adorava cozinhar. Acendeu a chaleira, murmurando consigo mesmo, pegou uma tigela na qual colocou cereais e leite e comeu sem muito prazer. Quando a chaleira apitou, preparou chá verde e foi dar mais uma olhada na neblina.

Olhou no relógio e viu que acabava de passar das 4 horas.

— Bem — disse ele baixinho —, acho melhor começar a me mexer.

Pegou um par de galochas, foi até o vestíbulo, sentou-se e as calçou, pegou uma capa pesada e saiu.

A neblina o envolveu, e havia uma chuva fina. Viu o lago e sentiu o cheiro singular da salina. Seguiu a trilha que acompanhava o dique, passando por uma paisagem pobre de rios cheios de lama. As mudanças no clima e as marés altas deixaram suas marcas em um lugar que já fora especial. Até os pássaros pareciam fugir dali. Chegou a um quebra-mar de pedra muito antigo e decadente, as pedras sumindo na neblina, e o ruído de um motor se aproximando estava bem alto.

— Ei... aqui! — gritou ele.

Hussein aproveitara o som do barco ao afundar o *Seagull*. Trinta metros parecia o suficiente. Desligou o motor.

— Leve o bote inflável para a popa, desamarre e entre.

— E você? — perguntou Khazid.

— Vou operar as válvulas. — Ele desapareceu na casa de máquinas, encontrou o que precisava na mesma hora, fez o necessário e saiu.

Juntou-se a Khazid no bote e se afastou com um empurrão. Foram levados pela corrente, e ficaram sentados ali, observando o barco afundar na água. Hussein encontrou seus cigarros, acendeu um e deu o maço para Khazid, que fez o mesmo. O mar estava formando um redemoinho em volta do deque do *Seagull*, que afundou ainda mais até desaparecer.

— Deveria ser triste ver um barco de qualquer tipo afundando — disse Khazid.

— Por que seria? — Hussein ligou o motor externo do bote.

— É como se fosse alguém morrendo.

— É mesmo?

Um vento fraco agitou a água, não muito, mas o suficiente para afastar um pouco a neblina. Conseguiram ver uma vaga sugestão de terra, e então escutaram Darcus Wellington chamando. Hussein desligou o motor e eles foram levados pela maré.

— Onde estão Roman e o *Seagull*? — perguntou Darcus.

— Ele não quis arriscar nesta neblina — explicou Hussein. — Não dava para ver nada na baía, e ele começou a ficar preocupado com o barco. Acabou decidindo que devíamos usar o bote. Disse que pode ficar com ele.

— Disse? Que gentileza a dele. Vou caminhar uns 50 metros pela praia. Tem o que sobrou de um velho cais de pedra. Vocês vão poder desembarcar sem precisar molhar os pés. Puxe para a areia para mim.

Em uma questão de minutos, estava resolvido: o bote inflável estava em terra firme, e os dois iraquianos de pé ao seu lado.

— Sou Darcus Wellington; e você deve ser o Martelo de Deus, de acordo com os jornais. Quem é seu amigo?

— Meu nome é Henri Duval — disse Khazid.

— Querido — disse Darcus, alegre —, se você é Henri Duval, eu sou o príncipe Charles.

Começaram a subir até o dique e Khazid disse em seu francês perfeito:

— Mas posso lhe garantir, *mon ami*, que sou quem digo quem sou.

Darcus ficou impressionado.

— Bem, devo dizer que isso é realmente deslumbrante. Você realmente fala a língua. — A chuva aumentou de repente. — Venham, vamos nos apressar ou ficaremos ensopados.

Ele começou a correr e a neblina estava enfraquecendo, de modo que conseguiram ver a casa antes de chegar. Ele abriu a porta da frente e os deixou entrar.

— Folly Way — disse. — Este era o nome quando eu e Bernard compramos a casa. Ele era meu companheiro. Na época, era um pântano, com rios cheios de água, plantas maravilhosas, muitos pássaros. Então, alguns anos atrás, depois que Bernard morreu, voltei e encontrei tudo mudado, e mudou um pouco mais depois disso. Alguma coisa a ver com nível do mar e assoreamento. De qualquer forma, bem-vindos ao fim do mundo

— Por que chama o lugar assim? — perguntou Hussein.

— Porque toda vez que vou a algum lugar e volto, acho que morreu mais um pouco. Mas não liguem para isso. Tirem seus casacos, venham para a cozinha que vou preparar um bom café da manhã.

13

O café da manhã foi perfeito, levando em consideração qualquer padrão. Darcus cozinhou hadoque, fez ovos mexidos, fatiou cebola, encontrou um pacote de pão ázimo no freezer e descongelou. Também havia iogurte e frutas variadas em quantidade, e chá verde.

— Cozinhar é a minha paixão. Cheguei a ser chef, mas sempre perdia a paciência com os empregados. Minhas expectativas eram altas demais. — Ele começou a juntar a louça e colocou na lava-louça. — Estou no show business desde os 13 anos, quando vi um circo pela primeira vez. Não tem nada que eu não tenha feito. Cabaré, teatro, filme. O maior problema sempre foi ter uma casa montada para onde voltar. Foi por isso que eu e Bernard compramos este lugar. Na época, parecia uma boa ideia. Estávamos fazendo a temporada de verão em um cabaré em Bournemouth, uma cidade litorânea perto daqui. Em um domingo, saímos para um passeio de carro e passamos por aqui, uma visão muito diferente do que é hoje, posso garantir. Folly Way resume tudo.

Ele falou sem parar, a maior parte do tempo era divertido, mas demonstrava malícia ao tocar nas pessoas.

— Talento, querido — disse ele para Hussein —, é uma maldição. É algo que os outros atores não perdoam. É claro, tem algumas coisas que não podem ser ensinadas. Olhe para você. Você tem um enorme talento.

— Para o quê? — perguntou Hussein.

— Para matar pessoas. Quero dizer, não é uma coisa fácil de se fazer. Você se destaca no que faz. É um verdadeiro revolucionário, fiel à causa. Você me lembra muito Che Guevara. O herói romântico com coragem. Você até se parece com Che com essa barba.

— Ei, isso é bom — disse Khazid. — Eu realmente acho que pode haver alguma verdade nisso. Ele disse para Darcus: — Tem crianças em Bagdá que vestem com orgulho camisetas em que está escrito "Martelo de Deus".

— Mas não tem o seu rosto, querido? — Darcus estava horrorizado. — Quero dizer, isso não seria bom.

— Um dia — disse Khazid —, quando o Iraque for livre de novo, todos os homens conhecerão o rosto dele.

— Bem, ele não seria o primeiro revolucionário a se tornar presidente de seu país. Lembram de George Washington?

— Exatamente — disse Khazid.

Hussein, que não estava se sentindo nem um pouco à vontade com tudo isso, disse:

— Vamos tratar de assuntos importantes? E as armas?

— Deus sabe que tenho o suficiente, não que já tenha disparado alguma na minha vida. Por aqui, cavalheiros.

Ele os levou para o escritório, que ficava no meio da casa. As paredes de madeira eram enfeitadas com fotos emolduradas de peças de teatro, filmes e televisao.

— Minha vida interpretando, e que interpretação! Eu merecia um Oscar.

— Mas o que isso tem a ver com as armas? — perguntou Hussein.

Wellington sorriu e chutou embaixo de uma tábua da parede e, com um clique, abriu uma porta secreta. Ele puxou-a, entrou e acendeu a luz, revelando armas e acessórios de todos os tipos.

— Olhem o meu tesouro.

Hussein viu várias Walthers, silenciadores Carswell, Colts, metralhadoras Uzi modernas, três AKs, uma caixa de granadas de mão e até Semtex, mais uma caixa de detonadores, tudo numerado.

— Meu Deus! — exclamou Hussein. — Você realmente vai para a guerra.

— Eu não, meu querido. Como disse antes, nunca disparei uma arma na vida. Deem uma olhada e escolham o que quiserem. Estarei na cozinha fazendo as minhas coisas. Não precisam se apressar. — Ele deixou Hussein e Khazid analisando as armas.

— As armas de sempre — disse Khazid. — Ferramentas para um assassino.

— Você está sendo dramático — respondeu Hussein. — Elas cumprem sua tarefa e nas circunstâncias ruins, é fácil de se livrar delas. Os serviços que temos pela frente não combinam com francos-atiradores.

— Uma granada talvez?

— Não tem por quê. Não há necessidade. Queremos acertar duas pessoas, não transeuntes

— Está certo. Posso levar uma Uzi com a coronha dobrável se couber na minha bolsa?

Exasperado, Hussein disse:

— Faça como quiser. Verifique se as armas estão funcionando aqui na mesa do escritório. Pegue munição também, mas não exagere. Se precisarmos de mais, podemos pedir a Khan em Londres.

Em Holland Park, Dillon estava terminando seu café da manhã quando Roper o chamou pelo interfone e pediu que fosse à sala de computadores.

— O que manda? — perguntou Dillon.

— O meu contato no Serviço Secreto Espanhol me procurou. Um hidroavião roubado em Khufra apareceu abandonado em Maiorca. Ainda mais interessante, o informante dele na polícia de Khufra falou de um Citation aterrissando lá durante a noite, deixando dois homens. Parece que houve tiroteio.

— Então, eles roubaram um hidroavião. Hussein é um piloto experiente. Deve ser ele. Mas quem é o outro?

— Ele saiu de Bagdá com três homens. Hamid e Hassim, que você e Billy mataram. E outro chamado Khazid. E antes que você peça, vou mostrar aquelas fotos tiradas no Kuwait, mas não estão boas, e Khazid não aparece.

— Não sabemos nada sobre esse Khazid?

— Primo de terceiro grau de Hussein, outro Rashid. Um soldado muito experiente. De alguma forma, também é primo de Sara, acho, e tem algo em comum com ela.

— Como assim?

— Outro mestiço. A mãe era francesa.

— Era?

— Morreu na primeira Guerra do Golfo junto com o pai dele, fugindo do Kuwait de carro pela Estrada da Morte.

— Então... o que isso quer dizer? — perguntou Dillon.

— Espere, tem mais. Aeroporto Internacional de Palma, voos para variados destinos. Os espanhóis foram muito espertos. A polícia investigou a área onde o hidroavião aterrissou e descobriu a hora. Se calcularmos quanto tempo levaria para chegarem ao aeroporto, diríamos por volta do meio-dia, e para dois homens desesperados para sair de lá, isso diminui o tempo da partida.

— O que quer dizer que os espanhóis não precisaram ficar analisando as fitas durante horas?

— Bem, veja você mesmo. — Roper mostrou na tela Hussein passando pela segurança, parando para tirar os óculos escuros enquanto entregava sua passagem. O homem atrás dele obviamente era Khazid, porque estavam conversando, mas não dava para ver todo o rosto dele.

— Você sabe sobre o voo?

— Um daqueles voos econômicos lotados de turistas. Havia algumas poltronas vazias. Eles foram para Rennes, na França.

— Uma escala para a Inglaterra?

— Exatamente. Bretanha significa Ilhas Anglo-Normandas, e uma vez em Jersey, é solo britânico. Voos diários para a Grã-Bretanha e a Costa Sul. Isso tudo é conjectura, mas eu diria que ele está a caminho, e sabemos o que isso significa.

Dillon ficou sentado, pensando.

— Certo, vamos espalhar a notícia. Use todos os seus contatos com a imprensa para a foto dele continuar circulando, dizendo que ele pode estar na Grã-Bretanha.

— Isso, mas precisamos enfatizar a palavra "pode". Estamos em um beco sem saída aqui, esperando algo aparecer.

— As únicas coisas que vão aparecer são Hussein e Khazid. Você sabe disso, eu sei disso, e sabemos qual é o alvo dele: os Rashid, em Gulf Road, Hampstead.

— Então, o que sugere?

— Está nas mãos de Ferguson decidir. Talvez mantê-los aqui no esconderijo — disse Dillon.

— A Dra. Rashid não vai gostar nada disso.

— Mas ela não tem muita escolha. É melhor falar com Ferguson.

Quando Ferguson chegou no Daimler, Roper já tinha avisado Billy e Greta, Levin e Chomsky. Todos escutaram com atenção enquanto Roper explicava a situação.

Quando terminou, todas as expressões estavam sérias.

— É claro que tudo isso é apenas um "talvez". Não temos certeza de nada.

— Só de uma coisa — disse Billy —, que o cretino está a caminho. Eu sei disso e acho que todo mundo aqui sabe. A questão é: o que devemos fazer?

— Tirar os Rashid de Hampstead, isso é essencial. Para fora da cidade, bem longe de tudo, enquanto caçamos o cretino.

— Molly não vai gostar — disse Greta. — Apesar de tudo que aconteceu, ela continua firme na ideia de que o trabalho dela é primordial. Não vai querer sair da cidade.

— Acho que ela vai ter de sair — disse Ferguson.

Houve um silêncio, que Greta quebrou.

— Tem uma coisa que ainda fico me perguntando. O que Hussein quer, exatamente? Sequestrar a menina e levá-la de volta?

— Como ele faria isso? — perguntou Levin.

— Exatamente!

— Talvez ele queira matar Caspar por sua participação no resgate dela.

— O que ainda o deixaria com o problema de Sara.

— Talvez ele mesmo não saiba — disse Roper. — Não precisamos discorrer sobre o passado dele, todos vocês conhecem. As mortes na família dele seriam causa suficiente para querer se vingar de muita gente, e certamente essas mortes o motivam.

— E não podemos esquecer que é um dos assassinos mais bem-sucedidos do mundo — acrescentou Levin.

Houve outro silêncio, e desta vez foi Billy, um gângster que conhece as leis das ruas desde a juventude, que disse:

— Talvez seja muito mais simples do que imaginamos. Talvez ele esteja apenas vindo para cá e não tenha planejado tudo ainda.

— Que Deus nos ajude se for isso — disse Ferguson. — Se nem ele sabe, que chance nós temos?

— Nenhuma — disse Dillon e virou-se para Ferguson. — O que você quis dizer quando disse que os Rashid precisam ir para bem longe de tudo?

— Temos uma casa de campo chamada Zion Place em West Sussex, perto da costa e dos pântanos. Foi doada ao Ministério da Defesa na Segunda Guerra e era usada para treinar agentes do SOE*. Com o passar dos anos, tem sido usada para fins de

---

*SOE (Special Operations Executive foi uma organização criada pelo primeiro-ministro Winston Churchill durante a Segunda Guerra Mundial para apoiar facilitar a espionagem e a sabotagem atrás das linhas inimigas. (*N. da T.*)

treinamento, mas no momento está inativa, mas é vigiada por uma dúzia de seguranças uniformizados, todos ex-policiais militares, liderados pelo capitão Bosey.

— O pântano — disse Dillon —, qual a situação do lugar?

— Pertence ao National Trust*. Existem pássaros únicos lá. Maçarico, ganso selvagem da Sibéria, esse tipo de coisa.

— Os especialistas em aves são um problema?

— Zion Place tem características únicas. Cercas elétricas altas nos muros: se alguém tentar pular, frita.

— Parece bem cruel.

— Sinais de aviso para todos os lados, câmeras de segurança. Não podemos fazer mais do que isso. Nunca houve nenhuma tentativa de entrada ilegal nos vinte e poucos anos em que sou responsável pelo lugar.

— Para mim, parece ótimo — disse Dillon. — Mais alguma coisa?

— Tem uma pista de aterrissagem de concreto, fica ao lado do pântano, da época do SOE. Os Rashid poderiam pegar um voo de Farley e ir direto para lá, e mais algum de vocês.

— Isso certamente funcionaria — disse Dillon. — Quem você mandaria?

— Greta tem um bom relacionamento com a família. Se Levin e o sargento Chomsky fossem também, viraria uma operação russa.

Todos concordaram.

— Para mim, está ótimo — disse Dillon. — Vamos resolver isso com os Rashid.

---

*Organização inglesa de proteção à natureza. (N. da T.)

— Voce e Greta vêm comigo, o resto fica. Roper está no comando. — Ferguson saiu.

Estavam sentados na sala de estar da casa da Gulf Road com Caspar, Molly e Sara. Ferguson explicou pacientemente qual era a situação. Greta ficou perto da janela.

— Então, o que vocês estão tentando nos dizer? — perguntou Molly Rashid. — Que Hussein esta aqui na Inglaterra?

— Temos fortes indícios para acreditar que ele está a caminho — disse Ferguson. — Hazar para Argélia, rouba um hidroavião e segue para Maiorca, depois, Rennes na Bretanha. Olhe o mapa, ele fala por si.

Ela parecia desesperada.

— Ele seria louco de vir, e para quê?

Sara se levantou.

— Se me dão licença, vou para o jardim. O que decidirem está bom para mim. Zion Place parece legal.

— Isso diz respeito a você, querida — disse Caspar.

— Não exatamente — disse Sara calmamente. — Hussein não faria nada que pudesse me causar algum mal. — Ela saiu e Greta foi atrás.

Molly Rashid começou de novo.

— Acho que vocês precisam entender, general, que estamos tentando levar uma vida o mais normal possível, para o bem de Sara.

Dillon se levantou.

— Vocês decidem. Vou para a varanda fumar. Está com você, general.

Sara estava andando devagar pelo jardim. Do outro lado da estrada, um gari vestido de amarelo percebera a chegada do Daimler de Ferguson e de seus ocupantes e tirara uma foto com a câmera especial que Khan lhe dera.

Dillon acendeu um cigarro e se aproximou de Sara e Greta.

— Oi, Sr. Dillon, o que quer? — perguntou Sara.

— Fiquei curioso sobre o que disse a respeito de Hussein. Como pode ter tanta certeza? Ele é um homem muito violento.

— Acredito que esteja falando sobre toda essa história de Martelo de Deus. — Ela deu de ombros. — Em Bagdá, os jornais e a televisão falavam dele, mas nunca mostravam fotos, por isso eu não sabia que era Hussein. Ele sempre cuidou de mim. Garantia que as pessoas me tratassem de forma apropriada.

— Ele mudou depois?

— Não exatamente. No oásis em Fuad, no deserto Rub' al-Khali, quando o bandido Ali ben Levi foi grosseiro comigo, Hussein deu um tiro nele.

— Como você se sentiu?

— Ben Levi era um homem muito mau. Estava chicoteando um padre porque ele era cristão. Eu disse que também era e ele começou a me tratar mal.

Dillon abriu um sorriso frio.

— Sob essas circunstâncias, eu também teria atirado nele. Agora me diga, sei que não tenho nada a ver com isso, mas e toda essa história muçulmana de ser prometida e ter de casar quando chegar a idade?

— Isso é ridículo — disse ela. — Nunca levei a sério, e disse isso para Hussein.

— E ele aceitou?

— Eu avisei. Não podia fazer mais nada.

Dillon respirou fundo.

— Você é uma jovem realmente notável.

Caspar foi para a varanda e chamou:

— Vamos, Sara, já decidimos tudo. Vamos para Zion Place de avião.

A esposa apareceu.

— Por uma semana... sete dias apenas, então vamos arrumar as malas.

A menina se juntou a eles, que entraram, e subiu.

Ferguson apareceu.

— Vou voltar para Holland Park. Vocês dois fiquem enquanto eles fazem as malas. Vou mandar a minivan para pegar vocês e levar os Rashid para Farley. Vou providenciar para que Levin e Chomsky os encontrem lá.

Ele saiu e Dillon disse:

— Sara é uma garota e tanto.

— O que esperava? Ela é metade beduína — lembrou Greta.

— Vamos para a cozinha tomar um café.

Em sua loja perto da casa dos Rashid, Ali Hassim estava servindo de representante do professor Khan, supervisionando uma rede de garis, porteiros de hospitais, motoristas de vans e até moças que trabalhavam nos hospitais locais. O gari designado para a casa dos Rashid telefonou.

— Eles receberam visitas. Dois deles estavam nas fotos que o professor Khan nos mostrou. O general e o tal Dillon. Também tinha uma mulher. O general saiu em seu Daimler. Tirei fotos. Dillon e a mulher ainda estão lá.

— Algum sinal da família?

— Só Sara, a menina. Ela estava no jardim, conversando com Dillon.

— Vou mandar Jamal de moto para o caso de irem a algum lugar. Ele estará aí em poucos minutos.

O gari esperou, e então a minivan apareceu, parando nos portões eletrônicos até que se abrissem. Entrou e o gari conseguiu ver Caspar Rashid na porta da frente com duas malas, a esposa logo atrás, seguida por Sara, Greta e Dillon.

Nesse momento, Jamal chegou de moto. Ele se escondeu atrás das árvores.

— O que está acontecendo? — perguntou ele.

— Eles estão saindo. Parece que vão todos. Vi malas. Vá atrás deles.

— É para isso que estou aqui, seu idiota.

Jamal esperou, o motor ligado. Os portões se abriram e a minivan saiu, virando à direita, e ele seguiu. Mas como o tráfico estava intenso, conseguiu se aproximar mais de uma vez, logo conseguindo saber quem estava dentro.

Em Farley Field, teve de entrar em um estacionamento público quando a minivan parou na guarita de segurança e recebeu permissão de entrar, mas ele observou enquanto seguiam para o terminal, os viu saindo e encontravam com Levin e Chomsky.

Uma placa no portão dizia: "Ministério da Defesa, Farley Field, Área Restrita", mas se surpreendeu ao ver no estacionamento um lugar para observar os aviões. Provavelmente qualquer tipo de quebra da segurança seria considerado uma violação dos direitos humanos deles.

— Só os ingleses — disse para si. — É por isso que vamos ganhar.

Pegou um binóculo. O avião era um Hawk antigo, coisa que ele não sabia, mas tirou uma foto.

Na pista, Dillon esperou o avião decolar, depois voltou para a minivan e pediu para o sargento Doyle levá-lo a Holland Park.

Jamal esperou que partissem, depois subiu na moto. Não havia mais nada que pudesse fazer, a não ser voltar para a loja de Ali Hassim.

Ali o levou para a sala dos fundos.

— Tem certeza de que eles viajaram?

— Absoluta. As malas mostram que vão ficar algum tempo, e o avião, que vão para longe.

— Não tinha como descobrir o destino?

— Não dá para entrar. Já disse, é uma área restrita. Guardas para todos os lados. Não dá nem para chegar até os portões.

Ali estava preocupado.

— Então não faz a menor ideia de aonde eles foram?

— Só que eles *foram*. Vi com meus próprios olhos, e a casa ficou vazia. Conte isso ao professor Khan.

Ali suspirou.

— Ele não vai gostar. De qualquer forma, vá preparar um café para você na cozinha enquanto conto as péssimas notícias a ele, e deixe a câmera para que eu possa descobrir o tipo de avião.

Não demorou muito para encontrar em um pequeno livro sobre aviões: um Hawk, oito lugares, dois motores.

Começou a ver as várias fotos que os garis tiraram das idas e vindas dos Rashid desde que voltaram, não que tivesse muitas. A mais interessante era do homem que depois descobriu ser o arqueólogo de Hazar, professor Hal Stone. Amigos da Irmandade e acadêmicos da Universidade de Londres confirmaram a identidade. Ele é membro do Corpus Christ College, em Cambridge. Ele chegara à casa em Gulf Road em um táxi que esperou por ele e o levou à estação King's Cross. Jamal o seguira e vira quando embarcou em um trem para Cambridge.

Obviamente voltando ao trabalho. De modo geral, não era uma boa notícia; então, ligou para Khan e contou tudo.

Hussein estava sentado na frente da mesa de maquiagem no quarto de Darcus Wellington, nu da cintura para cima. O espelho era bem iluminado com todas aquelas pequenas lâmpadas em volta, e aquela quantidade de maquiagem era algo estranho para Hussein, que achou o cheiro desagradável.

Khazid estava sentado em uma poltrona perto da janela, fumando um cigarro.

— Abra a janela — disse Hussein —, depois saia e encontre alguma coisa para fazer.

— Mas eu quero ver.

— E eu não quero que veja. Saia.

Khazid saiu com relutância, e Darcus colocou uma grande toalha em volta dos ombros de Hussein.

— Esta é a marca de um verdadeiro ator, querido. A maquiagem é como um caso de amor, algo que não devemos dividir com ninguém. Sabendo quem você é, essa é a questão.

— E quem eu sou? — Hussein perguntou para si mesmo. — Hussein Rashid ou o Martelo de Deus?

Chovia torrencialmente do lado de fora da janela aberta, trazendo o cheiro de vegetação podre, e Darcus foi fechar a janela.

— Se você não se importa, querido, esse cheiro faz com que eu pense que o mundo todo está morrendo.

— Talvez esteja mesmo, em alguns aspectos — disse Hussein.

Espalhafatoso com sua peruca castanha, Darcus ficou parado ali, de braços cruzados, mão no queixo, observando-o.

— Um ar de Che Guevara. Foi uma decisão consciente da sua parte?

— Não que eu saiba. — Hussein estava começando a ficar desconfortável.

— Guevara era um verdadeiro romântico. Ele realmente demonstrava sua posição. De certo modo, ele dava às pessoas o que elas esperavam. Estava tudo na aparência, querido. Foi isso que tentou fazer, dar às pessoas o que elas esperavam?

— Aonde isso vai chegar?

— É também uma questão de saber o que você é e ainda gostar de você mesmo. A maioria dos atores, claro, preferia ser outra pessoa.

— Sou o que sou. O que preciso agora é de um rosto novo.

— Francamente, acho que vou conseguir isso tirando essa máscara que já está aí.

— Se isso significa adeus ao Che Guevara, que assim seja — disse Hussein.

— E o que mais deve sair junto com isso?

— Não sei. Teremos de ver.

A porta do corredor estava semiaberta e Khazid observava horrorizado o homem com quem servia havia tantos anos mudar diante de seus olhos. Darcus mexeu no cabelo, cortando, deixando-o mais ralo e muito mais curto, dando-lhe um estilo totalmente diferente.

Então, passou espuma no rosto todo e pegou uma lâmina, diminuindo as costeletas, afinando as sobrancelhas e, com muito cuidado, tirando a barba e o bigode.

— Quero que vá para o banheiro agora, querido. Não se preocupe, só precisa lavar a cabeça.

Khazid se escondeu na cozinha e Darcus foi na frente.

Mais tarde, de volta ao espelho e usando um secador, cortou o cabelo com mais atenção, usando uma tesoura, virou

Hussein na cadeira giratória, afinou mais as sobrancelhas e aplicou um lápis escuro.

Hussein ficou sentado olhando para si mesmo, embora não fosse ele.

— Meu Deus do céu, você parece tão novinho! — disse Darcus. — Quantos anos você tem?

— Vinte e cinco.

— E agora parece ter a idade que tem, essa é a diferença. Vista a camisa.

Procurou em várias gavetas até encontrar o que queria: óculos com armação de chifre, sem grau, mas com lentes claras.

— Experimente estes óculos. — Hussein obedeceu. — Nossa, lhe dá um ar de intelectual. Poderia ser um professor ou alguma coisa do tipo.

— Não o Martelo de Deus.

— Veja por si só. — Darcus abriu um exemplar do *The Times* com uma foto de Hussein. — Quem conseguiria reconhecer você nesta foto como está agora?

— Nem eu mesmo — disse Hussein devagar, indo para a cozinha.

Khazid estava esperando a água na chaleira ferver, parado ali, olhando a chuva pela janela. Ele se virou e seu choque ficou óbvio.

— Meu Deus, para onde você foi? — Ele balançou a cabeça. — Não tenho mais certeza que é você.

— Talvez não seja. — Havia um sorriso estranho no rosto de Darcus. — Quem sabe? Lembram da Caixa de Pandora?

— Como assim? — questionou Khazid.

— Mitologia grega — explicou Hussein. — Quando a caixa foi aberta, soltou todo tipo de coisa ruim.

Khazid, pouco a vontade, franziu a testa, e Darcus disse:

— Vou fazer café.

— E eu vou ligar para Dreq Khan — disse Hussein para Khazid. — Vou planejar nossa próxima parada.

— Hampstead? — perguntou Khazid.

— Parece óbvio. Afinal, como ninguém sabe que estamos aqui, devemos aproveitar o momento.

— Se você está dizendo, mas acho que precisamos conversar em particular.

— Claro.

— Podem usar o escritório — disse Darcus, mas eles saíram para a varanda, deixando a porta aberta.

— Algum problema? — perguntou Hussein.

— Hampstead, Sara, os pais dela. Certamente, nossa principal missão, a mais importante para a causa é o assassinato do general Ferguson e do tal Salter, se possível. Se formos para Londres com isso em mente, é possível que tenhamos sucesso, já que, como você mesmo disse, as autoridades não fazem a menor ideia de que você está na Inglaterra. Pensando nisso, sou a favor de irmos para Londres, mas não para fazermos uma visita a Hampstead. Sara e seus pais são um show à parte, primo. O que você faria, atiraria nos pais dela? Não acho que ela lhe seria grata.

— Não seja tolo — disse Hussein.

— Ou invadir a casa e sequestrá-la? Depois, como a tiraria do país?

— Professor Khan, o Exército de Deus, a Irmandade, todos nos prestariam seus serviços. Entre nós, encontraríamos um jeito.

— Você honestamente acredita que o destino dessa menina tem a menor importância para essas pessoas? Não, mas a cabeça de Ferguson em uma bandeja, o mais valioso conselheiro do primeiro-ministro, isso seria um triunfo.

A maior parte do que ele dizia fazia sentido, mas Hussein não queria admitir.

— Vou ligar para Khan agora, ver qual é a situação e tomar minha decisão.

Atendendo a um pedido de Ali Hassim, Khan fora até a loja discutir os últimos acontecimentos, e foi lá que recebeu a ligação que, verdade seja dita, vinha temendo já há um tempo.

Colocou a mão sobre o celular codificado e sussurrou para Ali Hassim:

— É ele, o próprio Hussein Rashid, e ele está na Inglaterra.

— Alá seja louvado — disse Ali.

Khan voltou a falar ao telefone:

— Onde você está?

— Dorset, Peel Strand, com uma pessoa do Intermediário. Um chalé chamado Folly Way. Eu e Khazid chegamos esta manhã. Nossa intenção é seguir para Londres.

— Isso seria prudente? Seu rosto está em todos os jornais.

— Já cuidamos disso. Ninguém vai me reconhecer. Pode acreditar. Agora, fale-me da situação com os Rashid.

— Nós os estamos monitorando de perto, minha rede de informantes usa até motocicletas para seguir todos os carros que saem da casa em Hampstead. Por isso, tenho o endereço do esconderijo do inimigo em Holland Park. Sabemos onde Ferguson e Dillon moram, o que, obviamente, vai ser muito importante para você.

Hussein o cortou.

— Vá direto ao ponto. Parece que tem alguma notícia ruim para me dar. Fale logo.

Então, Khan contou o pior.

— Eles sumiram, foram para algum lugar que você não sabe onde, e as circunstâncias indicam viagem de segurança? — perguntou Hussein.

— Isso mesmo.

— Você não disse qual era o avião.

— Ali verificou, era um Hawk.

— Um avião que mais parece um burro de carga. Voei em um no deserto da Argélia. Acho que se eles estivessem indo para algum lugar distante, do outro lado do canal, teriam usado um avião melhor. Acredito que um Hawk indique que estão por perto. Algum lugar no campo, a uma distância razoável de Londres.

— Algo que seria impossível para nós descobrirmos — disse Khan.

— Então Ferguson e Dillon foram à casa da Gulf Road? Mais alguém?

— Sim, o professor Hal Stone.

— O arqueólogo de Hazar. O que será que ele queria?

— Acho que foi se despedir. Um dos meus homens, Jamal, o seguiu até King's Cross, onde ele pegou um trem para Cambridge. Ele é professor do Corpus Christ College lá. Descobrimos agora que é primo de Ferguson.

— Mesmo? Ele está bem envolvido em tudo isso. Aposto que tem todas as informações de que precisamos.

— Você pode estar certo.

— Acho que estou. Ali Hassim, fale-me dele.

Khan falou; quando terminou, Hussein perguntou:

— Podemos confiar nele?

— Totalmente. Poucos sabem da sua real importância.

— Então, me dê o endereço dele. Diga que me espere a qualquer momento.

— Quais são seus planos?

— Farei uma visita a esse tal de Hal Stone na Universidade de Cambridge hoje. Bournemouth é perto de onde estou. Iremos de trem.

— Para Cambridge? Você teria de trocar de trem em Londres. Isso seria prudente?

— Meu caro professor, nem eu mesmo estou me reconhecendo. Entrarei em contato.

Ele se virou e encontrou Khazid observando-o, com a expressão confusa.

— Explico mais tarde, quando estivermos no trem — disse ele. — Agora, preciso falar com o Intermediário.

Ele acendeu um cigarro depois de apertar o botão e esperou, calmo e controlado de novo. O Intermediário ligou para ele na mesma hora. Rapidamente, Hussein explicou a situação e suas intenções.

— Você aprova?

— Devo dizer que sim. Não tenho mais acesso às decolagens de Farley como tinha antes. Eles têm um sistema de segurança especial. Só posso lhe desejar boa sorte em Cambridge. Tem certeza de que é seguro viajar? Darcus é tão bom assim?

— Sim, é a resposta mais rápida a todas as perguntas. Adeus.

Passou por Khazid e encontrou Darcus na cozinha.

— Precisamos ir para Bournemouth. Acredito que a cidade tenha uma linha de trens razoável?

— Tem sim, excelente. Quando querem partir?

— Você é quem sabe.

— Eu não, querido. Tenho problemas de próstata que você não ia querer nem saber. O médico só vem duas vezes por semana à aldeia de Peel Strand. Fica a menos de um quilômetro daqui, então, costumo ir andando. — Ele olhou para o relógio.

— Dez horas, ele só chega depois do almoço.

— Então, qual é a outra alternativa? — perguntou Khazid.

— Vocês podem ir com o meu carro, deixá-lo no estacionamento da estação de Bournemouth e colocar a chave no porta-luvas. Não vejo nada melhor que isso. Mas acho que terão de trocar de trem em Londres para seguir para Cambridge. De qualquer forma, foi ótimo conhecê-lo. Essas coisas tornam a vida muito mais interessante.

— E lucrativa para você — disse Hussein.

— Claro, querido. Todos nós precisamos ganhar o pão de cada dia.

Em 15 minutos, eles estavam totalmente vestidos, com as bolsas de viagem na mão. Um Mini Cooper antigo velha os esperava na garagem sob a chuva.

— A chave está na ignição. Boa sorte — gritou Darcus, e fechou a porta.

Hussein se sentou ao volante e Khazid tirou seu relógio de pulso, colocou no bolso da capa de chuva e recostou-se.

— Desculpe, deixei meu relógio no banheiro. Volto em um minuto.

Na conversa de despedida, Darcus dissera que teriam de trocar de trem em Londres para chegar a Cambridge, mas a única menção a Cambridge fora nas conversas supostamente particulares de Hussein quando ele e Khazid estavam no escritório, o que significa que Darcus estava escutando.

Khazid foi para a varanda, abriu sua bolsa de viagem, tirou uma Walther e colocou o silenciador. Abriu a porta para o vestíbulo, escutando a voz do anfitrião.

— Meu Deus, Charlie querido, se você soubesse o que tenho passado.

Khazid assobiou baixinho. Darcus se virou.

— Ah, meu Deus. — Ele abaixou o telefone.

— Menino mau, Darcus, muito mau — disse Khazid. — Deu um tiro entre os olhos dele e saiu.

Jogou sua bolsa de viagem no porta-malas e entrou, colocando o relógio.

— Tudo bem? — perguntou Hussein.

— Nunca estive melhor — e foram embora.

O voo de Farley fora designado a Lacey e Parry, por ordens diretas de Ferguson, pela óbvia razão de que conheciam todo mundo. Levin e Chomsky precisaram ser apresentados aos Rashid, o que Greta fez. Sara respondeu bem a Levin e Chomsky, mas a única pessoa que não parecia nem um pouco feliz era Molly Rashid.

Ela e o marido estavam sentados juntos no fundo. No início, a conversa deles era apenas um murmúrio, mas foi ficando cada vez mais calorosa.

— Aonde isso vai nos levar? — perguntou Molly.

— É para o nosso bem. Só uma semana para vermos como as coisas vão ficar — respondeu Caspar.

— Tenho de pensar no meu trabalho, estou envolvida em projetos muito importantes, talvez os mais importantes da minha vida.

— Mas os colegas que você colocou no seu lugar são de primeira.

— Essa não é a questão. A criança Bedford, por exemplo. Uma cirurgia pioneira. Eu deveria ir vê-la todos os dias da semana, e onde estou? Não vai dar, Caspar.

— Tem pessoas muito capacitadas com essa criança, atendendo a todas as necessidades dela, assim como estamos fazendo com a nossa filha.

Sara abriu um sorriso solene para Levin e levantou o olhar, depois se virou, ajoelhando na poltrona, e disse:

— Será que você não podia ver isso como férias no campo, para que a gente possa se entender, porque é isso que eu pretendo fazer. — Não esperou uma resposta, apenas virou e disse: — Conte-me mais sobre o Kremlin, Igor. Parece fascinante.

Os pais dela, constrangidos, ficaram em silêncio, e um momento depois, Lacey disse:

— Nosso breve voo já está chegando ao fim. Já podemos ver o litoral de Sussex. Podem ver os enormes pântanos. Existe a aldeia de Zion, mas Zion Place fica a 5 quilômetros da aldeia e perto das salinas. Vamos aterrissar agora.

Eles desceram. A casa era exatamente como deveria ser, com lindos jardins e muros de pedra em volta, com um tipo de fio por cima. Havia uma guarita no portão. O pântano ficava perto da casa, juncos enormes saindo da água, levando a um dique, a pista de pouso do outro lado.

— É isso que chamam de pista de grama? — perguntou ela a Levin.

— Não, é de concreto. Já viu uma antes?

— Já, no deserto Rub' al-Khali. Tivemos de aterrissar na areia, em Fuad. Teve um problema no motor. Estava vazando gasolina e queimando. Nunca vi uma fumaça tão preta. Sorte que Hussein era o piloto. Ele é um ótimo piloto. Ele me deixou ser a navegadora. — Ela recostou-se quando tocaram o solo. — Vou me divertir muito aqui.

Não havia nada que ninguém pudesse dizer depois disso.

Deslizaram pela pista de concreto. Não havia hangar, só uma cabana de madeira. O homem que os esperava usava um uniforme azul-marinho e bigode, o quepe embaixo do braço, bem militar. Havia uma van ao lado dele.

Quando se aproximaram, ele disse:

— Capitão Rodger Bosey. Sou o comandante daqui. Sejam muito bem-vindos. E vocês, amigos? — perguntou ele aos pilotos.

— Estamos sob o comando do general Ferguson — disse Lacey. — E ele quer que voltemos logo. Temos muito trabalho, por isso vamos decolar agora mesmo. Até mais. — E ele e Parry voltaram para o Hawk.

Todos se apresentaram, depois entraram na van e assistiram à decolagem.

— Vamos agora. Vou levá-los à casa e acomodá-los.

Passaram por um dique e uma orla de pinheiros, os juncos do pântano bem perto, balançando ao vento. Um pouco à frente, havia um grupo de pessoas de capa, sentadas em um banco, comendo sanduíches.

— Ornitófilos — explicou Bosey. — Tem alguns por aqui.

— Causam algum problema? — perguntou Levin.

— Não. Às vezes aparece algum pássaro raro e o número aumenta. Na minha opinião, são totalmente inofensivos. Para alguns, é como um feriado, ficam em um hotelzinho barato na aldeia de Zion e vêm em grupos. Inofensivos e excêntricos.

— Por que você diz isso? — perguntou Sara.

— Bem, lembro-me de um deles me dizendo em um pub que as gralhas da aldeia vêm de São Petersburgo em outubro, fugindo do inverno rigoroso de lá. Os estorninhos também.

— E por isso são excêntricos? — perguntou Sara.

— Talvez não pareçam, mas são.

— Os russos também identificam os pássaros com anilhas. Tenho certeza de que fazem isso em São Petersburgo. Não acha, Igor? — perguntou Sara.

— Pergunte a Greta, ela é de São Petersburgo.

— É verdade, eles colocam anilhas de identificação nas gralhas, e elas fogem para evitar o inverno russo. Aprendi isso quando era bem pequena.

— Bem, chegamos — disse Sara, e eles pararam no portão. Um homem com um uniforme parecido com o de Bosey observou, depois abriu a barreira eletrônica, que levantou.

— Olá — disse Sara, com simpatia, e ele sorriu e prestou continência. — Que legal. Agora, me senti como a rainha. O senhor comanda uma boa unidade, capitão Bosey.

— Pelo amor de Deus, Sara — murmurou a mãe.

Mas Bosey, totalmente encantado, ficou vermelho de satisfação, porém não conseguiu pensar em nada para dizer.

De uma certa forma, era como antigamente nesse tipo de casa, já que foram recebidos nos grandes degraus da frente por uma senhora de meia-idade a quem Bosey apresentou como Sra. Bertha Tetley, a governanta, que morava na casa, assim como suas ajudantes, Kitty, Ida e Vera.

— Venham comigo e mostrarei seus quartos. O almoço logo será servido. Por aqui. — Ela os acompanhou por um grande salão e os levou para o andar de cima.

— Daqui a pouco, vou procurá-lo para discutirmos os detalhes — disse Levin para Bosey, que assentiu.

Quando Levin e Chomsky desceram, encontraram Bosey na biblioteca. Ele lhes ofereceu um drinque e todos se acomodaram para tomar vodca.

— Está aqui há muito tempo? — perguntou Levin.

— Dez anos, e não sirvo apenas o general Ferguson, mas já fiz alguns trabalhos para ele em várias ocasiões, então o conheço bem.

— Você era do exército?

— Polícia do Exército.

— Excelente recomendação. O que sabe sobre a situação?

— O general Ferguson me contou tudo que eu precisava. Estamos oferecendo refúgio para a família Rashid, que aparentemente está sob ameaça terrorista. Vão ficar uma semana, mais, se for preciso. Acredito que vocês e a Srta. Novikova sejam membros da equipe de segurança de Ferguson, e para mim, isso é suficiente. Temos armas aqui, mas não costumamos portá-las.

— Entendo. É major Novikova. Ela é nossa superior. — Neste momento, ela entrou. — Na hora para um drinque, major — disse Levin. Ele piscou para Bosey, que sorriu e pegou a garrafa de vodca.

— Obrigada, capitão. — Ela fez um brinde. — A uma estada agradável e ao fim dos nossos problemas.

Ouviram vozes nas escadas; primeiro Sara, depois Caspar e Molly entraram na biblioteca. Sara estava de ótimo humor.

— Isso é legal — disse ela, e correu para a janela. Caspar parecia assustado, e sua esposa, infeliz.

— O almoço já está pronto? — perguntou Caspar.

— Tem uma coisa que precisamos deixar claro primeiro — disse Levin —, e isso vem diretamente do general Ferguson. Os telefones da casa só são usados internamente. Vocês não podem ligar para Londres. Se precisarmos nos comunicar com o mundo externo, terá de ser através do capitão Bosey e seu sistema de celulares codificados na sala de comunicações.

Os funcionários não têm permissão para carregar celulares pessoais na propriedade.

— Do que vocês estão falando? — questionou Molly.

O marido dela disse com cuidado.

— Uma ligação de celular pode ser facilmente rastreada.

— Que absurdo! Isso é ridículo.

— Neste momento, ninguém sabe onde vocês estão — disse Greta, sendo paciente. — Preferimos que continue assim até a hora de nossa partida.

— Então, não tenho permissão para telefonar para o hospital e saber dos meus pacientes?

— Pelo amor de Deus. — Caspar tirou o telefone celular do bolso e jogou-o sobre a mesa. — É só por uma semana.

Molly respirou fundo e pareceu prestes a explodir, então soltou o ar. Abriu sua bolsa e pegou não apenas um, mas dois celulares.

— Com licença, e se não for incomodar, agora o de Sara, também.

— Alegre-se, mamãe — disse Sara. — Teremos um tempo adorável. Agora vamos comer.

Depois do almoço, Molly subiu para o quarto e pegou sua bagagem, que incluía sua mala de médica. Abriu, tirou o estetoscópio e encontrou seu telefone celular reserva com carregador que sempre levava consigo para o caso de uma emergência médica. Pelo menos, poderia acompanhar o progresso da criança Bedford, mas isso podia esperar.

14

Hal Stone morava em uma casa que, um dia, fora um estábulo, Chapel Lane, em Cambridge, embora, devido à sua posição na Corpus Christ, tivesse direito a viver na universidade. A casa era um lugar para se esconder das incessantes abordagens dos alunos quando estava escrevendo um livro.

Era uma casa vitoriana com três quartos, escritório, cozinha e uma adorável sala de estar com portas antiquadas abrindo para seu maior orgulho: um jardim cercado por muros de pedra, com uma porta que levava a uma rua nos fundos.

Estava na cozinha preparando chá quando seu telefone tocou. Atendeu, dizendo:

— Hal Stone saiu.

— Não saiu nada, seu cretino — disse Roper. — Você acabou de chegar.

— Ah, Roper, é você? Não está querendo me colocar em ação de novo, está? Depois de Hazar, preciso descansar. Não sou Indiana Jones.

— Não se preocupe, meu velho, só quero colocá-lo a par do que vem acontecendo. — Ele contou tudo: a saída de Hussein de Hazar com Khazid, o que aconteceu na Argélia, o voo no hidroavião roubado até Maiorca, o filme das câmeras de segurança em Palma, o voo para Rennes.

— Bem, estou entendendo aonde você quer chegar. Parece que estão vindo passo a passo até a Inglaterra.

— Para onde mais? Só não entendo por que trouxe o francês. Não deve ser por causa da parada em Rennes. Ele já deve ter saído da França há muito tempo.

— Ainda não consigo entender por que ele está vindo para a Inglaterra. Seria um suicídio. Com o rosto dele estampado em todos os lugares. Alguém, por aí, vai acabar reconhecendo-o. Ele não teve tempo para fazer uma plástica.

— Só Deus sabe, está além da minha capacidade de compreensão. Mas à noite, sozinho, na frente dos meus computadores e lutando contra a minha vontade de tomar mais uísque, olho para ele na tela e penso que está a caminho.

— Então, o que estão fazendo a respeito?

— Conseguimos convencer os Rashid a sair da casa de Hampstead e ir passar uma semana em West Sussex, um lugar seguro em Zion Place.

— Agora, está ficando interessante. Conte-me mais.

Roper contou tudo, incluindo o relatório que acabara de receber de Levin.

— Molly Rashid é uma mulher difícil. Gosta que as coisas sejam feitas do jeito dela. A história do celular, a confusão toda.

— Ela é uma excelente cirurgiã, e pessoas assim são obsessivas. Acham que o que fazem é mais importante do que qualquer outra coisa. Infelizmente, costuma ser assim.

— De qualquer forma, agora você está a par de tudo — disse Roper. — Em grande parte, estamos nas mãos de Hussein.

— Eu acho que ele não virá. — Hal Stone riu. — Afinal, ele estudou em Harvard. Deve ter alguma razão.

— Tente dizer isso ao pessoal de Yale — disse Roper.

— Boa sorte, meu amigo. Cuide-se.

— Até mais.

Hal Stone balançou a cabeça. Essa história toda é uma loucura. Continuou preparando seu chá.

Neste mesmo momento, Hussein e Khazid, já em Cambridge, depois de uma viagem sem incidentes de Londres, estavam em uma loja especializada em becas e cachecóis das universidades. Obedecendo às ordens de Hussein, Khazid comprou uma beca curta, mas não um cachecol da Corpus Christ.

— Acho que os porteiros devem se orgulhar de conhecer os alunos.

Khazid continuou seguindo sua lista e escolheu um cachecol da New Hall e uma boina escura, e saíram. Entrar na universidade não era problema, com alunos entrando e saindo o tempo todo, alunos para todos os lados. Subiram as escadas e Khazid, incorporando seu personagem Henri Duval, parou uma aluna que passava e perguntou sobre o professor Hal Stone, em um inglês com forte sotaque francês, a boina deixando clara a sua nacionalidade.

Obviamente, ela estava distraída, mas apontou para o final do corredor.

— Lá, mas ele nunca está.

— Então, onde ele poderia estar, *mademoiselle*?

— Não me pergunte. Tente o catálogo.

Ela saiu apressada. Khazid deu de ombros. Foram até o final do corredor e encontraram uma placa de madeira pendurada na porta: "Hal Stone não está hoje."

Khazid tentou abrir a porta, mas estava trancada.

— E agora, o que fazemos?

— O óbvio — disse Hussein. — O que a garota sugeriu: vamos procurar no catálogo.

— E se o nome dele não estiver?

— Deixe de ser pessimista, meu amigo. Ele é um homem famoso em uma das melhores universidades do mundo, professor em Cambridge... É claro que vai estar na lista telefônica. Agora, vamos encontrar uma.

Em Zion Place, Caspar estava explorando o jardim com sua filha e se esquecendo um pouco das suas preocupações. Os três russos estavam sentados na varanda, observando.

— Essa menina é mesmo surpreendente — disse Greta. — Ela sabe ser criança e adorar coisas de crianças em um minuto, e, no seguinte, parecer uma mulher madura.

— Mas se levarmos em consideração tudo pelo que ela passou — disse Levin. — Todas as mortes, toda a destruição que presenciou, ainda tão novinha...

— Na Chechênia — disse Chomsky —, vi centenas de vezes esse mesmo olhar nos rostos das crianças. A expressão fica neutra para esconder o que tem por dentro.

— Que Deus a ajude a sobreviver a tudo isso. Farei tudo que estiver ao meu alcance — disse Greta.

— Mas a mãe — disse Levin — é outro departamento.

— Uma cirurgiã brilhante — Greta assentiu e disse a mesma coisa que Hal Stone. — Uma mulher obsessiva que acha que a sua profissão é a coisa mais importante em sua vida.

— Bom para o ego dela, mas péssimo para um relacionamento — comentou Levin.

No andar de cima, Molly estava provando que ele estava certo, trancando-se no banheiro e telefonando para o hospital onde operara a criança Bedford, direto para o número do celular do Dr. Harry Sampson, que ficara em seu lugar. Encontrou-o na própria ala do hospital.

— Sou eu, Molly Rashid — disse ela. — Como ela está?

Embora as informações fossem confusas e houvesse muito o que falar, ele finalmente foi para o lado pessoal:

— Como você está?

— Estou bem, acho. Tivemos um problema com Sara, mas uma temporada no campo lhe fará bem e estaremos de volta em uma semana, com certeza. Mas não liguei por isso. É com Lisa Bedford que estou preocupada.

— Poderia me dar um número para que eu possa entrar em contato com você?

— Não, estamos cada hora em um lugar, Harry. Este telefone não é meu.

— Por favor, não desligue. Estou realmente preocupado com a pequena Lisa Bedford. A cirurgia que você fez foi perfeita e estou fazendo tudo ao meu alcance. Mas seria bom se eu pudesse encontrá-la para trocar algumas ideias no caso de alguma coisa acontecer.

No final, Molly ficou presa por seus sentimentos e pela situação.

— Droga, Harry, se você for chamado, pode ligar para mim na mesma hora, para este celular. Eu disse que não era meu, mas é. Pode me ligar quando quiser. Vou colocar só para vibrar, sem som.

Ele ficou preocupado.

— Você está bem?

— Ah, está tudo uma confusão — explodiu ela. — Estou aqui com Caspar e Sara, uma espécie de refúgio rural em West Sussex. Zion Place. — Na mesma hora, ela se arrependeu, mas era tarde demais.

— Você quer dizer algum tipo de clínica?

— Ah, não sei bem o que quero dizer. Tchau, Harry.

— Zion Place — murmurou ele, colocando o celular em cima da mesa e voltando para as suas anotações.

A enfermeira de plantão era uma jovem muçulmana chamada Ayesha que recebera ordens de Ali Hassim para trocar de turno e trabalhar no caso Bedford, exatamente por causa da ligação com Molly Rashid.

— O que o senhor disse, doutor?

Ele levantou o olhar, um pouco distraído.

— Era a Dra. Rashid, querendo saber como a menina está se recuperando. Disse que está em um lugar chamado Zion Place, em West Sussex. Vai ficar uma semana fora. A filha dela está com algum problema.

O alto-falante soou, chamando-o para uma emergência, e ele saiu correndo, deixando o celular. Ela encontrou a última chamada recebida, copiou o telefone de Molly e foi para uma sala vazia. Como não tinha nenhuma outra enfermeira, pôde ligar para Ali Hassim do seu próprio celular.

Quando ele atendeu, ela disse:

— A Dra. Rashid telefonou para saber da menina. Disse que está em West Sussex, em um lugar chamado Zion Place. Também consegui o telefone do celular dela.

— Excelente, garota. Fez um ótimo trabalho.

— Só cumpri a minha obrigação. Tenho certeza de que conseguirá encontrar esse lugar na internet.

Ela estava certa, claro. Na mesma hora, Ali telefonou para um membro da Irmandade pedindo ajuda, contou-lhe os fatos e disse que era urgente. Uma hora depois, o homem chegou na loja com seu laptop, e Ali o acompanhou até a sala dos fundos.

— Existem muitas menções. Fica na área pantanosa do National Trust. A casa em si é mencionada muitas vezes em textos históricos do SOE dizendo que era usada para treinar agentes durante a Segunda Guerra Mundial. Desde então, está com o ministério da Defesa. Aparentemente, existem muitas ordens de restrição. Também tem uma pista de pouso de concreto. Depois encontrei mais no guia turístico de West Sussex. A aldeia de Zion fica a 5 quilômetros da casa, com uma igreja medieval chamada St. Andrew, dois pubs, muitos hotéis baratos e uma área de acampamento.

— Brilhante — disse Ali.

— Não, é muito simples. Essas máquinas podem fazer tudo que quisermos. Você devia aprender. Agora, preciso ir. Preciso me sustentar, não é?

Ele saiu, e Ali ficou sentado decidindo para quem deveria ligar primeiro.

Encontraram a casa em Chapel Lane sem nenhum problema. Havia uma outra placa pendurada na porta da frente: "Alunos definitivamente não são bem-vindos."

— Um humorista — disse Khazid.

— Tive professores assim. É uma coisa acadêmica. Entretanto, se ele está falando sério, não vamos conseguir entrar.

Tem um interfone na porta, daqueles que quando você aperta o botão aparece em uma tela. Olhe, tem uma câmera ali em cima.

— Então, o que vamos fazer?

— Explorar.

Havia um caminho estreito na lateral da casa que levava para trás do muro do jardim. Havia uma pesada porta de madeira, que estava trancada, e em cima do muro, vários cravos antigos vitorianos.

— O que fazemos? — perguntou Khazid. — Tentamos escalar?

— Se ele estiver na cozinha ou na sala de estar certamente vai nos ver e pegar o telefone. — Hussein balançou a cabeça. — Aquela placa pode ser séria. Algumas pessoas valorizam muito a privacidade. Por outro lado, um universitário usando beca e cachecol com uma boina na cabeça e sotaque francês, pedindo conselho, pode interessá-lo. Tente a porta da frente. Se der certo, prenda-o. Não o machuque, e abra esta porta para mim.

— Vou tentar.

— Não, dê um show. Vá.

Hal Stone estava na sala de estar, lendo uma tese bastante sofrível, as portas abertas para o jardim, quando escutou o interfone tocar. Irritado, deixou a tese de lado, foi até o corredor e viu Khazid na pequena tela.

— Quem é você?

— Sou Henri Duval, de New Hall, *professeur*. Sou estudante de arqueologia e antropologia. Gostaria de pedir sua ajuda.

— Bem, como aluno de Cambridge, você deve saber ler em inglês e deve ter compreendido a minha placa na porta, dê o fora.

Khazid chamou atenção quando começou a falar seu francês fluente.

— Eu imploro, de todo coração. As minhas provas do primeiro ano estão chegando e preciso fazer um trabalho. Realmente preciso de sua ajuda.

Hal Stone parou antes de responder na mesma língua.

— Qual é o assunto da sua tese?

Khazid estava se sentindo mais à vontade em seu papel e voltou para seu inglês fraco.

— A influência dos mercenários espartanos nas guerras na Pérsia.

Hal Stone riu alto.

— É uma tarefa árdua, mas glamourosa, e deve ter sido por isso que escolheu o tema. Tudo bem, vou lhe conceder vinte minutos.

A porta fez um clique e abriu, e Khazid entrou, jogando sua bolsa e seu casaco para um lado, mas ainda usando a beca e a boina. Pegou a Walther com silenciador com a mão direita e abriu a porta de dentro para o corredor. Hal Stone estava esperando, um sorriso no rosto que desapareceu assim que viu a arma na mão de Khazid.

— É só fazer o que eu mandar, senão, dou um tiro no seu joelho esquerdo.

— Quem é você? Isto é alguma pegadinha?

— Temos uma dívida para acertar.

— Eu nunca o vi na vida.

— Mas eu já. — Khazid estava tão absorvido que quase esqueceu que Hussein estava esperando. — Em Hazar, eu costumava ficar na varanda da casa em Kafkar, observando-o no deque do *Sultan* pelo binóculo. Você e seus amigos mataram dois dos meus melhores amigos.

— Meu Deus — disse Stone. — Você não é Hussein, então deve ser o outro, Khazid. — Ele balançou a cabeça. — Vieram atrás de vingança.

— E tenho toda a intenção de conseguir — disse Khazid.

— O seu mundo é um mundo de livros, professor, mas no meu mundo, uma espada vale 10 mil palavras, como nos ensina o Corão.

— Vá para o inferno com sua maldita ideologia. O que quer de mim?

— Nós queríamos visitar Sara e seus pais na casa em Hampstead, mas Ferguson fez com que desaparecessem. Queremos saber onde estão.

— E você acha que eu sei?

— Você está envolvido na história toda desde o início, e é primo de Ferguson. Tenho certeza que sabe.

— Na verdade, não sei. E mesmo se soubesse, não lhe diria.

— Sua cabeça é seu guia. Vá para a sala de estar.

Stone se virou, abriu a porta, então passou por trás dele e correu pelas portas abertas que davam para o jardim. Khazid atirou duas vezes. O primeiro tiro o atingiu embaixo do ombro esquerdo, jogando-o na porta do jardim. Conseguiu alcançar o ferrolho grande em cima e puxá-lo para o lado, e Khazid atirou de novo nas costas. Hussein, que esperava impaciente, empurrou a porta, fazendo com que Stone caísse de cara do chão.

O corpo se contorceu e congelou.

— Que diabos você está fazendo? — perguntou Hussein

— Ele estava tentando fugir — disse Khazid.

— Por quê? O que você disse a ele?

Khazid, agora mais calmo, foi um pouco desonesto em relação aos fatos.

— Ele disse que eu era o outro. Sabia meu nome. Só tentei conseguir a informação de onde os Rashid estão. Ele disse que não fazia ideia e que não me contaria se soubesse.

— E você o ameaçou?

— O que esperava que eu fizesse, desse um tapinha no ombro dele? Eu disse que começaria com o joelho. Ele jogou a porta em cima de mim e tentou fugir.

— Você deveria ter me esperado.

Hussein se apoiou em um joelho. O rosto de Hal Stone estava um pouco virado de lado, o sangue escorrendo pela camisa. Hussein colocou a mão no pescoço. Balançou a cabeça.

— Ele está morto.

— Tem certeza? Talvez seja melhor dar mais um tiro na cabeça para garantir?

— Estudei Medicina, seu burro. Quantas vezes você ficou feliz por isso nos últimos dois anos? — Ele se levantou. — Deixe-o aí e vamos dar o fora daqui. — Empurrou Khazid para sair na sua frente. — Rápido, já disse. Vamos direto para a estação de trem, de volta para Londres.

— Como quiser, irmão. — Khazid arrancou a beca e o cachecol e vestiu seu casaco de novo, depois foi atrás de Hussein. Saíram da casa, andaram pela rua principal e viraram para a estação. Chegaram lá 15 minutos adiantados.

Quando o trem já estava se mexendo, Khazid recostou-se, exausto.

— E agora?

— Será que podia me dar um tempo para pensar? — Hussein se virou para olhar pela janela, perguntando-se o que estava acontecendo. Sua mentira para Khazid, seus dedos sentindo a pulsação no pescoço de Hal Stone. Por que fizera isso? Não tinha resposta. E quanto à vida de Hal Stone, estava nas mãos de Alá.

Ali Hassim ficara impressionado quando Khan lhe disse que Hussein o procuraria em busca de ajuda. Para ele, Hussein era o maior dos guerreiros, o Martelo de Deus, um libertador do povo enviado pelo próprio Alá. Lembrava-se bem do seu choque quando escutou a voz de Hussein pela primeira vez em um programa de rádio do Oriente Médio, e então, no meio de seu discurso em árabe, Hussein se descreveu com uma simples expressão em inglês: "Martelo de Deus." Era um sinal de desdém pelos seus inimigos, mas, agora, milhões de árabes no Oriente Médio, que não sabiam nada de inglês, conheciam esse nome.

Então, analisando seu problema sobre quem deveria avisar primeiro sobre Zion Place, percebeu que tinha um soberano novo e mais valioso. Mas precisava fazer com que tudo fosse perfeito, então ligou para outro membro da Irmandade, um jovem contador que trabalhava em uma empresa de finanças no centro da cidade. Depois de uma rápida conversa pelo telefone e uma sugestão de que ele poderia ser de muita utilidade para a Irmandade, em uma hora, o homem que ele queria estava lá, além do especialista em informática com seu laptop.

Sam Bolton, na verdade, era Selim Bolton, seu pai era inglês, sua mãe, muçulmana. Fora criado na cultura inglesa até o primeiro ano na Universidade de Londres, onde estudou Administração e Contabilidade; então, seu pai morreu de câncer. Como consequência imediata, sua mãe voltou ao islamismo.

Algumas pessoas na Irmandade viam um grande potencial em pessoas com um passado parecido com o dele, e ele entrou no grupo como um jovem bonito, com um bom terno e diploma universitário inglês, aceito em todos os lugares.

Ele chegou na loja e Ali já estava esperando com o especialista em informática.

— Escute cuidadosamente o que nosso irmão vai explicar — disse Ali, e o homem do laptop disse tudo sobre Zion Place.

Bolton compreendeu tudo. Finalmente, disse:

— Então, o que o senhor quer que eu faça é que eu descubra o sentimento do pessoal da aldeia em relação a Zion Place?

— Exatamente. O que o lugar tem de especial.

— O senhor quer saber qual é o propósito do lugar, se é que tem algum. — Ele se levantou. — Então, vamos em frente. Passei no meu apartamento e já tenho o que preciso para uma noite fora, no meu Audi.

— Então, aceita a missão?

— Claro.

— Está fazendo um grande serviço pela causa.

— Manterei contato.

O homem do laptop saiu e Ali assentiu para si. Estava fazendo a coisa certa. Nada de ligar para Khan. Já tinha começado a agir e podia esperar Hussein entrar em contato.

A faxineira de Hal Stone, uma viúva chamada Amy Robinson, geralmente só trabalhava de manhã, mas como tinha a própria chave e precisava entregar as roupas lavadas dele, resolveu passar na casa, encontrando-o no jardim. Já trabalhara como enfermeira e tinha experiência suficiente para dizer que ele estava vivo. Fazia uma hora e meia que Hussein e Khazid tinham partido.

Ela discou para a emergência e chamou uma ambulância e a polícia, relatando os ferimentos a tiros, depois saiu com um cobertor e travesseiros para tentar deixá-lo mais confortável. Estava ajoelhada ao lado dele, fazendo carinho em seu cabelo, quando os olhos dele se abriram. Fitou-a, confuso.

— Amy?

— Não tente falar, querido, fique quietinho. Uma ambulância já está a caminho. Quem fez isso com você?

— Meu primo, general Ferguson, você o conheceu quando ele me visitou no ano passado. Minha agenda está em cima da mesa. O celular particular dele. Ligue para mim.

— Não se preocupe, querido. Tenho certeza de que ele será avisado a tempo.

— Você não compreende. — Ele agarrou-a com a mão cheia de sangue. — Diga a ele que eles estiveram aqui, os dois. Eles estão na Inglaterra. O outro atirou em mim. — Ele fechou os olhos, depois abriu de novo. — Não falei em Zion.

Ele perdeu a consciência de novo e houve uma confusão repentina do lado de fora quando a ambulância chegou.

Ela abriu a porta da frente para os paramédicos entrarem e os acompanhou até o jardim. Então, claro, a polícia chegou, primeiro um carro, depois dois. Ela esperou, desnorteada com tudo, então, um homem vestido à paisana chegou e se apresentou como inspetor-chefe Harper. Ele deu uma olhada rápida na casa e saiu. Quando voltou, um sargento da polícia tomava o depoimento de Amy.

— Ele disse umas coisas estranhas quando voltou a si por alguns instantes. — Contou o que foi.

Harper, que passava pelas portas que levavam ao jardim escutou.

— Você disse general Ferguson?

— Isso mesmo, ele é primo do professor Stone. Ele é muito importante em um dos ministérios.

— Pode repetir, para eu ver se é quem acho que é?

— O professor disse que o telefone particular do general está na agenda dele, na mesa.

Harper correu para pegá-la, e foi quando Ferguson, que acabara de chegar ao esconderijo em Holland Park para discutir o progresso da operação, ficou sabendo da má notícia.

O trem estava a apenas vinte minutos da King's Cross quando Ali recebeu uma ligação de Hussein.

— Estamos chegando de Cambridge. Uma perda de tempo. Vamos até a sua loja. Precisaremos de um lugar para ficar.

— Estava esperando que me procurasse. Descobri para onde levaram os Rashid.

— Mas como conseguiu tal informação? Khan, suponho, que deve ter ficado sabendo pelo Intermediário?

— Não, nem Khan nem o Intermediário sabem sobre isso. Foi uma ação da esposa de Rashid, a médica, que nos ajudou. Ela estava preocupada com o bem-estar de uma criança que tinha operado e ligou para o cirurgião que assumiu o caso. Ele queria se comunicar com ela caso houvesse alguma mudança no estado da criança. Uma das enfermeiras, que é da nossa equipe, estava de plantão e conseguiu o endereço para nós.

— Isso é realmente inacreditável. Então, eles ainda estão na Inglaterra?

— West Sussex, um lugar chamado Zion Place. Além de poder lhe mostrar tudo por um laptop quando chegar aqui, também mandei um agente de confiança para lá para fazer um reconhecimento do território. Disse a ele sobre a importância de sua missão.

— É difícil imaginar que Ferguson permita fazer ligações.

— Ela provavelmente quebrou as regras — disse Ali.

— E vai pagar o preço. Para mim, seria muito útil se nosso inimigo não soubesse que estamos aqui. Se mencionar a Dreq Khan que descobriu Zion Place, ele vai contar para o Intermediário.

— E você não confia nele?

— Ele teve sua utilidade, mas está envolvido com muita coisa. Não leve isso como um ataque a Osama bin Laden, a quem Alá protege, porque ele representa Osama em alguns assuntos. Nesses casos, ele está simplesmente servindo um homem mais importante, e deve se lembrar de seu lugar. Às vezes, esse tipo se acha mais importante do que realmente é.

— O professor Khan, por exemplo?

— Algumas pessoas têm dificuldade de entender que a causa que representam é maior do que elas mesmas — disse Hussein.

— Khan não saberá de nada a respeito de Zion pela minha boca — disse Ali, com calma. — Aguardo-o, ansioso.

— Logo, nos conheceremos — disse Hussein. E desligou.

— O que foi tudo isso? — perguntou Khazid.

— Irmão, Alá está do nosso lado. Ali Hassim descobriu para onde levaram os Rashid. — Ele contou para Khazid tudo que ele precisava saber.

— Perfeito — disse Khazid. — Com o professor morto, ninguém na organização de Ferguson saberá que estamos aqui.

— Claro — disse Hussein, uma pequena sombra pairando sobre seu rosto ao se lembrar da pulsação fraca. Respirou fundo. — Nada pode dar errado agora. — Poucos minutos depois, o trem chegou à estação King's Cross.

Em Holland Park, Ferguson estava falando com Harper de novo.

— Inspetor-chefe, estamos dizendo que foi uma ação terrorista. Precisamos que faça tudo para abafar o caso, por enquanto. Pessoas perigosas estão envolvidas nisso.

— Estamos lidando com terroristas, senhor?

— Tenho uma autorização especial do governo neste caso. E também tenho um pedido oficial ao seu comandante para que você trabalhe como meu oficial de ligação aí.

O humor de Harper melhorou.

— Muito obrigado, senhor. Fico feliz por estar no caso.

— Consegui um helicóptero da polícia emprestado, graças ao comissário. Vou decolar do campo de futebol da escola aqui perto.

— Stone está segurando as pontas, general, foi o que o cirurgião me disse. Os exames mostram duas balas, uma embaixo do ombro esquerdo, que parece ter estilhaçado parte da escápula, e tem uma artéria importante que passa por perto que vai ser um problema.

— E a outra?

— Na parte de baixo de coluna. Causou bastante estrago na região pélvica. O que estou dizendo é o que os exames mostraram. Acredito que a cirurgia vá nos revelar mais

— Muito obrigado. Logo, estarei aí.

— Que desgraçado — comentou Roper

Dillon e Billy pareciam furiosos.

— O que ele disse para a faxineira? — perguntou Billy.

— Pediu para ela me dizer que eles estavam aqui, que os dois estavam na Inglaterra. "O outro atirou em mim. Não falei em Zion."

— Só pode ter sido eles — disse Dillon. — Com certeza.

— E o outro, o desgraçado que atirou nas costas dele, é o tal do Khazid. — Billy estava furioso.

— Acho que isso é óbvio — disse Ferguson. Escutaram o helicóptero sobrevoando o campo de futebol. — Sean — disse a Dillon. — Hal é o único parente próximo que tenho. Poderia vir comigo? — Era um pedido direto que não podia ser negado.

— Claro.

— Boa sorte — disse Roper quando saíram pela porta.

O barulho do helicóptero durou uns dez minutos, depois a aeronave decolou e se afastou. Roper pegou um uísque.

— Chega. Em uma hora como esta, um homem precisa de amigos com quem beber.

— Esta é a melhor ideia que você tem há anos. — Roper saiu movimentando a cadeira de rodas e Billy o seguiu.

A caminho de Zion, Sam Bolton parara em Guildford para visitar uma loja militar, onde comprou uma capa, um colete, um chapéu à prova d'água, calças combinando e um par de botas. Depois, andou pelas redondezas, procurando um binóculo, e encontrou algo adequado em uma loja de câmeras. Também comprou uma bolsa de lona, depois foi a um hotel e se encaminhou para o banheiro dos homens.

Mudou de roupa em um dos cubículos, guardando o terno elegante, gravata e sapatos na bolsa. Quando saiu, estava usando tudo que tinha comprado, e o binóculo estava pendurado em seu pescoço.

— Nada como se parecer com o grupo — disse ele baixinho, olhando-se no espelho. — Mas o que você sabe sobre pássaros, a não ser diferenciar os sexos?

Voltou para seu Audi, deu uma volta e viu uma livraria. Em poucos minutos, encontrou o que estava procurando. Um livro, estilo revista, de capa ilustrada. Fácil de carregar embaixo do braço para que os desinformados soubessem o que ele era. Satisfeito, voltou para o Audi e continuou sua viagem na direção do litoral e de Zion.

Chegou no meio da tarde, abaixou a capota e deu uma olhada na região. O que viu foi uma típica aldeia inglesa: um pub chamado Ploughman, e outro, Zion Arms, casas antigas, uma igreja. Estacionou e foi para o Zion Arms. Tudo que se podia esperar de um pub inglês estava ali: desde a lenha queimando na lareira de pedra até o teto com vigas, o bar de mogno, as prateleiras espelhadas. Atrás do bar, uma mulher de meia-idade gorducha e com bochechas rosadas, usando um vestido florido, parecia boa demais para ser verdade. Não havia muitas pessoas ali: um grupo de três, um jovem casal sussurrando, um homem que parecia bem velho, sentado perto da lareira com um copo de cerveja pela metade na sua frente.

Ele podia ser Selim Bolton, mas quem se aproximou do bar foi Sam Bolton. Em aventuras anteriores para a Irmandade, ele raramente usou um nome falso. Ele era ele mesmo: um homem graduado que trabalhava em um banco particular de médio porte no centro de Londres. Qualquer pessoa que o interrogasse, até a polícia, descobriria isso logo e desviaria a atenção. Tinha até um cartão do banco com o nome Sam Bolton escrito.

Do lado de fora da aldeia, parara em um estacionamento e pesquisara Zion no livro de pássaros. Tinha uma memória excelente; encontrou Zion Marsh, onde falava que fazia parte do National Trust e era rapidamente mencionado que a casa não estava aberta ao público.

— Ah, você veio para cá para observar os pássaros? — disse a mulher do bar quando ele colocou o livro sobre o balcão. — Muitas pessoas vêm para cá pelo mesmo motivo.

Já tinha preparado uma história.

— Trabalho em Londres, na área financeira. Às vezes me sinto sufocado e preciso tirar alguns dias. Tenho alguns amigos que moram no litoral, em Aldwick Bay, do outro lado de Bognor Regis. Tem praias lindas lá. Estou voltando para Londres, devagar, e percebi no livro que Zion Marsh é especial.

— Parece que as pessoas acham que sim. O que vai querer?

— Uma cerveja, por favor.

O homem velho da lareira esvaziou seu copo e falou:

— Fiz 87 anos no mês passado e moro aqui desde que nasci, trabalhando principalmente no cultivo da terra. Quando eu era rapaz, os pássaros eram apenas pássaros, parte da vida que achávamos que sempre estaria ali. Agora, existem os ornitólogos, como você, que levam isso a sério. No ano passado, veio um grupo de pessoas para tentar observar abibes. Deve ter alguma coisa especial. Só Deus sabe o quê.

— Entendo. Eu não levo a sério. Trabalho duro no escritório a maior parte do tempo. Gosto de respirar ar puro, mas gosto de ter um motivo, então comecei a procurar pássaros. Posso lhe pagar um drinque? Vejo que o seu já acabou.

— Uma cerveja não cairia mal. Tudo bem para você, Annie?

— Que vergonha, Seth Harker. Você é um velho pedinte.

Ela serviu as cervejas, Bolton pagou e pegou os copos.

— Posso me sentar com o senhor?

— Por que não?

— Saúde. — Bolton bebeu um pouco de sua cerveja. — Os ornitólogos causam algum problema no pântano?

— National Trust. Não, eles são inofensivos, e é bom para a economia. Hoje em dia, todo tipo de turista é bem-vindo. Cria emprego para o povo. Tem o parque de acampamento e os hotéis baratos.

— Tudo por causa dos pássaros.

Harker riu.

— Pensando bem, isso é um fato.

— Passei por uma casa grande quando estava me aproximando da aldeia. Procurei no livro, que dizia que visitantes não podem entrar. Zion Place, não é?

— Ah, ninguém pode ir lá. É do governo, sempre foi, pelo que me lembro. Não pude entrar para o exército na Segunda Guerra. Quem trabalhava com agricultura era isento do serviço militar. Então, fiquei aqui o tempo todo. — Ele assentiu. — Todo tipo de coisa acontecia em Zion Place. Aviões decolando e pousando na pista, a maioria à noite. Tudo altamente secreto.

— Ainda é assim?

Seth Harker fez que sim.

— O fato é que o ministério da Defesa ainda cuida do lugar da mesma forma. Alta segurança, guardas usando uniformes azuis.

— Dá emprego para o povo da aldeia?

— Ah, não, os guardas vêm de fora. A empregada, a Sra. Tetley, mora lá e tem três outras moças para ajudá-la com a comida e os outros serviços. Quase sempre, cuidar dos hóspedes. Kitty, Ida e Vera. Boas moças, mas não são daqui. São bem reservadas.

— Você disse hóspedes. É algum tipo de hotel?

— Onde os hóspedes nunca colocam o nariz para fora? — Harker riu. — E não visitam a aldeia?

— Mas você deve vê-los chegando. Certamente, devem vir ao pub?

O bar agora tinha esvaziado, e Annie estava nos fundos. Seth Harker já estava razoavelmente bêbado.

— Eles sempre vêm de avião. Tem uma pista de concreto perto da casa. Era assim na guerra e continua assim hoje. — O copo dele estava vazio, e ele olhou para o de Bolton. — Você não está bebendo.

— Bem, você sabe como é. Estou de carro, ainda tenho uma longa estrada até Londres. Sabe como a polícia pega no pé.

— Uma pena desperdiçar. — Bolton empurrou o copo e o velho o esvaziou. — O meu chalé fica em uma pequena colina com vista para as coisas. Chama-se Fern End. De lá, tenho uma vista muito boa da pista. Há anos que observo as pessoas irem e virem com meu binóculo velho. Um avião chegou esta manhã por volta das 11h30. Deixou duas mulheres, uma garota e três homens. O capitão Bosey, chefe da segurança, os recebeu e levou para a casa. — Ele cutucou a lateral do nariz com o dedo. — São poucas as coisas que não sei.

Apoiou-se no braço de Bolton para se levantar e atravessou o bar de forma surpreendentemente equilibrada, indo para o banheiro. Annie veio dos fundos.

— Ele o está incomodando?

— Claro que não, é um cara e tanto. Ele está bem para voltar para casa? Ele me contou sobre o chalé.

— Ah, ele está bem. Se ele quiser tirar uma soneca, pode usar o quarto nos fundos. Sempre que faz isso, alguém lhe dá uma carona até em casa. Quer mais alguma coisa?

— Não, obrigado. Acho que vou embora.

— Bem, se decidir ficar, temos quatro quartos para quem quer passar a noite, e tem também o acampamento, que também é meu.

Ela foi para os fundos de novo e Seth Harker voltou.

— Já está indo? — Ele se acomodou.

— Preciso.

Harker definitivamente estava sob sua influência.

— De que estávamos falando?... Da segurança. Sempre tem um jeito. Pegue Zion Place como exemplo: muros, cerca elétrica, câmeras. Não serve para nada quando se pode entrar por baixo.

— Do que você está falando?

— Em 1943, durante a guerra, só havia uma pista de grama, que era usada por pequenos aviões à noite em voos para a França. Quando o tempo estava ruim, chovendo, com a cheia do pântano, ela ficava impraticável. Então, cavaram um túnel que começa na floresta, passa por baixo do muro, indo até o jardim.

— Qual era a ideia?

— Uma rede de canos de barro por baixo da grama da pista para drenar até um túnel. Eles pensaram que colocando a outra extremidade no jardim, ligariam a rede aos canos da casa.

— Quem lhe contou isso?

— Rapazes da Real Força Aérea baseados em Zion Place, e também alguns membros do Corpo de Engenheiros. Construíram em segredo, então um capitão da Real Força Aérea inspecionou e disse que era uma péssima ideia e mandou colocarem concreto por cima da pista para que os aviões pudessem pousar mesmo se tivesse água.

— E o túnel e os canos?

— Mandaram parar a obra, bloquearam a entrada pela floresta com uma tampa de poço enorme e cobriram com grama. É um lugar assustador. Tem um pilar de granito lá com algumas letras que não fazem o menor sentido. Ficou desgastado com o tempo.

— Você já tentou entrar?

Harker sorriu.

— Claro que já. Mais de cinquenta anos atrás, um pouco depois da guerra. Estava direitinho na época. Degraus de ferro para ajudar a descer e depois se chapinhava na água. Só Deus sabe como deve estar hoje em dia.

— E a extremidade do jardim?

— Colocaram outra tampa de poço lá, que não consegui remover. Não faço ideia do que colocaram para cobrir. Nunca mais desci lá de novo, mas sempre rio ao ver toda a parafernália de segurança que há por lá.

— E ninguém mais sabe?

— Era guerra. Tudo era ultrassecreto. Quem se importou quando acabou, e quem vai se importar depois de todos esses anos? Qualquer menção a esse túnel deve ter se perdido nos arquivos da Real Força Aérea há muito tempo.

— Entendo. — Bolton se levantou e estendeu a mão. — Você é um homem fascinante, Seth.

— E qual é o seu nome, rapaz?

— Sam Bolton.

A expressão de Harker passava um ar sagaz, um toque de perspicácia.

— Espero que tenha conseguido o que queria.

— Conheci você, não conheci?

Ele saiu, e atrás dele veio Annie com uma bandeja de copos que colocou sobre o bar.

— Ele já foi? Bom rapaz.

— E um bom ouvinte — disse Seth. — Quero mais uma cerveja.

Bolton seguiu a estrada que margeava Zion Place, observando os portões eletrônicos na entrada e o segurança uniformizado do lado de fora da guarita fumando um cigarro. Seguiu até chegar a uma placa que dizia: "Zion Marshes, Área de Proteção Ambiental." Depois, havia um estacionamento. A floresta ficava paralela ao muro da casa naquele ponto, estendendo-se pelo pântano e pela pista.

No final daquele dia feio, o estacionamento estava vazio e começava a chover, o que lhe foi conveniente. Levantou a capota do Audi, abriu o bagageiro e pegou o macaco.

A chuva aumentava conforme ele caminhava pela beira da floresta, parando para olhar a pista de concreto. Neste ponto, era possível ver o jardim sobre o muro; com o binóculo, era possível ver até a varanda nos fundos da casa. Virou-se e entrou na floresta no ponto que parecia ser o mencionado pelo velho. E lá estava, a pedra de granito, exatamente como ele dissera, um pouco inclinada.

A grama em volta já estava alta. Começou a usar o macaco, persistindo enquanto a chuva aumentava, até escutar o som de metal no metal.

Ajoelhou-se ali, sob a chuva torrencial, seguro em sua roupa à prova d'água, cavando a grama e a terra abaixo, segurando o macaco com as mãos, até encontrar a tampa de poço. Sentiu a margem circular e forçou o macaco embaixo dela, esperando levantá-la. Foi inútil. Precisava das ferramentas certas, mas isso não era problema. Olhou à sua volta. Havia muitos arbustos e moitas ali, uns bem próximos dos outros. O lugar era bem reservado.

Voltou embaixo da chuva, muito satisfeito pela forma como as coisas tinham se encaminhado, principalmente a sua extraordinária sorte em conhecer Seth Harker. Entrou no Audi e ligou para Ali Hassim do celular. Ali, que estava com Hussein e Khazid na salinha dos fundos da sua loja, atendeu na mesma hora.

— Onde você está?

— Em Zion, claro. Estou voltando, nos veremos em umas três horas.

— Por que não vai passar a noite?

— Porque já cumpri a tarefa que me deu. Zion Place tem um propósito. Acredito que seja um esconderijo de alta segurança. As pessoas só chegam de avião. Tem uma pista própria. Um avião chegou por volta das 11h30, hoje, com duas mulheres, uma garota e três homens. Não faço a menor ideia de quem são, mas suponho que você faça.

— Inacreditável — disse Ali.

— Inacreditável é que, apesar de toda a segurança, encontrei uma forma de entrar.

— Se isso é verdade, Alá está do nosso lado.

— Achei que diria isso. — Bolton acelerou.

Na loja, Ali fitou Hussein e Khazid e contou tudo.

15

No Dark Man, Harry e Billy estavam sentados à sua mesa de sempre, Roper ao lado deles em sua cadeira de rodas, Joe Baxter e Sam Hall encostados na parede e conversando baixinho. O sargento Doyle, que trouxera Roper na minivan, estava dentro do carro, lendo um livro, como de costume. Todos pareciam preocupados. Harry tinha acabado de virar um uísque e chamou Ruby, que estava servindo no bar junto com Mary O'Toole.

— Queremos mais um, amor, eu e o major.

— Certo, Harry. — Ela serviu os drinques. — Nunca vi Harry assim, com tanta raiva. Até me deixa assustada.

— Ele conhecia bem esse tal de professor Stone?

— De acordo com Billy, eles trabalhavam muito próximos quando a equipe teve alguns problemas em uma operação em Hazar, há uns dois ou três anos.

— Ruby, por que está demorando tanto?

Mary pegou a bandeja.

— Pode deixar que eu levo.

Harry aceitou em silêncio, fitando o nada, o rosto parecendo pedra. Ferguson telefonara para Billy de novo e contara que o médico, um tal de professor Vaughan da Universidade de Cambridge, não estava satisfeito com o estado de Hal Stone e por isso estava adiando a cirurgia.

Billy balançou a cabeça em uma espécie de ira contida.

— Fico me perguntando onde esses cretinos estão agora.

Roper virou seu uísque.

— Bem, só eles sabem.

Harry pareceu voltar à vida.

— Verdade, mas devem ter algum plano. Esse tal de Hussein é um cara esperto. Não faria nada sem ajuda.

— Você está certo — disse Roper. — Ele não teria ousado vir para a Inglaterra se não soubesse que existem organizações extremistas que lhe dariam apoio total.

— Bem, todos conhecemos isso — disse Harry. — Fanáticos que escapam impunes depois de espalharem o terror por todos os lados, desde a televisão até as ruas de Londres.

— Verdade — disse Billy. — Mas temos de considerar os direitos humanos deles. Sabemos o que eles são, mas não podemos fazer nada.

— Bem, eu posso. — Harry virou-se para Roper. — Aquele cara com nome engraçado, professor Dreq Khan e seu Exército de Deus?

— Ele é intocável. Tem as costas quentes.

— Maldito desgraçado, por que ele não foi preso?

— O trabalho dele na ONU lhe dá imunidade diplomatica. Sabemos que ele é culpado, mas provar legalmente é outra coisa. Mesmo se Ferguson apresentasse provas, seria motivo de risos em um tribunal e com o status da ONU que Khan possui, ele provavelmente teria permissão de ir embora, de qualquer maneira — disse Roper.

— Bem, isso não me deixa nem um pouco satisfeito, e acho que gostaria de discutir isso com ele. Suponho que tenha um endereço.

— O Exército de Deus é uma organização registrada — disse Roper. — Está no catálogo.

— Eu estava pensando em alguma coisa mais reservada.

Roper sorriu.

— Eu deveria lhe perguntar se realmente quer fazer isso. Mas sabe de uma coisa, Harry? Khan é um homem muito mau. Como você, já não aguento mais. — Ele ligou para Holland Park, deu o nome de Khan para a conexão automática em seu computador. Uma voz gravada deu a ele uma resposta em poucos segundos. — Huntley Street Mansions — disse.

Harry começou a se mexer e Billy se levantou.

— Também vou, Harry. Eu e os meninos vamos pegar esse cara.

— Tem de pensar na sua posição, Billy.

— Como membro da Inteligência de Sua Majestade? Harry, não ligo a mínima. Estou tão puto quanto vocês dois. — Ele se virou para Baxter e Hall. — Estão disponíveis?

— Pode apostar que sim — disse Baxter.

— Muito bem — disse Harry. — Vejo você no *Linda Jones*, e você, major, acho que tem coisas para resolver em Holland Park.

— Quer dizer que eu não vou?

— Só não quero que se envolva.

— Ele está certo — disse Billy. — Vamos. — Baxter e Hall seguiram-no até o Alfa Romeo que estava estacionado perto da minivan.

— O major Roper já está saindo — disse Billy para Doyle, que estava atrás do volante com seu livro, e entrou no Alfa Romeo com Baxter e Hall. Em poucos segundos, já tinha desaparecido.

Roper saiu na cadeira de rodas, Harry logo atrás, a porta traseira da minivan abriu e um elevador desceu a um toque de Doyle. Harry colocou a mão no ombro de Roper.

— Eu o manterei informado.

— Tente não matá-lo — disse Roper. — Às vezes até eu me canso disso. É um inferno de vida, Harry.

— Sei disso, amigo. Vou tentar lhe fazer esse favor.

O elevador levou Roper para cima e para dentro da minivan. Doyle ligou o carro e partiu.

Ruby apareceu.

— Está tudo bem, Harry?

— Só vou ao *Linda*, amor. Tenho alguns assuntos para resolver, uns telefonemas para dar. Não quero ser interrompido, está bem?

— Como quiser, Harry.

Ela voltou para dentro e ele se afastou devagar, caminhando pelo cais.

Khan estava sentado à sua escrivaninha no escritório, trabalhando em alguns papéis, quando o interfone tocou. No caminho, Billy analisara um pouco a situação. Era óbvio que Khan estava envolvido em tudo, o que significava que provavelmente já vira fotos dos Salter e de Dillon. Então, foi Baxter quem mostrou seu distintivo quando apertou o interfone.

Khan olhou para ele através da tela.

— Pois não?

— Professor Khan? Sou o sargento Jones, do departamento de investigações criminais. Uma jovem muçulmana foi agredida. Uma patrulha a levou para a delegacia, mas ela não sabe falar inglês muito bem. Ela mencionou o seu nome, então resolvemos pedir sua ajuda.

— Estou sempre disposto a ajudar a polícia.

Khan apertou o botão, foi até a porta, que se abriu. Baxter agiu rápido e deu um soco no seu estômago, Billy e Hall vieram logo atrás. Pegaram um sobretudo em um gancho na parede do vestíbulo, enfiaram seus braços ali dentro e um chapéu em sua cabeça. Baxter e Hall levaram-no para o Alfa e colocaram-no sentado entre os dois. Billy saiu dirigindo.

Harry estava sentado na popa do *Linda Jones*, embaixo de um toldo, apenas a luz do deque quebrando a escuridão, um copo de uísque na mão. Baxter e Hall seguravam Khan na sua frente. Billy estava encostado na grade, assistindo.

Khan já recuperara os sentidos e reconheceu Salter, o que o deixou totalmente amedrontado, embora tenha tentado parecer forte.

— O que está havendo aqui?

— Sou Harry Salter, você é Dreq Khan. Vou lhe fazer algumas perguntas, e se você não responder, vou matá-lo e jogá-lo no rio.

Khan quase sujou as calças de tanto medo.

— Hussein Rashid e o camarada dele, Khazid. Sabemos que estão a caminho da Inglaterra. Quero que me confirme se já chegaram.

— Que loucura é essa?

— Não me irrite. Um bom amigo meu em Cambridge, professor Hal Stone, que tinha acabado de voltar de Hazar, após ajudar Dillon e Billy aqui a trazerem Sara Rashid de volta para casa, levou dois tiros esta manhã no jardim da casa dele e foi deixado lá para morrer. Acreditamos que foram Hussein e Khazid. O que o senhor acha?

— Não faço ideia do que está falando — disse Khan, desesperadamente.

— Ele está fazendo com que percamos tempo, Billy. Experimente o guindaste.

Baxter e Hall tiraram o sobretudo e o paletó de Khan, forçaram-no a se abaixar, e Billy pegou a corda que caía do guindaste amarrando-a em volta dos tornozelos dele. Baxter e Hall puxaram a corda e levantaram Khan, de cabeça para baixo.

— Pergunta simples — disse Billy no seu ouvido. — Eles estão na Inglaterra? Você já recebeu notícias deles?

Eles o giraram e jogaram no Tâmisa. Ele afundou, gritando. Como suas mãos não estavam amarradas, ele conseguia mexer os braços. Quando parou de se debater, Harry assentiu e eles o puxaram. Ficou estendido no deque, tossindo e cuspindo.

— Deixe-me esclarecer — disse Harry. — Se tivermos de colocá-lo lá de novo, vamos embora e deixamos você de comida para os peixes.

— Não, por favor. — Khan se sentou, segurando na grade. — Eles estão aqui. Não tive nada a ver com isso. Foi o Intermediário, homem de Osama, que organizou tudo. E não me peça o telefone dele. Ele só entra em contato quando quer. Ninguém consegue falar com ele. Hussein e Khazid vieram da França de barco, durante a noite. Quando ele me telefonou, fiquei surpreso. Disse que estava em uma casa chamada Folly Way, em Peel Strand, Dorset. Não mencionou o nome do dono da casa, eu juro.

— Continue.

— Estou dizendo a verdade ao admitir que o Exército de Deus tem uma rede de espiões formada por gente simples. Um deles estava espionando a casa dos Rashid e me contou que eles deixaram a casa. Ele os seguiu até Farley Field, onde pegaram um avião para um destino desconhecido.

— Hussein ficou furioso quando você contou isso?

— Ficou. Disse que precisava descobrir para onde a família tinha sido levada. Respondi que era impossível descobrirmos.

— E então?

Khan mentiu desesperadamente.

— Ele disse que havia uma pessoa que iria visitar, um tal de professor Hal Stone, que o Intermediário mencionara ter feito parte de toda a operação em Hazar e que era primo de Ferguson. Hussein disse que lhe faria uma visita em Cambridge. — Houve uma pausa enquanto Harry pensava no assunto.

— Mentiroso desgraçado — disse Billy.

Harry balançou a cabeça.

— O fato de que Hussein não faz ideia de onde os Rashid estão deve ser verdade, senão por que ele iria a Cambridge? A suposição dele de que Hal Stone poderia saber faz sentido. — Levantou-se e foi até o bar, para se servir de uísque.

Billy o seguiu e fechou a porta.

— Então você acredita no desgraçado?

— Lembra-se do que Hal disse? — perguntou Harry. — Que eles estavam aqui, os dois, o "outro" atirou nele, e ele não falou sobre Zion.

— É verdade — disse Billy. — Ferguson admitiu que tinha contado a ele sobre Zion.

— Eles foram atrás de Stone porque não faziam a menor ideia de para onde os Rashid tinham ido. Devem ter falado a ele o motivo da visita. O fato de ele ter dito que não falou em Zion confirma que eles ainda não sabem onde os Rashid estão.

— Stone provavelmente tentou fugir e levou duas balas nas costas — disse Billy. — Então, o que fazemos com esse idiota, lá fora? Acabamos com ele?

Harry abriu a porta e saiu. Baxter e Hall tinham colocado Khan sentado em uma cadeira. Ele parecia não ter mais nada a dizer.

— Onde você acha que Hussein pode estar agora?

— Não sei — disse Khan, cansado. — Ele é um louco. Com suas fotos em todos os jornais do país, foi uma loucura vir para a Inglaterra.

— Essa é a parte mais estranha da história — disse Billy. — Ele deveria ter sido preso poucas horas depois de chegar.

De repente, Khan se lembrou da conversa por telefone com Hussein e se lembrou de um detalhe especial.

— Quando ele estava falando comigo de Peel Strand e disse que ia a Cambridge, eu lhe disse que teria de trocar de trem em Londres e que isso não seria aconselhável, já que seu rosto estava em todos os jornais.

— E o que ele disse? — questionou Harry.

— Que já tinha cuidado disso e que ninguém o reconheceria. Só isso.

— Tolice. Ele não teve tempo de fazer uma cirurgia plástica.

— Bem, como ele não foi preso, alguma coisa deve ter acontecido. — Harry virou-se para Khan. — O Sr. Baxter e o Sr. Hall vão levá-lo para casa, onde pegará uma muda de roupas, dinheiro, cartões de crédito, passaporte, tudo. Depois, vão acompanhá-lo até Heathrow e providenciarão que pegue o primeiro voo disponível.

Khan parecia perplexo.

— Então, você não vai me matar?

— Agora não, mas se algum dia eu souber que você voltou à Inglaterra, estará morto em menos de uma semana. Tirem-no daqui.

Khan estava pasmo. Vestiram o paletó e o sobretudo nele e levaram-no pelo cais, e foi quando percebeu que nunca se sentira tão aliviado em toda a sua vida. E também sentiu uma certa satisfação por culpar o Intermediário por mandar Hussein a Cambridge para visitar Hal Stone, e assim ter deixado Ali Hassim fora da história.

No barco, Billy disse:

— Você ficou mole ou o quê?

— Roper me disse para pegar leve com ele. De qualquer forma, conseguimos determinar, sem a menor dúvida, que Hussein não faz a menor ideia de onde os Rashid estão, então vamos encontrar Roper.

Roper escutou o que eles contaram. Harry disse:

— Você acha que eu fiz a coisa certa? Será que ele ficará longe mesmo?

— A questão é: será que as pessoas do mundo dele permitirão que ele fique? Há muito sabemos que a al-Qaeda influencia o Exército de Deus. O que Osama vai achar de um homem que fugiu é um assunto a se pensar. O Intermediário não vai ficar nem um pouco feliz também. Esses homens importantes do terrorismo obviamente não gostam de ver as coisas fugindo do controle.

— Não ligo a mínima para Osama e seu pessoal — disse Harry. — Precisamos mostrar para eles que estamos aqui.

— Concordo, mas os líderes da al-Qaeda no Iraque iam adorar fazer outro espetáculo na Inglaterra. O Big Ben seria uma boa ideia ou o Palácio de Buckingham. Existem inúmeras possibilidades.

— Isso seria inaceitável — disse Harry.

— Eles iam gostar mais ainda se a rainha estivesse em casa quando acontecesse — acrescentou Billy.

— Desgraçados — disse Harry.

— Eu poderia lhe mostrar relatórios da inteligência mostrando que pelo menos uns duzentos britânicos serviram na legião estrangeira da al-Qaeda no Iraque. São coisas que o público não sabe. E não são só bombas comuns que eles gostariam de explodir, mas bombas atômicas. Vários planos envolvendo esse tipo de armas no Reino Unido deram errado — acrescentou Roper. — Estamos em guerra, isso é um fato.

Houve uma pausa, então Billy disse:

— O que nos deixa com Hussein. Quais são as intenções dele?

— Ele não é um homem-bomba — disse Roper. — Aposto em assassinato.

— Você quer dizer do primeiro-ministro ou alguém nesse nível? — perguntou Harry.

— Vamos analisar neste ângulo: os planos dele envolvendo os Rashid foram por água abaixo, pelo menos por enquanto. Então, ele tem de encontrar alguma coisa para fazer. E a aparência dele, de alguma forma, está diferente, Khan nos disse isso. Valeu a pena jogá-lo no rio para descobrir.

O telefone dele tocou. Era Ferguson, e Roper colocou no viva voz.

— Como estão as coisas?

— Ele saiu da cirurgia. O professor Vaughan disse que foi sério e que vai levar tempo, mas que ele vai conseguir se recuperar.

Harry e Billy comemoraram, e Roper disse:

— Conseguiu falar com ele?

— Só umas poucas frases. Parece que foi Khazid quem apontou a arma para ele e perguntou onde os Rashid estavam. Hal se recusou a dizer e correu para fugir pela porta do jardim. Khazid atirou enquanto ele abria o ferrolho. Ele desmaiou nessa hora, teve uma leve impressão de que havia outra pessoa, mas não conseguiu ver.

— Que pena — disse Roper. — Harry apertou Khan mais cedo. Bem interessante. — Contou todo o plano de Harry com Khan e os resultados.

— Meu Deus! — disse Ferguson. — Então, não sabemos mais a aparência desse cretino?

— Nem suas intenções, nem onde está. A única coisa de que temos certeza é que ele não sabe onde a família de Caspar está — disse Roper.

— Graças a Deus.

— De uma coisa nós sabemos — disse Roper. — Quando ele falou com Khan pelo telefone, disse que ele e Khazid vieram de barco e estavam na casa de um contato do Intermediário em Peel Strand, Dorset, uma casa chamada Folly Way.

— Certo. Vou falar com o chefe de polícia de Dorset agora mesmo. Mais alguma coisa?

— Os Rashid em Zion. Eles precisam saber sobre o atentado contra a vida de Hal Stone.

— Isso vai deixar Molly Rashid apavorada. Ninguém sabe onde eles estão, então podemos deixar as coisas assim por enquanto.

— Vou falar com Levin. Acho que ele, Chomsky e Greta merecem saber. Mais tarde, decidiremos se devo ir até lá amanhã. Eu preferia contar para os Rashid pessoalmente. Eu e Dillon vamos pegar o helicóptero daqui a 15 minutos. Até mais tarde.

Na sala dos fundos da loja, Hussein e Khazid estavam sentados à mesa de jantar com Bolton, repassando cada detalhe. O *expert* em informática tinha até preparado um CD abrangendo todos os aspectos possíveis sobre a aldeia e a casa, até com uma lista de nomes de pássaros, que poderia ser útil.

Khazid achou isso divertido.

— Os corvos são os pássaros mais inteligentes. Eles conseguem se comunicar uns com os outros e contar. Isso prova as minhas credenciais?

— Apenas seja você mesmo, como eu fiz — disse Bolton. — Mas se vista como eles. Vou sair agora para comprar as mesmas roupas e botas que usei. — Ele se virou para Ali. — E um carro?

— Um membro da Irmandade que trabalha em uma concessionária já providenciou. É um trailer, com beliche e cozinha na parte de trás. Bem familiar, muito popular entre o pessoal que gosta de acampar. Também virá equipado com algumas ferramentas que, com sorte, atenderão às nossas exigências. Logo vão chegar.

Quando Bolton levantou, Hussein disse:

— Mais uma pergunta. Você mencionou que da beira da floresta é possível ver o jardim nos fundos da casa, uma varanda. Você viu alguém?

— Não. O tempo estava péssimo, chovendo muito, e o meu binóculo era simples.

Hussein olhou para Ali.

— Talvez ele possa remediar isso comprando para mim um binóculo com lentes de aumento Zeiss.

— Claro — disse Ali, e assentiu para Bolton. — Você sabe quem procurar.

— Vou providenciar. — Bolton olhou para Hussein. — Foi um privilégio servi-lo.

Ele saiu, e Hussein disse:

— Um bom homem.

— Um dos melhores. Deseja mais alguma coisa?

— Acho que não. Se Khan telefonar, simplesmente diga que não procurei você e que não faz ideia de onde estou.

— Como quiser.

— Com o Intermediário, eu me entendo.

— Como quiser. — Ali se levantou, e bateram na porta. Ele abriu e sua assistente lhe entregou um exemplar do *Evening Standard*. O jornal trazia uma breve matéria dizendo que a polícia estava investigando a tentativa de homicídio em Cambridge do professor Hal Stone, que se recuperava bem após uma bem-sucedida cirurgia.

— Talvez você deva ler isto. — Ele colocou o jornal em cima da mesa sem falar nada e saiu.

Khazid leu primeiro e explodiu.

— Você disse que ele não tinha pulso! Deveria ter me deixado acabar com ele!

— Essas coisas acontecem.

— Mais cedo ou mais tarde, ele vai conseguir falar.

— E daí? Ele não pode falar sobre a minha nova aparência porque não me viu, o que é bom. Outra coisa boa é que Ferguson não faz a menor ideia de que sabemos sobre Zion. Isso vai dar certo, primo, estou sentindo. Por exemplo, a sorte extraordinária que tivemos por Bolton descobrir um jeito de entrar só pode ser vontade do próprio Alá.

— Seja prático, primo. Não sabemos se nossas ferramentas simples vão conseguir tirar a tampa de poço. Não sabemos o que tem lá embaixo, se conseguirmos tirar, e quanto ao outro lado? Pode estar dois metros abaixo da terra, coberto por pedras, qualquer coisa.

— Vamos fazer um reconhecimento do terreno — disse Hussein. — Quantas vezes fizemos isso nos últimos dois anos de guerra, primo, e fomos bem-sucedidos no nosso propósito?

— Mas qual é o nosso propósito? Digamos que vamos conseguir passar pelo túnel e chegar até o jardim. Aí, nos escondemos atrás de uma árvore e esperamos Sara sair para brincar, e se isso acontecer, o que faremos, atiraremos nela?

— Não seja ridículo.

— Está bem, então você espera que ela esteja sozinha, a nocauteia, coloca sobre os ombros, arrasta pelo túnel e vai embora. — Hussein ficou ali sentado, fitando o primo, e Khazid disse: — É claro que se alguém estiver com ela, teremos de atirar. Mesmo se forem seus pais.

A expressão de Hussein era sombria.

— Fiz um juramento solene ao avô de Sara, diante de Alá, de que a protegeria e honraria em todos os sentidos. Fracassei em todos os aspectos. A morte nos seguiu em cada esquina. Nossos camaradas morreram nas mãos de Dillon e Salter, meu tio, acometido pela vergonha, morreu antes do tempo. Você está certo em tudo que diz. Não sei o que fazer nem mesmo o que dizer se a encontrar de novo. Foi Alá quem escolheu esse caminho para mim.

— Acho que a verdade é que, desde o início, você não sabia onde isso tudo ia dar. — Khazid se levantou. — Se tivéssemos ido atrás dos alvos que valem a pena, Ferguson e os outros, haveria algum objetivo, mas agora...

— Tudo terá seu propósito, e Alá vai nos mostrar qual é. Preciso ir para Zion. Não tenho escolha.

— Nem eu. — Khazid suspirou. — Finalmente admito que o meu comandante nos últimos dois anos de guerra no Iraque é um maluco lunático. De repente, não encontro conforto algum na ideia de que estou nas mãos de Alá.

— Então, você vai me abandonar? — Hussein ficou ali sentado, inexpressivo. — Então, foi a isso que chegamos?

Khazid forçou um sorriso.

— Você acha que sou esse tipo de homem, primo? Não, irei ao inferno com você se me pedir.

Ali voltou.

— Então, agora, esperamos. Mandei Jamal ir de van e esperar no estacionamento público ao lado de Farley Field. Ele vai ficar lá observando, para o caso de o Hawk ser usado de novo. Ele conhece o rosto da maioria do pessoal de Ferguson e vai me ligar no momento em que souber de alguma coisa, então entro em contato com vocês.

— Boa ideia — disse Khazid, e o celular especial de Hussein tocou.

— Sou eu — disse o Intermediário. — Já fiquei sabendo que as coisas não correram muito bem em Cambridge.

— Foi uma infelicidade e não levou a lugar nenhum. Não sabemos para onde Ferguson levou os Rashid.

— Esqueça a garota — disse o Intermediário. — Concentre-se em alvos mais valiosos. Entrou em contato com Khan?

— Não.

— Estranho, não consigo falar com ele, por mais que eu tente.

— Não posso ajudá-lo.

— Onde está?

— Em um esconderijo. É só o que posso lhe dizer. Até logo.

— Hussein olhou para Ali e Khazid. — Chega de Intermediário. Podemos tomar café?

Na biblioteca em Zion Place, os russos tomavam um drinque, tentando absorver a notícia sobre Hal Stone. Caspar e Molly assistiam a um filme na sala, e Sara jogava Paciência.

— Que grande cretino — disse Levin.

— Dois tiros nas costas. — Chomsky balançou a cabeça. — Uma coisa difícil, até para um bom cirurgião.

— Sara parece solitária — disse Greta. — Vou lá conversar com ela. — Sentou-se do outro lado da mesa. — Como estão as coisas?

— Um tédio. Como está o professor Stone?

Greta ficou chocada.

— Como descobriu?

— É meu segredo. Tenho uma excelente audição. Consigo escutar pessoas conversando a dois cômodos de onde estou. Consigo escutar uma ligação de celular na sua mão, sem nem encostar meu ouvido. Na escola, as meninas me chamavam de Vadia da Gestapo, porque comigo não tinham a menor privacidade. De qualquer forma, o professor Stone, pelo menos, sobreviveu à cirurgia.

— É verdade.

— E foi Khazid quem atirou nele. — Era uma afirmação, não uma pergunta.

— Parece que sim.

— Onde você acha que Hussein e Khazid estão agora?

— Não fazemos a menor ideia, mas temos certeza de que não sabem que você e seus pais estão aqui.

— Mesmo? O Martelo de Deus parece estar deslizando entre os seus dedos. A propósito, falando em telefones, minha mãe deve ter outro celular. Escutei-a telefonar várias vezes para o Dr. Sampson no hospital para saber sobre a criança Bedford. — Ela balançou a cabeça. — Uma idiotice.

— Vou avisar Ferguson imediatamente — disse Greta.

— Claro. — Sara se levantou. — Vou para a cama. Não vou contar nada a eles. Vou deixar que vocês decidam.

Ela saiu e Greta voltou e contou aos outros. Levin ligou para Ferguson na hora e o encontrou com Roper em Holland Park, dando-lhe a péssima notícia.

— Que estupidez — disse Ferguson. — Mas não diga nada a ela. Eu mesmo vou cuidar disso. Vou aí amanhã de manhã com Billy e Dillon. Mais notícias ruins. Lembram daquele endereço em Dorset? Uma casa chamada Folly Way? A polícia de lá foi averiguar. Encontrou o dono, um tal de Darcus Wellington, morto por um tiro.

— Meu Deus — disse Levin.

— Meu Deus mesmo. Rastrearam o carro dele até a estação de trem em Bournemouth, de onde eles obviamente pegaram um trem para Londres. Nossos garotos andaram ocupados. Está vendo, Igor, as coisas estão começando a se encaixar.

Em Holland Park, Ferguson estava sentado na sala de computadores com Billy e Dillon. Roper estava com seu uísque na mão.

— Bem, a Dra. Molly Rashid, grande cirurgiã e humanitária.

— O problema é que o trabalho é a coisa mais importante da vida dela — disse Dillon.

— Tão importante que deixa todo o resto de lado.

— O que você está querendo dizer? — perguntou Ferguson a Roper.

— Que se eu fosse da al-Qaeda, por exemplo, espalharia a notícia de que qualquer novidade sobre Molly Rashid ou de onde ela está seria bem-vinda.

— Basta, major — disse Ferguson. — Isso é ridículo. De qualquer forma, sairemos de Farley às nove em ponto.

O trailer estava pronto, com tudo de que eles precisavam, e Ali, Hussein e Khazid estavam sentados em silêncio por alguns instantes na sala nos fundos.

Depois de um tempo, Hussein disse:

— Acho que vou para a cama. Sairemos às 6 horas. Com três horas de estrada, estaremos lá às 9.

— Deveria ser um final de semana — disse Khazid. — Mais admiradores de pássaros.

— Quanto menos, melhor — disse Hussein. — Pode nos acordar, amigo? — pediu a Ali.

— Eu tinha um bom amigo chamado Hassim — disse Khazid. — Dillon e Salter o mataram em Hazar. Tinha algum parentesco com vocês?

— Acho que não. Que ele descanse em paz.

Hussein subiu, Khazid logo atrás. Ali ofereceu um pequeno quarto para cada um. Ficaram parados no corredor se olhando, entraram em seus quartos sem dar qualquer palavra.

Khazid colocou sua mala em cima da cama, tirou sua Walther com silenciador, a munição, a metralhadora com seu cartucho reserva. Tudo estava pronto, incluindo a granada de mão que pegara sem avisar nada a Hussein. Deitou na cama, fechou os olhos e dormiu logo.

Na porta ao lado, Hussein checou e carregou sua Walther, colocou-a de volta na bolsa, ajoelhou-se no chão, fez suas orações, assim como fazia desde menino. Fechou os olhos. Estava nas mãos de Alá agora. Nunca tinha tido tanta certeza na sua vida.

16

Em Holland Park, Roper cochilou em sua cadeira de rodas em frente às telas, como sempre costumava fazer à noite. Geralmente, acordava depois de uma hora ou menos, checava as telas, cochilava de novo, e abria os olhos de novo quando a dor se tornava insuportável. Seu corpo destruído já não respondia mais às prescrições dos médicos, mas, claro, o cigarro e os tragos de uísque, como chamava, ajudavam.

O sargento Doyle, em noite de plantão, olhara através da pequena janela na porta, como fazia com frequência, viu que o major estava acordado, foi para a cantina preparar um sanduíche de ovos e bacon que Roper adorava, e levou para ele. Ainda não eram 5 horas da manhã, e ele o colocou na frente de Roper.

— Aqui está, major. Não fiz chá, sabia que não tomaria. Teve uma boa noite?

— Sente-se e fique aqui comigo um pouco, sargento. — Roper devorou o sanduíche. — O horário entre a meia-noite e o amanhecer é o mais estranho para se ficar sozinho, porque só temos as lembranças do passado e sabemos que não podemos alterá-las.

— O senhor gostaria de alterá-las, major? Fui soldado durante vinte anos e nunca conheci nenhum melhor que o senhor ou mais corajoso.

— Desmontei todas aquelas bombas na boa e velha Irlanda, até cometer um erro bobo naquele carro estacionado.

— O senhor estava cumprindo seu dever, fazendo seu trabalho. Todos nós aceitamos o que ser soldado significa. Começa com o xelim da rainha e na primeira vez em que vestimos o uniforme.

— Vamos refletir sobre isso — disse Roper. — Serviu na Irlanda?

— Seis vezes.

— Então sabe que os membros do IRA se consideravam soldados. O que acha disso?

— Não gosto muito da ideia — disse Doyle —, já que levei muitos tiros daqueles desgraçados que não usavam uniforme.

— A Resistência Francesa também não usava, na Segunda Guerra. O cara que fabricou a bomba que me atingiu se chamava Murphy. Quando ele foi levado a julgamento, recusou-se a admitir. Disse que era um soldado lutando uma guerra.

— O que aconteceu com ele?

— Três sentenças de prisão perpétua em Maze. Morreu de câncer.

Doyle pensou a respeito.

— Onde isso vai dar, major?

— Como eu disse, entre a meia-noite e o amanhecer, o passado roda como um filme na nossa cabeça. Eu vi um na televisão que mostrava um muçulmano nascido na Inglaterra jurando lealdade à al-Qaeda. Ele também disse que era um soldado lutando uma guerra.

— Também vi — disse Doyle. — Onde isso vai acabar?

— Eu diria que com nosso atual problema, Hussein Rashid. Pergunte a ele, e ele dirá exatamente a mesma coisa que todos.

— Então talvez seja apenas uma desculpa, um pretexto? Pelo menos, o senhor foi ferido usando um uniforme, major. Aquele inseto Murphy, não. — Ele se levantou e deu de ombros. — Não tem solução. Vou fazer chá agora. Quer um pouco?

— Quero sim.

Doyle foi até a porta e parou.

— Esqueci de dizer que começou a chover e a ventar bastante. Talvez o Hawk não possa decolar de Farley Field.

— Vou ficar de olho.

Verificou a previsão do tempo na televisão, e não era boa, depois aceitou a caneca de chá que Doyle levou; quando ficou sozinho, acrescentou uma dose de uísque. Colocou a foto de Hussein na tela. A foto o fitava, uma expressão de Che Guevara.

— É, eu sei que você não está mais assim, mas onde você está?

Mais perto do que ele poderia sequer imaginar. Na loja da esquina em West Hampstead, Ali Hassim estava batendo na porta de Hussein, com uma xícara de chá na mão. Ele acendeu a luz e entrou. Hussein estava acordado.

— Ainda não está na hora, mas o tempo não está bom. — Ele colocou o chá verde na mesa de cabeceira.

A janela tremia ao vento. Hussein disse:

— Obrigado pelo chá, mas devo rezar agora. Estarei pronto para sair na hora combinada. Se puder apagar a luz.

— Claro.

Ali saiu, bateu na porta de Khazid e desceu.

Roper cochilou de novo e acordou quando já eram 7 horas. Nessa mesma hora, o trailer parou em uma lanchonete fora de Guildford. O vento estava forte, e a chuva, implacável, mas Hussein e Khazid estavam protegidos graças às roupas que Bolton comprara. Capas de chuva compridas verde-oliva com enormes bolsos com espaço suficiente para guardarem suas Walther com silenciadores e cartuchos extras de munição. Chapéus à prova d'água, perneiras e botas não facilitavam para o tempo.

Havia mais ou menos uma dúzia de clientes espalhados pela lanchonete, principalmente, motoristas de caminhão, levando em conta o estacionamento. Hussein e Khazid sentaram-se em um canto afastado de todo mundo.

— O que vamos comer? — perguntou Khazid.

— Olhe o cardápio. A escolha popular é o café da manhã inglês completo e uma xícara de chá.

— Que inclui bacon para começar.

— Sob essas circunstâncias, Alá será misericordioso. Então, vá até o balcão e faça o pedido com o seu melhor francês. Para ser prático, estou morrendo de fome e temos um longo dia pela frente.

Khazid foi até o balcão e falou com a garçonete, depois voltou e se sentou.

— O que achou do trailer? Não é um bom carro de fuga, o motor engasga quando pisamos no acelerador.

— Outra pessoa poderia discordar e dizer que é perfeito para esse propósito. A polícia costuma ir atrás dos carros mais rápidos, não dos veículos na faixa mais lenta.

— Uma questão a ser discutida — disse Khazid.

A garçonete trouxe o café da manhã e as xícaras de chá em uma bandeja, colocou tudo sobre a mesa e saiu.

— Meu instrutor no campo da Argélia tinha um ditado: "ande, não corra, sempre que possível". Agora tome seu café da manhã, irmãozinho, e fique quieto.

Eram 8 horas quando Dillon e Billy se juntaram a Roper, e a notícia a ser dada não era muito boa.

— Acabei de falar com Lacey — disse Roper. — Ele e Parry já estão em Farley Field. O tempo não está bom. Ele acha que não vai ser possível decolar às 9 horas. Vão ter que esperar uma oportunidade. Falei com Ferguson. Ele sugeriu que tomemos um café da manhã rápido. Estará aqui para sair às 8h30.

— Está bem — disse Dillon. — Vai conosco?

— Acho que não. Tive uma noite ruim, e ainda tem este tempo. — Ele balançou a cabeça. — Acho que vou ligar para Zion Place enquanto vocês comem; nos falamos depois.

Dillon e Billy foram para a cantina, e Roper ligou para Levin.

Na sala de jantar de Zion Place, Levin, Chomsky e Greta estavam sentados a uma mesa no canto, vendo a chuva bater nas portas da varanda, formando um riacho que descia para o jardim, seguindo até o muro e depois para a floresta.

Havia uma névoa que deixava tudo com um ar de mistério. Greta, que bebia café, olhou para fora e disse:

— Maldita chuva, mas combina bem com o jardim.

Sara veio por trás.

— Eu escutei. Parece alguma cena tirada de *Jane Eyre*. Escura e chocante.

— Quer se sentar conosco? — convidou Greta.

— Não, é melhor eu ir me sentar do outro lado. Meus pais já estão descendo. Falo com vocês mais tarde.

Ela atravessou a sala, acenando feliz para o capitão Bosey, Fletcher e Smith, dois de seus guardas, que estavam comendo juntos. Um pouco depois, Molly e Caspar chegaram e se sentaram com a filha. Kitty anotou os pedidos deles e foi para a cozinha.

O telefone de Levin tocou. Era Roper.

— Como estão as coisas por aí?

— Chovendo e com névoa. Faz com que o jardim pareça bucólico.

— E a pista?

— Não dá para ver daqui. Espere um pouco que vou até a varanda. — Foi até o vestíbulo, pegou um guarda-chuva atrás da porta, abriu e saiu, dando suas opiniões para Roper. — Parece que esta chuva não vai parar tão cedo, com certeza, mas consigo ver a pista. Tem um pouco de névoa. E como estão as coisas por aí?

— Bem, Lacey acha que não dá para sair às 9 horas. Disse que vai esperar uma oportunidade.

— Certo, vamos nos falando.

Levin entrou e foi contar aos outros.

Em Farley Field, Jamal se instalara no estacionamento público. Estacionou em um lugar de onde conseguia ver quem chegava. O Hawk já estava posicionado do outro lado do terminal.

A van cinza tinha um BT (de British Telecom) na lateral. Jamal levantou a porta traseira como uma cobertura para se proteger da chuva, sentou-se ali a partir das 7h30 e esperou.

Estava cercado por rolos de fios, uma grande caixa de ferramentas estava aberta, e sua capa de chuva com um BT nas costas era perfeitamente aceitável.

Ali Hassim, que telefonara várias vezes, tentou de novo às 8h30.

— Nada ainda?

— Infelizmente. Entrarei em contato assim que vir alguma coisa.

Ele abriu o isopor com comida e pegou um pote de iogurte, que comeu devagar com uma colher, depois descascou uma banana, sempre vigiando. O tempo se arrastava. De repente, apareceu a minivan de Holland Park, o mesmo veículo que seguira em sua moto quando levava os Rashid e três outras pessoas para Farley. Observou-a estacionar no terminal. Três homens correram para se abrigar da chuva. Sabia que um era Ferguson porque Hassim lhe mostrara uma foto.

Ligou para Ali na mesma hora.

— Eles chegaram, com certeza um deles é Ferguson, e mais dois homens. Não consegui ver direito, porque saíram correndo por causa da chuva.

— Alá seja louvado. Ligue de novo no momento em que eles decolarem.

— Acho que vai demorar. O tempo não está bom.

— Então, fique aí vigiando.

No terminal, Ferguson falou com Lacey.

— O que você acha?

— Não tenho nenhuma esperança de que consigamos decolar às 9 horas. O voo até lá leva uma hora, um pouco mais, dependendo do vento e da direção. Talvez mais meia hora.

Assim, poderíamos estimar a hora de chegada em 10h30. Teremos de ver. Sugiro um café, general.

— Muito bem. — Ferguson não ficou satisfeito. Telefonou para Levin.

— Nove horas e esperando. Lacey ainda tem esperanças. Ligo para avisar. — Ele deu de ombros e disse para Dillon e Billy: — Não podemos evitar. Vamos tomar aquele café.

Em Zion, o trailer chegara vinte minutos antes do esperado e atravessara a aldeia, com Khazid ao volante, seguindo as instruções de Bolton, passando pela casa e a cerca elétrica na entrada da propriedade com uma guarita ao lado.

Mais à frente, chegaram ao estacionamento cercado por cercas vivas altas e a floresta do outro lado. Tinha uma coisa que Bolton se esqueceu de mencionar: um banheiro público. O estacionamento estava vazio, não havia um único veículo.

Khazid saiu.

— Tenho uma ideia.

Ele foi ao banheiro público, olhou atrás e voltou.

— Acho que eu poderia colocar o trailer atrás do banheiro.

— Não vamos fazer isso — disse Hussein. — Lembra-se do que eu disse? Ande, não corra. Somos excêntricos inofensivos que preferem ficar ao ar livre observando pássaros do que sentados em casa. Não temos nada a esconder. Estacione perto da floresta. O guarda do portão não consegue nos ver aqui de qualquer forma.

O telefone dele tocou. Era Ali, que descreveu a situação em Farley. Hussein recebeu a notícia com bastante calma.

— Ligue para mim assim que o Hawk decolar.

— Onde vocês estão?

— Exatamente onde deveríamos estar. Agora só me ligue quando tiver mais notícias.

— O que está acontecendo? — perguntou Khazid.

— Jamal, que está em Farley Field, viu o Hawk esperando, e Ferguson e mais dois homens chegarem, provavelmente Dillon e Salter. Ele vai informar Ali no momento em que o Hawk decolar. Conheço esse avião, já pilotei um. Diria que se o tempo estivesse bom, chegaria aqui em uma hora, mas hoje deve demorar um pouco mais.

— Que Alá nos proteja — disse Khazid respeitosamente.

— O próprio Ferguson na varanda daquela casa? O chefe da segurança do primeiro-ministro britânico, um homem com vínculos que levam até o presidente dos Estados Unidos. Que alvo! Isso muda tudo. Nosso lugar no paraíso está garantido.

— Não muda nada — disse Hussein. — Primeiro, precisamos entrar no terreno, seu tolo. Então, ao trabalho. Carregaremos nossas armas e munição sem problema algum nos bolsos grandes das nossas capas, até a Uzı com a coronha dobrada. Vamos deixar as bolsas trancadas no trailer. Você pode levar a bolsa de lona com as ferramentas; vou levar o binóculo pendurado no pescoço, e então, entramos na floresta.

— Para admirar pássaros — comentou Khazid.

— Claro, e se qualquer ornitófilo tão maluco quanto nós aparecer neste tempo, lembre-se que você é francês.

Ele pegou o caminho paralelo à floresta em direção à cabeceira da pista, olhando no relógio e vendo que eram pouco mais de 9 horas.

As instruções de Bolton tinham realmente sido muito boas. Hussein virou para onde havia pinheiros e disse:

— Pare. Quero dar uma olhada.

Regulou o foco do binóculo Zeiss que Bolton conseguira. Era excelente. Olhou todo o jardim, depois focalizou a varanda que se estendia por toda a frente da casa, a porta principal no meio. Nesse exato momento, as portas duplas da varanda se abriram e Sara saiu, segurando um guarda-chuva. Caspar ficou parado na porta, obviamente pedindo que ela saísse da chuva. Ela parou por um momento, depois se virou e entrou. As portas duplas se fecharam.

Hussein disse com a voz rouca:

— Acabei de ver Sara na varanda, e Caspar atrás dela. Eles entraram de novo. Dê uma olhada rápida.

Khazid olhou, devolveu o binóculo para Hussein, que disse:

— Vamos.

Em poucos minutos, graças às instruções de Bolton, eles abriram caminho pelo bosque cerrado e encontraram a pedra.

— Excelente. — Pisoteou em volta, chutando a grama, e Khazid pegou as ferramentas. Havia duas pequenas pás de aço e dois pés de cabra compridos no fundo da bolsa, uma marreta e uma lanterna. Também havia uma lona verde à prova d'água, para esconder um buraco aberto, se necessário.

Lembrando-se do que Bolton dissera ter feito, Hussein foi sapateando até escutar metal batendo em metal.

— Agora, as pás — disse. — Vamos, nós dois.

Eles atacaram com vontade e as lâminas pontudas das pás rasgaram o solo, revirando-o, logo revelando uma tampa de poço redonda. Estava gasta pelos anos, furada, mas ainda era possível ler o nome dos fabricantes: Watson & Company, Canal Street, Leeds.

Fitaram em silêncio.

— Impressionante — comentou Khazid. — Depois de todos esses anos.

— Tente removê-la — disse Hussein.

Havia uma alça no centro. Khazid enfiou um dos pés de cabra nela e tentou levantar. Nada aconteceu, e então o celular de Hussein tocou. Ele atendeu na mesma hora, era Ali.

— Jamal acabou de me ligar. Embora o tempo ainda esteja ruim aqui, o Hawk acabou de decolar. São 9h30. Está tudo indo bem?

— Encontramos a entrada, mas não tenho tempo de falar. — Ele guardou o telefone no bolso e pegou o outro pé de cabra na bolsa, enfiou na alça e juntos tentaram levantar, sem sucesso.

— Pegue uma ferramenta menor, as chaves de fenda, e rasparemos em volta da tampa. Era Ali. Jamal disse que o Hawk decolou às 9h30. — Ele raspava furiosamente, assim como Khazid. — Isso significa que devem chegar às 10h30, mais o tempo que levarão para ir da pista até a casa, ou seja, lá pelas 10h45. Agora, encoste na tampa, irmãozinho.

A tampa se moveu soltando um ruído estranho, se inclinou e se soltou. Eles carregaram-na até o bosque cerrado e escondendo-a no mato alto.

— Você primeiro — disse Hussein para Khazid, e tirou a lona da bolsa. — Vou passar para você. Parece que tem degraus mais embaixo.

Khazid fez o que ele disse, a lanterna em uma das mãos. Sua voz ecoou para cima.

— Tem uns 1,5 metro de diâmetro. Jogue a bolsa.

Hussein jogou, estendeu a lona no chão, desceu alguns degraus e puxou-a para cima do buraco. Como era verde, com sorte ninguém notaria.

A luz da lanterna na mão de Khazid iluminava o túnel à frente. As paredes curvas eram de concreto, muito úmidas, e dava para escutar o som de gotas.

— Deve ter algum tipo de vazamento — disse Khazid.

Ele avançou, inclinando-se um pouco, indiferente à lama embaixo de suas botas robustas. Havia um odor, mas não era desagradável. Era como andar em uma floresta na chuva, com terra molhada.

Em sua mente, Hussein se movia em câmera lenta, como em um sonho. A visão de Sara embaixo do guarda-chuva o deixara em estado choque. Era a realidade da presença dela depois de todas as coisas que tinham acontecido: a viagem desde Hazar, tanta violência e morte. Agora ela estava perto e não havia dúvidas do que Khazid esperava que ele fizesse.

E Khazid estava certo por esperar tal coisa. Eles *eram* soldados, lutando uma guerra, uma das piores dos tempos modernos, que, de um jeito ou de outro, custara a vida de milhares de iraquianos, incluindo seus pais. Fracassar agora seria a pior desonra de todas, mesmo se custasse a sua vida. Via tudo isso com clareza. Era o Martelo de Deus e nunca fracassara em cumprir seu dever.

Havia o mesmo tipo de escada na parede de tijolos diante deles. Hussein disse para Khazid:

— Suba alguns degraus com o pé de cabra e veja o que consegue. Vou segurá-lo.

Khazid abaixou a lanterna, subiu pela direita e colocou mãos à obra. Hussein segurava seu peso. Estava tendo dificuldades, mas dava para ver uma fenda do lado esquerdo da tampa do poço, resultado dos anos.

— Não consigo enfiar o pé de cabra ali. Vou segurar com uma das mãos enquanto você bate com o martelo na ponta.

Hussein fez exatamente isso e tudo aconteceu rápido demais, dois ou três tijolos caíram. Ele deu um pulo para sair do caminho, depois empurrou as costas de Khazid, segurando-o com firmeza, enquanto a tampa parecia deslizar para um lado e uma considerável quantidade de terra caía. Hussein a espanou.

— Vá e veja onde estamos — mandou.

Khazid subiu os degraus, empurrando a tampa para um lado e saiu, a chuva caindo com força, no meio de um bosque de árvores próximo a um quiosque. Estava escondido, fora do alcance da vista de qualquer um, mas havia um caminho estreito ali perto, uma passagem por entre a folhagem pesada. Havia a casa e a porta da frente, a varanda por todos os lados, alguém entrando pelas portas duplas. Embora não soubesse, eram Kitty e Ida arrumando as mesas para o almoço.

Khazid desceu para o túnel e disse o que viu. Hussein subiu alguns degraus, parou por um momento, depois desceu.

— Perfeito. — Ele olhou no relógio. Eram 10h20 e podiam escutar o Hawk pousando na pista. — Dez minutos antes. Errei.

— Mas chegamos bem a tempo de pegar Ferguson, não?

— Certamente. — Hussein pegou sua Walther com silenciador e checou.

Khazid fez o mesmo, deixando a Uzi em outro bolso, já carregada. Deixou no bolso do peito esquerdo a granada de mão que pegara da coleção de Darcus Wellington sem que Hussein soubesse.

— Então, Sara não é mais um problema? — perguntou ele. — Será Ferguson?

Hussein assentiu de leve.

— Sim, Ferguson, porque tem de ser assim. Vejo agora que eu estava muito errado em relação a Sara. Minha missão é outra. — Ele sorriu. — Às vezes, você enxerga a verdade com mais facilidade que eu. Uma lição difícil de se aprender. — Beijou Khazid nos dois lados do rosto. — Vou encontrá-lo no Paraíso, irmãozinho.

— E eu, você. — Lágrimas escorriam pelo rosto de Khazid, e ele deu um forte abraço em seu líder.

— Tenha uma boa morte — disse Hussein, e esperou que ele subisse para segui-lo.

O capitão Bosey estava esperando na pista, guarda-chuva na mão para proteger Ferguson do temporal. Dillon e Billy seguiram-nos, e Ferguson se virou quando Lacey olhou pela janela.

— Certamente, ficaremos aqui algumas horas, então seria bom se você e Parry também viessem.

— É muita gentileza do senhor, mas temos algumas coisas para fazer. — Ele se virou para Bosey: — Poderia voltar daqui a uma hora?

— Vou tentar.

Bosey abriu a porta da Land Rover, e Ferguson, Dillon e Billy entraram.

— Que dia horrível — comentou Billy.

— Faz com que eu me sinta novamente em Belfast, numa noite de sábado úmida — Ferguson acrescentou, enquanto Bosey se afastava no carro.

— Devo dizer que Lacey e Parry fizeram um excelente trabalho — disse Ferguson. — Houve uma época em que eu teria ficado com medo. — Ele se virou para Bosey: — Como estão as coisas na casa?

— Ótimas, general, sem problemas. Os Rashid se acomodaram bem, e seu pessoal parece bastante feliz.

— Excelente — disse Ferguson. — Uma pena o tempo ruim, mas tenho certeza de que teremos um ótimo almoço.

— Ah, pode confiar na Sra. Tetley, general.

O som do Hawk deixara todos em Zion Place com uma sensação de expectativa, principalmente Molly, que estava ainda mais infeliz do que de costume.

— Graças a Deus eles conseguiram chegar aqui. Achei que o voo pudesse ser cancelado por causa deste tempo horrível, e eu preciso conversar com o general Ferguson. — Ela estava sentada em um sofá ao lado de Caspar e Sara, e os três russos estavam conversando no outro canto. Ela se levantou. — Vou lá em cima um minuto.

— Para quê? Vai dar um telefonema, mãe?

— Vou. São só alguns minutos. — Por um instante, a expressão dela ficou aflita, ao perceber seu ato falho. Os russos pararam a conversa, e Molly, morrendo de medo de ser pega, fugiu.

— O que está acontecendo? — perguntou Caspar.

— Por que não pergunta a ela? — Sara se levantou. — Vocês sabem o quanto gosto de chuva. Vou dar uma caminhada no jardim.

— Vai ficar encharcada — disse o pai.

— Não vou, não. Vou pegar a capa de Igor e um guarda-chuva. — Ela se virou para os russos ao sair. — Vou pegar sua capa, Igor. Vou dar uma volta.

— Quer companhia? — perguntou Greta.

— Esteja à vontade.

— Já a alcanço.

Minutos depois, as duas saíram pela porta da frente, Greta também de capa, de braços dados por um momento, e pararam no parapeito. Escondidos nos arbustos perto do quiosque, Hussein e Khazid as viram sair, e Hussein levantou o binóculo.

— É Sara e uma mulher.

Neste momento, a Land Rover atravessou o portão principal.

— Ah, droga, aí estão eles — disse Sara. — Ainda não estou pronta para isso. Vamos dar uma volta, pelo menos, por alguns minutos.

— Como quiser.

Desceram os degraus e seguiram um caminho que as levou até o outro lado do jardim. Pararam perto do quiosque. Olharam para trás e viram Levin e Chomsky parados na porta, esperando enquanto Ferguson, Dillon e Billy saíam da Land Rover. Eles estavam conversando. Ferguson voltou-se para o parapeito, procurando por elas.

Atrás das árvores, Khazid não conseguiu se conter.

— É Ferguson... perfeito. — Ele saiu de trás da árvore e deu de cara com Sara e Greta.

Sara o encarou.

— É você, Khazid. — Ela estava pasma. — Não posso acreditar.

Hussein saiu e tirou seu chapéu.

— Olá, Sara. Foi um longo caminho.

Ela o fitou.

— Meu Deus, Hussein, o que você fez com você?

— Tudo muda, prima.

— Não sei como chegaram aqui — disse ela, mas não tenho a menor intenção de ir a lugar algum com vocês.

— Então o Martelo de Deus chegou tão baixo?

E, então, ela disse uma coisa muita estranha.

— Ah, Hussein, você é um homem bom apesar de ser quem é.

— Basta dessa baboseira — disse Khazid, que pegou a granada do bolso e a jogou na direção da varanda, onde rolou os degraus, caiu em um canteiro de flores e explodiu.

Foi uma confusão total, todo mundo mergulhando no chão, armas aparecendo em todas as mãos. Greta, que estava carregando sua Walther no bolso da capa de chuva, sacou-a. Khazid segurou seu pulso, mas ela atirou duas vezes, atingindo seu ombro esquerdo, o segundo tiro, a barriga de Hussein.

Khazid atirou em Greta à queima-roupa, cego em sua fúria, e ela foi lançada para trás. Completamente descontrolado, tirou a Uzi do bolso e correu como um louco pelo jardim, gritando o nome de Ferguson o mais alto que podia. Dillon e Billy atiravam sem parar nele.

Sara gritou, descontrolada, as mãos para cima.

— Basta! Parem com isso, agora!

Os pais dela já tinham saído, e Molly tentou correr na direção da filha, mas Ferguson gritou:

— Cessar fogo.

Sara olhou para Greta, depois gritou:

— Venham pegar a major Novikova agora, mas sem violência, por favor. — Ela se virou para encarar Hussein, mais sábia do que sua idade, sabedoria adquirida com experiência. — E agora, primo? — perguntou ela. Ele estava encostado no quiosque, a mão na barriga, o sangue jorrando. — Como souberam onde nós estávamos? — perguntou ela.

— Um telefonema imprudente de sua mãe para o hospital, uma enfermeira simpatizante da nossa causa escutou. Mas isso não importa, Sara. Não nos veremos mais. Que Alá abençoe todos os seus dias, agora vá. Obedeça a minha última ordem.

— Basta de morte — disse ela. — Basta.

Ela se virou quando Dillon, Billy e Levin chegaram e se ajoelharam ao lado de Greta. Ela subiu lentamente os degraus e sua mãe a agarrou.

— Você está bem?

— Ah, estou sim, mas nada mais de telefonemas, mãe. Eles custaram muito caro. Contar para o Dr. Sampson onde você estava foi uma péssima ideia. A informação caiu nas mãos erradas. — Ela entrou e subiu.

A expressão de Molly ficou horrorizada ao perceber as implicações.

— O que ela quis dizer? — perguntou Caspar.

— Que, de alguma forma, o que aconteceu aqui foi culpa minha. Liguei para o Dr. Sampson no hospital algumas vezes, de um celular extra que carrego na minha maleta. Não consegui me segurar.

— Como você pôde fazer isso? — Ele balançou a cabeça. — Que estupidez. — Ela se virou, esgotada, e entrou. Ele suspirou e foi atrás dela.

Hussein ainda estava no quiosque, com a mão na barriga, ainda mais sangue jorrando entre seus dedos, mas quando finalmente conseguiu ficar de pé e sair, a Walther estava na sua mão direita.

— Sr. Dillon, Sr. Salter. — Eles o encararam, armas prontas. A mão dele balançou e cada um deles atirou duas vezes, jogando-o para trás, a Walther caindo para um lado.

Ele morreu na hora. Billy pegou a Walther, inspecionou-a e se virou para Dillon quando Ferguson apareceu.

— Estava vazia.

A expressão de Dillon era indiferente.

— Coitado do desgraçado, não tinha mais para onde ir. —
Virou-se para Ferguson. — E Greta?

— Levin acha que ela vai ficar bem. A ambulância já está
a caminho.

— E os corpos?

— A mesma equipe de sempre. Vou ligar para Roper agora.
Hussein Rashid e seu camarada Khazid deixaram de existir.
Nunca aconteceu.

Dillon assentiu.

— Às vezes você se pergunta o porquê disso tudo?

— Não, não tenho tempo. É o mundo em que vivemos, é o
que precisamos fazer para sobreviver hoje em dia, com inimigos
como o Intermediário e Osama, Khan e gente como eles. Então,
vamos voltar para Londres e encerrar o assunto.

Ele se virou quando a ambulância parava embaixo da varanda e os paramédicos saíam e corriam para onde Levin estava
abaixado junto a Greta.

Dillon virou-se para Billy.

— Então, você ouviu o homem.

E seguiram Ferguson até a varanda e para dentro da casa.

Este livro foi composto na tipologia Minion Pro
Regular, em corpo 11,5/16, e impresso em papel
off-set 90g/m² no Sistema Cameron da Divisão
Gráfica da Distribuidora Record.